山水作伴

东南大学出版社
SOUTHEAST UNIVERSITY PRESS
·南京·

图书在版编目（CIP）数据

山水作伴 / 王晓明著 . -- 南京 : 东南大学出版社，
2024.6
（六朝松文库）
ISBN 978-7-5766-1235-6

Ⅰ . ①山… Ⅱ . ①王… Ⅲ . ①散文集—中国—当代
Ⅳ . ① I267

中国国家版本馆 CIP 数据核字 (2024) 第 080884 号

责任编辑：周　娟　　**责任校对：**子雪莲　　**特约编辑：**秦国娟
封面设计：鸿儒文轩 · 末末美书　　**责任印制：**周荣虎

山水作伴
SHANSHUI ZUOBAN

著　　者：王晓明
出版发行：东南大学出版社
出 版 人：白云飞
社　　址：南京市四牌楼 2 号　邮编：210096　电话：025-83793330
网　　址：http://www. seupress. com
经　　销：全国各地新华书店
印　　刷：三河市华东印刷有限公司
开　　本：880 mm × 1230 mm　1/32
印　　张：9
字　　数：194 千
版 印 次：2024 年 6 月第 1 版第 1 次印刷
书　　号：ISBN 978-7-5766-1235-6
定　　价：68.00 元

本社图书若有印装质量问题，请直接与营销部联系，电话：025-83791830。

目　录

竹杖芒鞋轻胜马

莫听穿林打叶声，何妨吟啸且徐行。竹杖芒鞋轻胜马，谁怕？一蓑烟雨任平生。

料峭春风吹酒醒，微冷，山头斜照却相迎。回首向来萧瑟处，归去，也无风雨也无晴。

——苏轼《定风波》

一

经过两个多月的跋涉，苏轼在两个衙役的押送下，终于来到了贬谪地黄州。沉重的心情，在早春微风的吹拂下，在黄州村野绽放的梅花中得到了稍许的宽慰，他们在歧亭的一条官道边休息。大年初一从汴京出发，一路而来的劳顿，让因“乌台诗案”而饱受牢役之灾的苏轼更显疲惫。湖州任上被押解京城的惊恐与耻辱，仍不时让他感到心有余悸。他为自己的直率而感到迷茫，他写诗只是有感而发，一吐胸中块垒。难道自己把感悟到的事物在诗歌中抒发出来就错了？难道对那些否定一切的变法表述自己的看法也不对？难道自己的满腹经纶不该光宗耀祖？说自己对先帝不恭，这怎么可能啊！苏家承蒙帝荫，兄弟同登进士，父子荣耀，家世共辉！最可恨的是那些小人嫉妒贤能，牵强附会，罗列罪名，毁掉了自己的大好前程！远离了帝都的纷争，在山水间做个陶潜般的隐者，早看朝露，晚赏流云，也罢。他想起了前朝杜牧被贬为黄州刺史时写下的那首诗："清明时节雨纷纷，路上行人欲断魂。借问酒家何处有，牧童遥指杏花村。"想杜牧尚且能不着一字困苦，写出境界优美、心情恬淡的诗来，自己的心情不觉轻松了许多，远山近水也亲切了起来。忽然，一袭快骑自远而近来到跟前，惊了他们在路边的马匹。苏轼抬头，看那马上之人甚感脸熟，站起来仔细一看，笑出声来，原来是他初仕陕西凤翔签书判官任上的老官长——凤翔太守陈希亮——的儿子，陈慥陈季常！对方亦惊喜万分，马上下马与苏轼扶手相握，感慨竟然在这里遇见了故人。两人在路边叙起旧来，苏轼简要叙述了自己被贬黄州的事情，并随对方至河东家中小住了几日。二人相遇之时为北宋神宗元丰三年（1080）二月一日，相遇之地是通向黄州的要道——麻城歧亭古镇，这里是杜牧《清明》诗中所写杏花村的所在。这一年，苏轼 45 岁。

二

2022 年 7 月，我慕名来到了黄州，想要寻访苏轼的踪迹，顺便也想一睹杏花村的风采。

这是我寻找的第二个杏花村。谁能想到，一首诗会对一个地域的文化发展有如此深远的影响。记得五年前的山西之行，我们寻找到的杏花村是城市中的一个大酒厂——汾酒集团。厂区那悬挂的酒旗与草坪上的牛背牧童，早已化作了酒文化的“药引子”，成了一座城市的经济增长点与骄傲。从酒厂的品酒间出来，品过十多种酒的我们，步履歪斜轻飘，全然把此处当作了杜牧笔下的胜地。杏花村是旅人的梦境、酒中的仙境，是城市的血液。国内还有另外两处杏花村，一个在湖北黄冈麻城，一个在安徽池州。它们都是杜牧当过刺史的地方，或许都可以被看作启发他写下《清明》一诗的地方。

宽阔的举水河从歧亭古镇身边流过，远山近水，让歧亭这个地方成了大别山南麓的风水宝地。它是汉唐以后黄州古道上的重镇，至今已有 1500 多年的历史。我们的车行驶过举水河大桥后穿镇而过，老树古宅的旷古与久远，让我急切地想与杜牧、苏轼来一场穿越时空的邂逅。

穿过一条小路，就可看到在四面一片丘陵的低谷里的杏花村。杜牧当黄州刺史时，一到春天，村中杏花烟雨，牧歌晚唱，让人流连忘返。到了宋代，陈慥隐居于此过着神仙生活。苏轼喜欢这个地方的天高地阔、尘世安稳。他常常前来饮酒消愁、作文写诗、垂钓解忧。唐宋之际，黄州是个荒凉偏僻的地方。它远离京城，与治府鄂州又隔着一条大江。贫瘠的地域与闭塞的交通，倒也使这里显得清净，仿佛陶潜笔下的田园。历经牢狱之灾后，苏轼他乡遇故知，此处自然也成了他治愈心灵的好地方。丘陵湿地、老屋高树、寺院梵音、水田脉脉、林花灿然，这些都让举家安顿在黄州的苏轼，多了一份安宁。而我轻迈的脚步，却不敢惊扰了他，因为我知道他已失去了厚禄，还不得不为生计犯难，他需要歇息与整顿……杏花不在，杜牧在、东坡在。杏花村的老屋新居、幽林深池，和村民办喜事的吉庆鞭炮声在告诉着我们，这里流淌着的是诗意中的无限深邃，是生命中最真的烟火气。

但我知道，杏花村的杏花春雨无法留住苏轼的脚步，这里，只是他歇息、与老友互诉衷肠的地方罢了。他还得回到黄州城头，在城东的一片坡地上开荒种地，为随行而来的一家老小二十多口人的生计而劳作。我踏着他的足迹在黄州踟蹰着，寻找着这个叫苏轼、苏东坡的非凡之人。

东坡赤壁在今黄冈城西北，因赤壁矶状如悬鼻，故又名赤鼻山。岩石赭赤，屹立如壁。两千年前，东汉人桑钦的《水经》中“江水左迳赤鼻山南”说的就是此处。晋唐以后，这里就成了游览胜地。自苏轼谪居黄州写下前后《赤壁赋》及《念奴娇·赤壁怀古》等名作后，偏僻的黄州更是名传天下，引来众人寻访。但如今我们慕名而至时，初看着实让人失望。当年苏轼与他的情深意长的弟弟苏辙泛舟同游，及与长子苏过和友人月夜豪兴畅游的那个赤壁，山形依旧，但浩浩长江却早已向外移去了两公里，山下只剩一方池塘，实在让人难以想象出“白露横江，水光接天，纵一苇之所如，凌万顷之茫然……”的气象。我登临高阁远望，城郭村居，绿被纷披；远山兀立，大江若练。千年以来的沧海桑田，已经体会不到东坡时期江中赤壁的胜景，唯有东坡留下的诗文与历代后人的感怀咏叹笔墨在。它们或刻于赭石，悬于山体之上；或勒于碑石，置于亭台楼阁。林林总总有数百通，正草隶篆数不胜数，其中更有被誉为“天下第三行书”的东坡《黄州寒食帖》碑刻。我们这一代，读书的年纪没有机会接受多少知识，更不要说苏轼之类了。直到十七八岁改革开放，才读到了古代文学与外国文学作品。自此，我就一直喜欢东坡的诗词。甚至我都觉得，自己的有些境遇与他十分相似。他的诗词文章就是打开我郁闷心结的钥匙。他的许多诗文，是我走在上班路上背诵的。直到现在，我的办公室会客间里，一个墙面上还装裱着苏轼的《念奴娇·赤壁怀古》：“大江东去，浪淘尽，千古风流人物……”那气概与洒脱，让我一踏进门就觉得天朗气清。而书法我虽然无暇临池，但喜欢读看，几十年来交往的名家不少。因此，在东坡赤壁能见到那么多的历代名人碑刻，真是十分有幸。它是书法艺术与雕刻艺术的结合，有着独特的魅力，静心读碑是一种享受，也是修行。在这里读到东坡的手迹，我似乎感觉到了他的神韵气息，仿佛灵魂进入了他广袤博大的世界里，感受着他的超脱与高洁。“乌台诗案”前的苏轼，人生一帆风顺。家风清正，为人耿直，仕途顺遂，前景宽广。但卷入党争后，他却注定成了一个时代的牺牲品。可贵的是，他能面对现实，超然物外，不以物喜，不以己悲。这种笑对人生的襟怀，既是他生命的写照，也给他的同时代人及后人树立了榜样。所以，无论日后境遇如何，他总会得到身边的朋友、底层的百姓、官场中的清醒者和正义者的关爱、支助与陪伴。

在黄州，苏轼生活了四年四个月。那时的他虽然穷困，但灵魂是自由的，身心是轻松的。有家人陪伴，朋友探望，没有了官场的倾轧，生活随情适意。他躬耕于东坡，解决了饥饱问题，大名鼎鼎的“东坡”也由此而来。他酿酒、做菜，喜欢与朋友一醉方休，“东坡肉”等美食之名从此名扬至今。其间，他还写了七百多首（篇）作品，仔细阅读，似乎不见他的低迷与颓废。时至今日，每一个前来追寻他的人，都是在他的襟怀中安顿自己灵魂的。

在我的人生旅途中，也会屡屡遭逢不顺遂。每每于此，除了持正不阿，就会想起东坡的那些华章，心胸也随之开阔起来，不论顺境逆境都能坦然处之。

苏轼一生仕途坎坷不定，东至登州西至凤翔，北至定州南至儋州，几乎跑遍了整个大宋的疆域。他为官清正廉明，认为国家施政的关键在于结民心，人民是国家的根本，得民心则兴，失民心则亡，民之安生，国之泰宁。因此，他为官期间体恤百姓、关爱生灵，常把为民办实事当作自己的要务，主张轻徭薄赋；还时时处处关心百姓疾苦，不但“悲歌为黎元”，敢于替百姓讲话，而且不遗余力地改善百姓的生产生活，兴修水利、便利民生。在凤翔，他改革“衙前役”，人称“苏贤良”；在杭州，他治六井、浚西湖、筑苏堤、办病院；在密州，他抗旱除蝗、收养弃儿；在徐州，他抗洪抢险、开采石炭（煤）；在扬州，他力罢劳民伤财的“万花会”，减免“积欠”。

任徐州知州时，苏轼刚到任就黄河决口，洪灾泛滥。他征发民工，亲临现场与百姓一起奋力抗洪抢险，“以身帅之，与城存亡”。他还以诗言志：“坐观入市卷闾井，吏民走尽余王尊。”

意思是说一旦堤防溃崩，他要像汉代东郡太守王尊那样，以身挡水。后来，人们感念苏轼的功绩，也把徐州的防洪大堤称为“苏堤”。

鄂州、岳州、黄州民间有习俗，一对夫妻只养二男一女，再生下孩子，就把这个初生婴儿放在水盆里溺死。苏轼知道了这种陋习，感到十分难受，他因被诏令明文规定“不得签书本州公事”，不能亲自阻止，便上书好友岳州太守朱寿昌出面，革除这种不好的风俗。毕竟朝廷也有规定，故意杀害自己子孙的，可判刑二年。之后，他在黄州成立了一个拯救溺婴的组织，筹集资金食物钱财。在他的努力下，溺婴的恶习渐渐销声匿迹了。

农耕时代，农业水利是生存的根本命脉。追寻他的踪迹，他竟然与三处西湖都有不解之缘，而且这都与他的治理有关。杭州自不必说，一条苏堤桃红柳绿，草长莺飞。那是他 1089 年任杭州知州时，见西湖已经被水草吞噬，如果再不治理，二十年后将不复有西湖。于是，苏轼便向朝廷上奏请求拨款疏浚。此举并非只为观景，而是涉及百姓的种田、饮水、酿酒等生活，攸关民生利害。后来，朝廷批准了这一请求，他立即发动二十万民工挖淤泥、除葑草，还常常到现场监督，与民工一起吃饭。苏轼还用疏浚西湖的淤泥筑起了一条横穿西湖南北的长堤，把整片湖水分为两半，东为外湖、西为里湖，堤上有六桥相通，大堤两侧遍植桃树、柳树，既美化了环境，又固定了路基。从此，“苏堤春晓”美名流传至今。

记得 20 世纪 80 年代初的一个春天，我与好友相伴初游杭州西湖，耳畔尽是环绕着苏轼的诗句“水光潋滟晴方好，山色空蒙雨亦奇。欲把西湖比西子，淡妆浓抹总相宜。”行走在苏堤的春光里，享受着湖山之胜、鸟语花香，青春的美好与纯净与东坡先生的诗行碰撞出清丽的火花，觉得整个春天都流进我们的血液里了。直到现在，我仍然觉得那一年的苏堤漫步，是后来无数次中最美好、最难忘的。苏轼在颍州西湖、惠州西湖也曾分别治水疏浚，湖泥堆起的长堤都被后人称作“苏公堤”。可见百姓心里都有杆秤，所谓政绩，就是办实事、泽惠一方。

三

北宋时期，赤鼻山与苏轼的住地不远。他住的临皋亭就在江边，也就是我站在山上望得见的不远处。没有了俗务的牵绊，苏轼自然有了许多时间。江上泛舟是他喜欢的一种方式，日光朗照，目光接天，气象开阔，尽泻胸中块垒。而清风明月之夜，星月掩映、微云朦胧，携友纵酒，自是忘记烦恼，意境顿生。然而，他对景伤情，只想静静地平复自己内心的郁结，让江风吹去胸中的块垒。翻阅他的诗文集，他贬谪后与前来会面的弟弟苏辙第一次游赤壁，并没有写下什么。或许，他还没有从之前的阴影里走出来。或许，他根本不想握笔。如果在这种心情里写东西，难免又授人以柄。所以，只有苏辙记述了他俩这一次的江上行舟的情景，写下了一首《赤壁怀古》：

新破荆州得水军，鼓行夏口气如云。

千艘已共长江险，百胜安知赤壁焚。

觜距方强要一斗，君臣已定势三分。

古来伐国须观衅，意突成功所未闻。

苏辙有感于三国赤壁之战曹操兵败是因其轻率，联想到自己与兄长今天的处境，借古喻今，似言兄弟二人因不识时务、不自量力反对新法，落得了尴尬的处境。而苏轼真正写下他不朽名作前后《赤壁赋》及《念奴娇·赤壁怀古》的时候，正是他多次江上泛舟、心情平复之后。生命的沉淀，人生的反思，能够让人冷静地面对一切艰难困苦。当一帆风顺的苏轼在黄州的大地上成为躬耕垄亩的苏东坡后，他的光芒就是光照后人的福泽。我的目光移过赤鼻山向东望去，那里就是后来他的东坡雪堂故地。在那里，他虽然清苦，但能日出而作、日落而息、家庭团聚、友人常往、诗书纵论、唱和相酬。因慕其名，待他不薄的县令和州、府官长，常携酒提菜前来与他兴会。他的弟子，“苏门四学士”之一的秦观秦少游来了，叙师徒之情，谈锦绣文章。小他十四岁的青年才俊米芾追寻到黄州，向他请教书艺，请他为自己指明人生的方向。还有很多乡人村邻、僧人隐士，都以见苏轼为荣。甚至，有几人甘愿陪他躬耕东坡田亩，相伴人生。人在落难的时候才能见真情，人间的温暖就是治愈心灵创伤的良药。苏轼的文思又燃起了火苗，那些磅礴的、清新的词句又像黄州田野上的青草，历经了冬天的肃杀，欣欣向荣起来。“驾一叶之扁舟，举匏樽以相属。寄蜉蝣于天地，渺沧海之一粟。哀吾生之须臾，羡长江之无穷……”这是从低谷翻起身来的清醒，是涅槃后的重生，何等地从容淡定和超然！自此以后，生命中再多的艰难困苦都不会难倒他了，而他也为后世一代一代的人塑造了精神上的标杆：无论遇到什么困难，都应该释然面对，迎难而上，行走在生命的征途上。

四

在上下五千年的中国，酒与中国人的生活是密不可分的，也是中国文化的一部分。人们以酒为乐，借酒消愁、寄情，一醉方休。李白的“莫使金樽空对月”“与尔同销万古愁”正是古人饮酒、乐酒的真实写照。历来文人爱酒，这是因为酒能让人的形象思维活跃，容易进入创作状态。特别是写诗，跳跃的火苗随风而动，笔底的流泻自然行云流水，许多不朽名篇就这样光照后世。

苏轼一生爱酒，这在他的许多诗文中可以得到印证。而我觉得，他真正喝酒，甚至喝得酩酊大醉不知归路，应该是在黄州开始的。有人考据，苏轼写字作画，大都在醉后。这既是他的癖性，又是因为生活中跌宕起伏的情感与艺术冲动的结合，才会产生真情流露感动人心的作品。苏轼在黄州写下的 155 首（篇）名作中，提到酒的竟然有 42 处。“数亩荒园留我住，半瓶浊酒待君温。”这是初到黄州的寂寞与企盼；“江边千树柳，落我酒杯中。”这是孤寂中的独饮；“山城散尽樽前客，旧恨新愁只自知。”这是辞别友人时的感叹。东坡喝酒，大都是在友人或当地官员提壶携菜上门探望他的时候喝的。当然，后来他还自己酿酒。他在《蜜酒歌并叙》中记述：“西蜀道士杨世昌，善作蜜酒，绝醇酽。余既得其方，作此歌遗之。”诗中接下来写道：

> 真珠为浆玉为醴，六月田夫汗流泚。
> 不如春瓮自生香，蜂为耕耘花作米。
> 一日小沸鱼吐沫，二日眩转清光活。
> 三日开瓮香满城，快泻银瓶不须拔。
> 百钱一斗浓无声，甘露微浊醍醐清。
> 君不见南园采花蜂似雨，天教酿酒醉先生。
> 先生年来穷到骨，问人乞米何曾得。
> 世间万事真悠悠，蜜蜂大胜监河侯。

穷困的苏轼，获得老家友人寄来的不用米就可以酿成酒的秘方后，成功地酿出了甜酒，后来，黄州人把这种价廉物美的酒称为“东坡蜜酒”。而他的一阕《西江月》，写春夜行蕲水，过酒家饮酒醉，读来轻灵欢快，让人如入佳境：“照野弥弥浅浪，横空隐隐层霄。障泥未解玉骢骄，我欲醉眠芳草。可惜一溪风月，莫教踏碎琼瑶。解鞍欹枕绿杨桥，杜宇一声春晓。”至于他在《临江仙·夜归临皋》和前后《赤壁赋》中对酒与人与情与景的描写，也让人觉得酒的亲切温暖和超越。

当然，苏轼爱酒可能还与驱寒的需要有关。苏轼一生颠沛流离，或荒山野岭，或障雾漫延之地。黄州、登州、惠州、儋州……命运多舛，且气候反差很大，酒自然成为他生命中不可缺少的一部分了。

东坡岂止爱酒，他也爱壶。以前，我一直不解“东坡壶”

是如何出现的，苏轼是怎么与宜兴搭上关系的。二十年多前，我去宜兴参观了蜀山的“东坡书院”，听宜兴陶瓷协会会长史俊棠介绍后，初步了解了东坡与宜兴的点滴。当我深入研究了苏轼以后，才熟知了他的生命轨迹与宜兴的不解之缘。不久前，我又特意再去寻访了东坡书院。可是因为正在内部装修布置，书院暂不开放。所幸有潘小忠大师陪同前往，才特例让我们进去参观。

因“乌台诗案”来到黄州四年四个月后，苏轼迎来了赴汝州任职的转机，虽然不算平反，但对他来说也是一次人生的机遇。他辞别了一直关心他的黄州友人乡亲、地方官员，赴庐山游历了一番，并写下了不少诗篇，其中最有名的便是那首《题西林壁》。下了庐山，他访友人、会老弟苏辙，又携家眷自九江到当涂，后至金陵与王安石相聚。政治舞台上各自的抱负与主张，曾经阻隔了两人的情谊，可时过境迁，他们早已冰释前嫌，互为敬仰，惺惺相惜。时在七月，暑气蒸腾，住在船上的苏轼一家，因仪真（仪征）太守之请离开了金陵，前往仪真求田问舍。途中，他偶遇了同榜进士、置司真州的江淮发运副使——宜兴人蒋之奇。早在北宋神宗熙宁六年（1073）底，苏轼在杭州通判任上时就曾借着奉命到常州、润州（镇江）赈饥的机会，第一次到了常州府下属的宜兴。那次去，除了公干，还往访了姐姐苏八姐的女婿、家在宜兴的进士单锡。两人同游荆溪两岸风光，置身溪光山色、茂林修竹；畅谈紫玉金砂、山溪茶事……此次旅程，还让他想起了嘉祐元年高中进士参加琼林宴，同席的蒋之奇盛赞家乡风土之美，相约将来同到宜兴毗邻归田园居。几天下来，苏轼早已对这座山水小城有了深刻的印象。这次与蒋之奇在仪真相遇，旧话重提，蒋即差人去宜兴寻田，终于寻得黄土村一片山中良田。于是，苏轼第二次去了宜兴，用卖掉京城房产的钱买下了这块数十亩的地。北宋神宗元丰八年（1085）二月，他上书乞常州居住，获得了恩准。从此，宜兴成了苏轼的第二故乡。无论他身在何处，常州府的宜兴一直他安顿家眷、经常眷顾的地方。他见画溪边的独山状如家乡四川眉山，故而对友人说“此山似蜀”，后人也因此将这座山改名蜀山。他在山坡南麓买田筑室讲学，传道授业。自宋到明，此处从东坡草堂、东坡别墅、东坡祠堂到东坡书院，一路传承东坡先生治学精神，书香满城。

现今走在宜兴的街头，或者在入住的宾馆，经常会见到一把巨大的提梁壶，古朴厚重，优雅灵动。它是宜兴的容颜和精神气质，它的名字叫“东坡提梁壶”。

曾经为官杭州，让苏轼爱上了茶生活。到了“小石冷泉留早味，紫泥新品泛春华。”（梅尧臣诗）的宜兴，他自然也喜欢上了民间普遍用来泡茶煎茶的紫砂茶具。在讲学时，苏轼看到当时的壶小，煮茶时会烧到壶的把手，还会烫伤手，便想法设计了一把方便实用的壶。有一天，他看到书童提着灯笼引路，就突发奇想，做了一个灯笼一样的大壶，装上大梁一般的悬空壶把，三角稳定，形状如木材般粗壮，自然有力。他非常满意，给壶起了个名字叫“提梁壶”。为此，他还写下过“松风竹炉，提壶相呼”的句子。而后人就把这种款式的壶称为“东坡提梁壶”或“东坡壶”。

我真正喜欢壶，是缘于得到过一把清代名家邵友庭制作的“东坡提梁壶”。此壶体态丰盈、圆润稳重，一面由名家山松刻唐代齐己诗句“味击诗魔乱，香搜睡思轻”，一面刻八哥芭蕉美人图。我曾将其置于炉上煎茶，后终不舍收于高阁。但由此开始，近三十年我一直热衷于收藏，从早期紫砂陶器，到明清、民国、当代紫砂壶，其中不乏名家名作。而由此联结的我与宜兴紫砂界的友谊，如细水长流涓涓不绝。特别是与徐汉棠大师、史俊棠会长等的友情，已有三十余年之久。

苏轼一生到底去过多少次宜兴？不少资料上载有四次，但我认为肯定不止这四次。买田置屋以后，宜兴就是他的家了。特别是他后来又官至杭州、扬州，前后又多次过扬州，到润州，抵真州、常州、苏州，当地官员慕其名、仰其背，使他经常有机会可以顺道、专程回家看看。况且，后来他让儿子苏迈、苏迨在宜兴安家守业，子孙后人也在此地开枝散叶。相关族谱记载，苏轼的后代后来一直主要生活在宜兴、常州一带，子孙繁衍，并形成了苏轼后裔自己的支脉，称为毗陵（常州）支苏氏。

据现有的记载，苏轼虽然没有在苏州定居过，但曾多次到过苏州，有六次留下了作品。建于唐懿宗咸通年间的定慧寺是他多次去过并入住过的地方。他与定慧寺主持守钦情谊很深，往来苏州必住寺中。北宋哲宗绍圣初年（1094），苏轼被贬谪惠州时，与留居宜兴的长子苏迈音讯阻隔。守钦便遣徒僧卓契顺携带苏迈的书信，长途跋涉到惠州探视，并赠《拟寒山十颂》诗。苏轼和诗八首答谢，又书陶渊明《归去来辞》赠予卓契顺。苏轼曾游过虎丘，说“过姑苏而不登虎丘，俗也；登虎丘不登小吴轩，亦俗也”。小吴轩在虎丘山的东南隅，“飞架出岩外，势极峻耸。平林远水，连冈断陇。烟火万家，尽在槛外”。苏轼住在这样的地方，与寺里的高僧论禅修佛，自然心中安然，意境开阔。

苏州，这个由春秋时期吴国开始建造的都城，历经历朝历代，到了唐宋时期，城市格局已经十分完备。唐代诗人杜荀鹤诗中写道："君到姑苏见，人家尽枕河。古宫闲地少，水港小桥多。夜市卖菱藕，春船载绮罗。遥知未眠月，乡思在渔歌。"而园林建筑如沧浪亭等，也成了城市山林中的一部分，在苏舜钦及与苏轼同朝的章惇等人的相继建设下，成了城内有名的私家园林。在现存的南宋理宗绍定二年（1229）石刻《平江图》中，我们可以看到苏州城的平面轮廓和街巷布局。该图绘有城墙、护城河、平江府、平江军、吴县衙署和街坊、寺院、亭台楼塔、桥梁等各种建筑、河道、庙宇、殿堂等，是中国现存最大最完整的古代碑刻城市地图。在唐宋时期，苏州的繁华自然吸引了无数的文人墨客驻留。

苏轼不但到过苏州，而且还在这里买过田产，这有他填的两首词为证——

其一：

一别姑苏已四年，秋风南浦送归船。画帘重见水中仙。

霜鬓不须催我老，杏花依旧驻君颜。夜阑相对梦魂间。

——《浣溪沙·赠闾丘朝议，时还徐州》

其二：

阳羡姑苏已买田。相逢谁信是前缘。莫教便唱水如天。

我作洞霄君作守，白头相对故依然。西湖知有几同年。

——《浣溪沙·送叶淳老》

两首词为我们留下了许多问题，例如苏轼所买田产位于何处？词中的叶淳老是谁？这些都有待方家考证。总之，他除了阳羡宜兴，在苏州也曾置办产业。我忽然觉得苏轼离我越来越近了！其实，他还真的曾经经过我的家乡，到过离我家乡常熟更近的地方。

据张家港市的史料，北宋神宗熙宁六年（1073）夏天，江南连下一个月大雨，长江南岸一片汪洋，大水淹没了所有庄稼，田地颗粒无收，灾民饿死无数。这时，朝廷命浙江杭州府赈粮救济，时任杭州通判的苏轼受命赈灾，运粮船从杭州湾出发，经盐铁塘出淞江，进太仓、过琴川，到了杨舍西境的蔡港，准备从蔡港间进入江阴。苏轼上了岸骑着白马，沿砂山南行，当走到华塘河边，蔡港上有一座小木桥，马不敢过去，他猛抽一鞭，只听马长嘶一声，走过了小桥，继续向前。由于粮米及时运到，拯救了大批灾民的性命。后来，里人为怀念苏公盛德，将那座木桥造成石桥，取名“马嘶桥”，当地的乡也改名“马嘶乡”。张家港是1962 年由常熟划出 14 个公社和常阴沙农场和江阴划出的 9 个公社建立的，当时叫沙洲县，改革开放后才升为县级市。而东汉开挖的盐铁塘贯穿过常熟全境，因此不管苏轼过境或者停留，他当年赈灾时的确到过、经过常熟，琴川就是常熟的别名。只是，我们无法找到佐证的诗文。

五

其实，仕途的失意、生活的磨难从来都没有让苏轼消沉。纵观他的一生，他总是仕途不顺，屡屡遭到贬谪。然而，他总是能在现实中寻找到生存的乐趣。轻便的竹杖芒鞋可以胜过车马，一蓑烟雨也能自在一生。他除了对诗文、书法有很深的造诣，对烹调菜肴亦很有研究，生活中的他经常烹制菜肴，烧肉更是他的强项。苏轼的许多诗篇，都与饮食相关，如《食猪肉》《老饕赋》《丁公默送蝤蛑》《豆粥》《羹》等诗，从中不难看出他对饮食烹调的浓厚兴趣。据人考证，苏东坡在徐州任上时自创了一道红烧肉，到了黄州时，他烧这道菜的水平大有提升，而等他后来做杭州太守时，又将其加以改进，最终使之成了名扬四海的“东坡肉”。那时，他将乡里、友人探望他时赠送的猪肉切成方块，用自己的家乡四川眉山炖肘子的方法，结合当地人的口味加入作料，文火慢炖，把肉焖得香嫩酥烂。他将烧肉之法写在《食猪肉》中：“黄州好猪肉，价贱如粪土，富者不肯吃，贫者不解煮。慢著火，少著水，火候足时它自美。每日早来打一碗，饱得自家君莫管。”后来在杭州太守任上，苏轼又根据江南的口味，进行了改良烹制。据说，在疏浚西湖时，他按民工花名册，分配每户一块。民工们品尝着苏太守送来的红烧肉，顿感味道不同寻常，纷纷称其为“东坡肉”。

我平生最喜欢吃红烧肉，那是家乡的味道。但是，从出生到青春时期大约有二十年的时间，一年中只能吃上一两次，因为那是特殊的困难时期。至今我还记得在十五岁时刚进供销社工作后的两年半时间里，春节前站长领着我们一起卖猪肉的情景。猪肉是凭票供应的紧俏物资，我工作的回收站在古城老街四丈湾永济桥堍，站里临时卖肉的店摊就紧挨着桥身。节前一个月光景，站长就先采购到了咸肉，堆放得有一人高。而配供的新鲜猪肉是隔夜到货的，农历腊月廿四清早四点开始开门迎客，卖到大年三十。每天，外面排队的人都排到了四丈湾弹石街的远处。而红烧肉是大年三十吃年夜饭时必备的一道美味，记得外公最擅长烧此道菜了。曾在上海国际饭店、上海大厦工作过的他，能做各种好吃的菜。而把吃剩的红烧肉，放在饭锅上炖热了再吃，用那肉汤汁拌饭，真正是天底下最好吃的！这样的美味，吃过一次会回味一年。

20 世纪 80 年代中期以后，猪肉才成为寻常百姓家的日常菜肴。90 年代初，我在宾馆饭店吃到了著名的“东坡肉”，那种用稻草捆扎得方方正正、肥瘦相间、色香味俱全、咬一口酥软得嘴角流油的美味红烧肉，让人食欲大增、齿间留香。我想，苏东坡的这个创造，就像他的文学创作一样，可谓登峰造极、光照千秋、惠及后人。从此，我只要在饭店请客，都要点上此道名菜，与同桌的人大快朵颐。这次在黄州，自然要喝东坡酒吃东坡肉了！我们住的宾馆附近不远处，有一家类似家常菜的饭店，点菜的时候，发现有“东坡肉”“东坡鱼”“东坡豆腐”“东坡饼”“东坡酒”，可以说无处不在的苏东坡早已成为我们寻常的营养。

当我在黄州亲近苏轼、回望苏轼，心里觉得黄州就是他涅槃重生的分水岭。他的大名，在黄州前叫苏轼，之后就脱胎叫苏东坡了。后来无论在朝廷或久贬在途，他都有着宽广博大的精神内涵，身上释放着无尽的光芒，而这正是感动、激励后人的温暖与动力。无论居庙堂之高，还是处江湖之远，他永远是百姓心中闪烁的、永不熄灭的明灯。

“竹杖芒鞋轻胜马”，这是对艰难困苦的蔑视和人生自信。

写毕于 2022 年 12 月 12 日

菱花开过半野老

——江南才子曹大铁记略

从明代开始，江南的才子群体方才初成气候，从南京到常州，从苏州到松江，从苏南辐射到苏北……而同属苏州府的常熟，文人士大夫群体出现，也是在明代中期以后才蔚为大观。从明末清初到民国，江南涌现出了许多在诗文、绘画、音律、金石等方面享誉全国的人物，丰满的才子形象直至今天仍让人难以望其项背。民国时期的常熟才子曹大铁，就是自乃师杨云史之后，江南的风流人物之一。

我知道曹大铁，是在他从安徽某单位退休回到常熟以后。这让我觉得相见恨晚。刚开始，我只知道他是建筑工程师，设计并建造过许多大楼、桥梁、工厂。后来才知道，他曾经是张大千“大风堂”的入室弟子，山水画的风格受其影响很大。他的书法艺术也独具神韵，作得一手好诗词。在各种场合，特别是文化圈不时能见到他的身影。他个子不高，长得十分清瘦，戴着深度近视眼镜。走在路上，就是一个寻常的老头子，一点儿都不会让人注目。我与他的真正交往，是在 20 世纪 90 年代末，我离开市政府外事办公室，调到了当时的事业单位旅行社任老总以后。

有一天，他与一个阿姨来到我的办公室，我见到觉得十分惊奇，马上招呼他们坐下。

曹大铁笑眯眯地说："我家现在住在离你不远的菱塘南村，今天拐进来特意看看你，坐一歇。"

我说："好啊，欢迎大师到来！"

"啥大师，一只老猢狲罢了。"他笑着说。

我们聊了些家常与杂七杂八的事情，阿姨则坐在旁边一声不吭，笑着听我们聊。末了，他们告辞，我送到门口说欢迎再来。后来，我的办公室成了曹大铁外出回家歇脚喝茶的地方。他每次来坐的时间不长，大约半小时左右。有一次，他带了一本他的诗词集《梓人韵语》送我。早就听说他几年前出了这本书，引起了国内文化界的重视，印了两千册很快就售完了。扉页上，他已经题好了款签了名，可惜后来这本书被哪个朋友借去没有还给我，让我心里一直郁郁的。

1916 年 9 月 10 日，曹大铁出生在常熟西郊虞山南麓尚湖之畔小湖甸的一户富商人家。所谓湖甸，比河大、比湖小。小湖甸背靠着虞山，四面环水，水面宽阔，隐隐飞桥隔野烟。南边的水面与尚湖相连，渺渺烟波，田舍村廓，鸥鸟翔集。曹家自元代发迹后，一直到明清时期，都在福山渔港经营渔业。乾隆年间，移居小湖甸的一支，便是曹大铁的先祖。至曹大铁祖父时，晚清虽说局势颓衰，但江南的百姓还算可以安居。曹氏经营的渔业独霸一方，所建渔庄成了山湖间的一景。有钱人家自然崇文重教，当西风东渐，新学兴起，曹大铁父亲这一代专攻新学，进入了上海同济大学机械工程专业学习，并顺利毕业。曹大铁的母亲是常熟籍著名数学家王琴山先生的长女，家境也绝非一般。这样的人生机遇，世上有几人能得到啊！曹大铁的成长环境更不是常人可比的。天资聪颖的他5岁起就开始读私塾，先学习古文，再学习英语、数学等。15岁时，父亲领着他去离家不远处的城西杨云史家，拜学贯中西、辞官在家的杨云史为师，学习诗词。19岁时，他又在上海拜书法家于右任为师，学习书法和诗词。20岁时，他再拜画家张大千、张善子兄弟为师，学习绘画和文物鉴定。人生能遇到这样几位超级大师，得到他们的教诲熏陶，全凭着他父亲广大的朋友圈，以及他自身的努力。自此，曹大铁的诗文、书画、篆刻、鉴赏等技艺突飞猛进，年纪轻轻就声震吴中、蜚声华东、闻名海内外。可是，1934年他考入之江大学的专业，却是土木建筑工程设计与施工。入学后，他与陈从周成了同窗好友，建筑设计与园林构建也成了与他们一生相伴的话题。上海、苏州成了他学艺、交际的两大站点，而常熟却是他休养生息的地方，直至生命的终结。后来，陈从周受其影响，也拜了张大千为师，两人一起成了“大风堂”的弟子，诗词书画等都成了他们的业余爱好。我直到后来研究了杨云史，读了他的《江山万里楼诗词抄》才发现，曹大铁的诗词受杨云史的影响很大，特别是他的歌行体长诗，可谓有过之而无不及。曹大铁所著的《梓人韵语》，堪称皇皇巨著，当世称绝。其中，《半野堂乐府》是他青年时期写的作品。以前，我一直不明白他为何以钱谦益之半野堂为书斋名，后来才知是因为他曾觅得半野堂刻本及半野堂宋元藏书，以及而后购得了半野堂旧宅。而《菱花馆歌诗》是得名于曹大铁曾筑于城北菱塘岸边的旧居“菱花馆”，夏天常见菱叶满塘，细小洁白的菱花，在绿叶清波中宛若繁星，娇美可爱。依靠祖上的积累，曹大铁有了雄厚的经济基础，大学毕业后沪上创业，又使他获利甚丰。到新中国成立时，曹大铁已有 33 处祖居、别业。后来，他主动捐给国家 32 处，只留下“菱花馆”供自己居住。在杭州工作的他响应国家号召，支援内地建设，被分配到安徽省建筑设计院工作，派任合肥市建筑设计院任总工程师。安徽的十多年，是他发挥自己的专长，为新中国建设做出贡献的黄金时期。在这里他设计了不少厂房、桥梁、商厦，合肥也因此成了他除了家乡、上海、杭州之外，倾注了无限情感的一个城市。但是，经历过 20 世纪 50 年代末到 70 年代末那段历史，他的人生在这里也吃尽了苦头。经历过人生的坎坷，年迈的他却变得愈发淡定和从容。到了 90 年代初，他在我面前显示出的儒雅与风趣，或许正是生命沉淀后的睿智与超然。

20 世纪 80 年代初，曹大铁魂牵梦绕的“菱花馆”早已被夷为平地，不见踪影了。落实政策时，有关部门给他在菱塘附近的菱塘南村一块空地上，建造了一幢由他自己设计的小院及两上两下房屋，作为被没收退还的住所，他依然把这座新居称为“菱花馆”。时至今日，它的书香与故事，都成了这个城市衔接历史文脉的见证。

1999 年的农历八月十六日，在尚湖承包湖面的朋友邀我们去赏月吃蟹喝酒，同去的人有曹大铁、唐滔夫妇、王震铎等。下午，我们早早到了湖边，坐上木船直达湖中一个小岛。岛上的木屋里，有一张写字台，上面已备了笔墨。众人让德高望重的曹大铁落笔，他坐在一旁笑着说："不高兴，不高兴，没有美女不高兴！"

"是不是真的？"我问他。

"你喊来美女我就画！"他调皮地笑着对我说。

我马上用大哥大打给单位隔壁中医院的护士长小杨，让她立马叫上人，来到湖中岛上。大铁见状，笑得合不拢嘴，走到铺好宣纸的桌子前面。两个美女一左一右为他扇着扇子，他提起笔来，问边上的画家王震铎画啥？王震铎说："画荷花，晓明刚出了本书叫《有荷的日子》。""好！"只见他先用水打湿了一下画面，然后用笔饱蘸了墨汁泼在纸上，用轻笔推开。一眨眼，一片卷着的荷叶跃然眼前，大家拍手叫绝。接着，他用大写意的手法，信手运笔，腕转移动，浓淡相间，叶、杆、花渐次呈现。一会儿，一幅四尺整张八月荷塘清风图跃然在我们眼前，众人看他泼墨技法的运用和水墨写意的挥洒，这分明是乃师张大千的风范啊！他在左上方留白处，落笔题下："莲塘图，己卯中秋写赠晓明吾兄雅教，曹大铁于尚父湖上。"站在边上的书法、篆刻家金悠清收好画页，对我说，改天帮你去敲章。那天，曹大铁又画了几幅小品，已经八十多岁的他画了整整两个小时。画毕，只见月上柳梢，大家坐上船舫喝酒。船舱里的长桌上，已经摆开了菜，其中不乏湖中的鱼虾、菱角等。那刚从湖中出水的清水大闸蟹煮熟的腥香味，弥漫在船舱空间，十分诱人。大家吃着蟹，辨着味，聊着大铁的画，敬他酒。他笑眯眯地举杯连声说："干，干！”圆圆的月亮照着湖面，波光粼粼，姜太公曾经垂钓的尚湖，今夜是属于我们的，我们在微晃的船舱里与边上的虞山一起沉醉……

2000 年春节前，我搬到新居，曹大铁答应帮我题写书房名。我给了他字，可结果一年多了仍不见动静。每次见到，他都说晓得。有一天，曹大铁的朋友、画家浩亮来我处，我提及此事，他说，这个老家伙喜欢拖，走，与你马上去他家盯着写。于是，我们沿着老街含辉阁一路走进去，过半野堂、绛云楼故地，到了菱塘南村的“菱花馆”。二层小楼一个院子，种着夹竹桃、蜡梅、美人蕉、棕榈、竹子等。上了台阶，楼下客厅就是他的书房。口门一张老旧的书桌，正对着院子里他种的喜欢的绿色植物。“菱花馆”虽然处在新村楼群中，但它却是一个精神富足的天地。他见我来，笑着说，稀客，稀客，却不招呼我们坐下。

我说：“来拿我的书房名呢！”浩亮也跟着说赶紧写吧！曹大铁调皮地笑着说：“今天躲不过了，写写写。”边说边取纸裁取，并问我，是写哪几个字？

“水月居，老早你就问我拿去了！”

“老猢狲年纪大了忘记了。”他调侃着自己说。

但见他在裁取好的一米多长的宣纸上，用碳笔打了一下底稿，落笔写下隶书“水月居”三个大字。后面空白的题跋，他用行书即兴写了一段，“晓明仁兄熟习中外舆图，因得推任为中国旅行社总经理，其新尤饶湖山之胜，属书堂额，乐以应之，即请教益。庚辰岁闲，同里曹大铁并书”。言语调皮，十分显示他的个性。写毕，他起身走到隔壁的房间，问阿姨取了图章，一枚压题，一枚落款，敲好了，笑着对我说："任务完成！"我连说谢谢，取了就走了。按理说，他是前辈大家，应该送点什么礼物，但回想起与他十多年的交往，我却什么都没送给过他。可我们的友情一直不浓不淡，如同一杯好茶。这个书斋名，友人特为我刻在一块银杏板上填了绿，悬挂在书房门楣的上方。每当抬头看见，就会想起这位老先生、老朋友。

2001 年 7 月，白茆镇要举办首届钱谦益、柳如是红豆山庄研讨会，镇领导让我邀请一些有影响的研究者与社会名流参加。我邀请了北京大学教授陈平原、夏晓虹，苏州的王稼句，常熟的曹大铁、俞小红等。那天，我去"菱花馆"接他，他抱了一幅画出来坐上我的车。我问他拿的什么？他调皮地笑着，说不告诉你！到了白茆会场，我才看到他画的是钱、柳另一处别业——拂水山庄。那幅画墨色淡雅，高旷古远。上午开幕式结束，曹大铁与我们一起去参观了那棵在钱谦益八十岁生日时开花结籽过的红豆树，它傲立在芙蓉村几户人家的中间，周围的凌乱已经让我想象不出当年山庄的盛景。这棵树，是常熟四棵古老的红豆树，也是江苏现存的七棵古红豆树之一，江南湿润的气候，很难让这个树种存活。可正是它们的存在，让江南产生了不少爱情的故事！白茆的这棵树，四百多年来最近一次开花结籽是 1936 年。树的根部上面有一大段坏死了半爿，后经上海的园林绿化专家治疗护养，重新焕发了生机。曹大铁和我们一起围观着，他仰望树头绿叶，神情木然。其实，我们都在遥想着当年钱谦益与柳如是在此生活的场景：红颜白发，诗书生活；密议资集，反清复明。我猜曹大铁想到更多的，是一条自古达今的文脉清流，他正沉醉在浩瀚的传统文化的汪洋恣海中……下午的座谈会上，各路大家发言踊跃。刘梦溪、陈平原、夏晓虹、俞天白、马伟中、马亚中、王稼句等一个连着一个讲，回望历史、传承文化，重振山庄、继往开来。时间匆匆流逝，竟然没有留下曹大铁发言的时间。他可是有备而来的，他曾购过钱柳半野堂遗址，重建过半野园，收藏了不少半野堂绛云楼的藏书。他以他的文化践行，向人们阐述白茆红豆山庄不仅是钱谦益、柳如是的，也是古城常熟的文化名片，它在中国文化史上的魅力和影响，是超越了时空的。它的重量，是远非一个镇所能肩担起来的。曹大铁还曾在 20 世纪 80 年代末 90 年代初建议，在尚湖之畔他家的祖业上，建造一个宏大的渔庄，借此将地方文脉、山水文化、农耕文明、饮食研究融合在一起，还可以利用他与沪上海派书画家的关系，邀请他们来这里写字作画，为虞山画派的延续云烟供养，弘扬常熟的历史文化。但最终，这一切如石沉大海、纸上谈兵。送他回家的路上，他一言未语，下车时竟把画遗忘在我的车上，我电话他家告知后去送还。

一天，我从武夷山的一个古玩店里，觅得了一件元代的钧窑笔洗，放在办公室里自赏。有一次曹大铁来我这小坐，见到了便拿起赏玩，看着来自时光深处天青釉的颜色，闪着宝石般的光芒。他爱不释手，笑眯眯地对我说：“用我的一幅画换你这个东西吧。”我舍不得，说不行的，我也仅此一件，需要研究收藏。他哈哈笑着扬长而去，头也不回。

与曹大铁交往是很愉快的事。有次，他与我聊天，讲起了蒙骗苏州友人黄异庵到常熟的事。他电话他说自己快要死了，死前想见他。友人听到电话那头声音微弱，有气无力，立马买了公共汽车票赶到“菱花馆”。只见曹大铁已整装躺在客厅搭的床板上，四脚笔直，气若游丝。老友见状，悲从中来，边哭边说，好端端的人怎么会这样啊！你不能死啊，我们还要喝酒画画作诗啊！曹大铁微睁着眼睛见状，扑哧一声笑出声来。老友见他开这样的玩笑，又好气又好笑，想想也只有这个老家伙做得出，真是一个童心未泯的老顽童！

大家都羡慕曹大铁的潇洒，其实，他的人生也一半是甜蜜，一半是辛酸，但他总是能笑对困苦，精神境界十分开阔。

回望他的一生，1934 年考入之江大学以后，他学习的土木建筑工程设计与施工专业，成了他用以谋生的主要职业。随着学校抗战时期从杭州迁入上海租界，以及毕业后选择在上海发展，曹大铁的行踪与整个上海总是密不可分。工作之余，他随师交友，靠着自己的收入买书买画，还买下了钱谦益、柳如是半野堂遗址，宋元明时期的古书、半野堂绛云楼的遗籍、文徵明和唐伯虎的真迹……都成为他的丰藏！当然，他也卖书卖画卖古董，藏品的流通也是价值的体现。

我曾经看到过他在 20 世纪 90 年代末的一次未果捐赠。那天，我路过市博物馆，见到曹大铁站在门口。我问他在干吗？他告诉我，讲好以捐赠的名义，250 万元把所藏的古籍全捐给市里的，可市里领导却只同意先付 50 万，其余等有了钱再逐步付清。不捐了，他们不识货！我看他心情不好，就不与他多说了。与他分别后，我走在路上想，历史文化名城的领导怎么会这样漠视一个八十多岁文化大家的丰藏呢？后来，过了四年，在北京的一个拍卖会上，仅一册他的藏书——一本半野堂钱谦益撰写的作品，就拍出了 269.5 万元，创下了当时中国古籍单件拍品成交的世界纪录。再后来，上海图书馆、苏州图书馆等也入藏了他的许多藏书，唯有家乡常熟极少有他的库藏。民间的藏家偶有流出他的字画，但大多为普品，是他生前的应酬之作。即便如此，也成为人们争相收藏的宝物。

2001 年的冬天，“菱花馆”门口的路被挖开铺设管道，大铁先生晚上出来一脚踩空，跌断了股骨，住进了市中医院。这所医院建在北门大街原来钱谦益半野堂的旧址处，也是后来成为曹大铁半野新园的地方。想必此时，躺在病床上的他一定百感交集。他会想起八十多年人生的云烟，也会在时光深处与钱谦益、柳如是神会。历史的巧合与戏谑竟会那样神奇！富贵和贫贱，风光与耻辱，潇洒与沉淀……都纷至沓来。他入院几天后我去看他，当我走进他的病房，“大铁、大铁”喊他时，仰头躺在病床上的他毫无表情反应，睁大着眼睛，双手挥舞着，嘴里不停地喊着“美女，美女！”我木然地站在他的床前，心里酸酸的。我想这下完了，大铁痴了，他的才情与满脑的奇思妙想，都落在从前的狂放与风花雪月中了。他前半生旷达洒脱，后半生历经坎坷，直到躺下来了才松了一口气。从 20 世纪 50 年代到 70 年代末，他人生和艺术的黄金时代都湮没在了时代的云烟里。70 年代中期重获自由后回到常熟，他一度与妻儿住在天宁寺巷兴福寺下院狭小逼仄的房子里，虽然清苦，但尚觉相对自由轻松。直到 70 年代末 80 年代初落实政策，他才真正回归了自我，焕发了生机，艺术的春天又重新来到。1984 年，黄公望逝世 630 周年来临之际，他参与发起并一起召集了各路画坛名家来黄公望的家乡常熟，参加由市委、市政府组织的纪念活动。市里修缮了黄公望墓，墓边建造了一个小巧的纪念馆，也同时修复了钱谦益、柳如是墓。如今，近四十年过去了，小小的黄公望纪念馆仍旧是那个时候所建的模样，它孤单寂寞地守候在虞山脚下西侧的黄公望墓边，落尽了时间的灰尘。

当时，来自天南地北的各路名流有二百多人汇聚在虞山脚下，尚湖之畔，前来参加纪念活动。唐云来了，谢稚柳、程十发、吴湖帆、陆俨少……都来了。他们与常熟的书画家们一起，怀一代画圣，探艺术之微。这是新中国成立至今，虞山画派发源地常熟迎来的一次盛会，至今再也没有过。没有金钱铜臭，艺术的清流一如虞山的溪水潺潺流淌，直到今天还滋润着江南常熟丰厚的土壤。这是大铁先生与虞山画坛的人脉资源与个人才情魅力所使。画家们住的宾馆虞山饭店当晚，可谓留给常熟的一段丰泽的时光。他们不计回报，创作了大量的山水、花鸟画作品，留在常熟这座自黄公望后艺术之林一路芬芳的城市。作为当时刚由日本友好城市设计建造不久的虞山饭店这座常熟最好的宾馆理所当然留下了当时的不少画作。1992 年春天，我调入这家饭店的主管部门、设立在饭店中的市政府外事办公室，宾馆的公共区域及会议室、包厢中，依然悬挂着那些名家的作品。二楼的大堂，由唐云、谢稚柳、吴湖帆、程十发、陆俨少等十位画家合作的巨幅花鸟画，花开富贵，一片春光灿烂。但是后来，到了 21 世纪初，这些当时就已经价值上亿的艺术作品，却随着宾馆的变迁不知所踪，去向成了一个谜。那时的曹大铁，已经漠不关心天下的花开花落，即使到坐落在虞山饭店斜对面的我的单位坐坐，也绝口不提这些画的往世今生。他是见过太多的过往了！他看到的历代真迹、经手的丰藏实在太多了，但最后都被散尽。等到躺在医院的病床上，也许他想到的，只有生命中刻骨铭心的六任妻子，和他的亲人才是最最值得珍爱的……

我记得他曾经拿出一串钥匙对我说，在苏州的金鸡湖边有他一套公寓，让我带上女朋友去住住。我哈哈大笑，说等我找到了再问你拿！也许，晚年的曹大铁早已看淡了一切，只有女人的话题才像心灵的鸡汤给人带来慰藉。他竟然用审视的目光看着我，不信我说的话。

的确，曹大铁的一生似乎艳遇不断，但他基本都是奔着婚姻去的。他的六任妻子，新中国成立前的两任，一个因病去世，一个借他作掩护。其后几任，也都在时代的浪潮中先后与他展开了一段段聚散离合的故事。而他留给她们的那些诗词，浓情缱绻，让人顿觉生命的无限美好。有一首词《鹧鸪天·金陵汪寓》这样写在金陵的一次约会：

日照亭林积翠重，午窗倦眼醉芙蓉。六朝胜景留容与，梦断鸡鸣饭后钟。

听弹唱，乘微风，挹江门前夕阳红。素腕雪藕交辉映，消受清闲半日中。

这是他记述的与后来成为第四任妻子的汪明华的一次约会。金陵庭院夏日的午后，小窗胜景，清风徐来，浓情蜜意，销魂时刻，醉了夕阳，忘了时间。让人读来意趣绵长，十分艳羡。可是，二人结婚短短一年多，这段婚姻就随着他 1957 年被错误划为“右”派戛然而止。三十年后的一天，南京到达常熟的公共汽车上，走下一位五十多岁的女子。她叫了一辆黄包车，问车夫知不知道曹大铁家，车夫答道认识，便拉上她直达“菱花馆”。此人就是当年那个金陵女子——铁路医院的药剂师——曾经是曹大铁第四任妻子的汪明华。她再婚丧夫后，只身前来寻找前夫——江南才子曹大铁。后来，她陪伴着曹大铁走在晚年生命的阳光里，直到他因跌倒住院一年后，郁郁而逝，先他一步离开了这个世界。

2009 年 9 月，卧床八年的一代才子曹大铁走完了人生的道路，离开了人间，自此，世间再无曹大铁！

十四年后的 2023 年初夏，我来到琴川河附近的菱塘南村，寻找到了已经颓败的曹大铁故居——“菱花馆”。破落的围墙，洞开的院门，杂树荒草疯长得一片凌乱。两层小楼门楣上的水泥防雨板已经塌落，窗户破败，屋顶洞开。棕榈树、美人蕉、桂花树与蜡梅，有的依然生机勃勃，有的已经死去。但院门里的夹竹桃却长势旺盛，高高长出了围墙，遮蔽了半个院子，正盛开着一朵朵白色的花朵，仿佛在祭奠这里曾经的主人。而院子的大门上，还依旧清晰地留存着大铁生前用毛笔写的字条：“闭门谢客，息交绝游。”纸已淡去，字仍清晰，昭示着曹大铁晚年祈求安宁、免遭打扰的心情。是的，这处“菱花馆”虽然比不上从前虞山水北门菱塘岸边的旧宅“菱花馆”有亭台楼阁、水榭曲廊、视野开阔，但置于菱塘南村四处居民楼下的这个独院两层小楼，在 80

年代初却是傲然独具的一个美好家园了。大铁在此度过了人生最后的二十多年，此处，也成了曹大铁在文化界那些劫后余生的好友向往的地方之一。曹大铁在这里编撰了他劫后余存的大半生创作的诗词稿《梓人韵语》，辑录了他十九岁到七十七岁所创作的部分诗词作品，计四十二万多字。当这本诗词集于 1993 年 7 月由南京出版社正式出版发行时，在中国诗坛引起了轰动。他的诗词大多踩着时代鼓点，反映的是时代云烟和个人的境遇。那些深受白居易及乃师杨云史影响的乐府长诗、序言诗注，可谓大多是感时忧国的慷慨悲歌，读来古意盎然，感人肺腑。还有数千言鸿篇巨制，以及他的众多词作，如《丹青引》《富乡歌》《善哉行》等，可谓气若长虹、才气纵横、波澜壮阔，让人感觉可以透过文字的深巷，一窥历史演绎的欢歌悲曲。无怪乎曹大铁会被当时的中国作家协会评选为“中国当代旧体诗词十大作家”，被誉为“江南大才子”“中国真名士”。

当然，曹大铁在他的“菱花馆”还创作了大量的书画、金石作品，这些也都是他留给后世宝贵的精神财富。我为自己能够认识、相交这样一位大师而荣幸、自豪！

“菱花馆”虽然破落，但它疯长的草木依然旺盛。我拉上它洞开的院门，让它安静地在时光中等待迟到的重光。

初稿毕于 2023 年 8 月 5 日，常熟

改毕于 2023 年 9 月 10 日，郴州旅舍

金牛道上

一

金牛道是一条充满了无数历史人文故事，甚至影响过历史进程的古道。它建于战国中期（前316年前后），是古代四川到陕西的主要交通干道，南始成都，经德阳罗江县、绵阳梓潼县，至广元剑阁县，过剑门关后至昭化，渡嘉陵江经广元往东北方向至陕西宁强县，再经勉县到达汉中。它一路穿山涉水，也因此气象万千。史书记载，这条古道的名字源于传说中的石牛粪金、五丁开道。而客观来说，它更可能是战国后期，蜀国与秦国共同开发的一条连通秦岭内外的商贸与文化交流的通道。古老的金牛道上，充满了奇岖与险阻、通行与交融、战争与谋略、感怀与诗篇……汇集了两千多年来壮阔宽广的历史云烟，值得让我们探寻其中，沉醉思索。

2019年5月底，我和几个朋友慕名探寻了这条古道，身处其间，只觉得能亲眼看见此地的遗迹景观，亲身感受此地的丰厚历史，真是让人终生难忘。

因为李白，我们从阆中到广元剑阁县前，选择了绕路绵阳、江油。汽车途经梓潼县，也就踏上了金牛道。应该说，江油也是金牛道上的一个节点，当地的这一段现在地处偏僻，很是干净。而在李白生活的那个时代，这段路则更为偏僻，史载，其周围数百里人烟稀少，到清代仍然市廛寥落。李白的父亲李客带着五岁的李白和全家人，从中亚碎叶城避难入川，落脚在这金牛道边的江油青莲乡时，就是看中了此处良好幽静的隐居环境。那时的他不曾想到，多年之后，一代诗仙竟会由此横空出世。

李白的祖籍在陇西成纪，即今甘肃天水，所以他自称“陇西布衣”，他的故居叫陇西院。青莲只是他的第二故乡。天宝山麓，修筑得气势壮观的李太白景区，显示的是现代人的审美，碑林与塑像、亭台和楼阁，都是今人的装饰与念想。我们买了四十元一张的门票进去，想要在此探寻李白的踪迹。登上高耸的太白楼，上面的绘图版李白生平介绍，倒是值得一看。旷达人生，诗友相聚，歌行天下，凄凉离世……大概就是诗仙的人生脉络。从李白的世系表上看，他祖上的名人有老子李耳，还有汉代大将飞将军李广，这或许也是他天生有拜仙入道及旷世傲物的基因的原因。五岁以后在青莲生活的李白，除了有良好的家庭教育、物质基础，当地丰厚的地域人文也给他提供了滋养。

从大秦故地都城长安通向四川成都的金牛古道一路逶迤，行人出了广元剑门大山后，涪水、潼水、盘江等穿城而过的江油一带，自然成了歇息、整顿、交流的地方。在这些人中，除了军旅、商旅，还有许多文人墨客。交融的文化往往是一个地方的宝藏，而这也滋养了李白，进入了他的精神和血脉。少年时期就气质不凡的李白在江油生活了 24 年，按理说此时的诗文创作肯定不会少，可惜大部分失传了。目前能见到的几首，大约是李白十五岁前后还未离开青莲乡时写的。如《初月》《雨后望月》《晓晴》《对雨》《望夫石》等。从这些写景抒情之作里，已经可以看见诗仙的“雏形”了。且看：

《雨后望月》

四郊阴霭散，开户半蟾生。
万里舒霜台，一条江练横。
出时山眼白，高后海心明。
为惜如团扇，长吟到五更。

《对雨》

卷帘聊举目，露湿草绵绵。
古岫披云毳，空庭织碎烟。
水纹愁不起，风线重难牵。
尽日扶犁叟，往来江树前。

这两首诗中描写的景色，就是青莲乡的环境。盘江练横，远处的大匡山、戴天山、紫云山的薄雾披云，江滨的农民尽日农耕，好一幅散淡恬静的乡村画卷。而他另外的一首《夜宿山寺》：“危楼高百尺，手可摘星辰。不敢高声语，恐惊天上人。”语言浅显，自然天真，带着儿童式的幻想。史载他十五岁就当过小吏，仅半年就去职到匡山隐居，并寻仙访道，创作诗歌，其中最有名的是《访戴天山道士不遇》：

犬吠水声中，桃花带露浓。
树深时见鹿，溪午不闻钟。
野竹分青霭，飞泉挂碧峰。
无人知所去，愁倚两三松。

这首诗笔调清新明丽，不难看出，青少年时期的李白，其文才已经具备了横空出世的潜质。我喜欢李白一生好作名山游，甚至影响了我的择业和爱好。读他的诗，收藏他各种版本的诗歌和后人对他的研究文献，也成了我业余生活的一部分。他的气质和秉性，与官场是着实不容的，他也不是做官的料。我一直在想，少年天才的他为什么没有去报考功名？当年仗剑离开江油畅游天下，如果在长安没有遇到那个引荐过张旭从常熟尉入京当上太子左率府长史而后又当上金吾长史的皇太子老师贺知章的欣赏与举荐，恐怕，李白还是与唐玄宗无缘的，更不会有让宰相李林甫磨墨、杨国忠为其脱靴的故事。当然，也不会有《清平调》，不会有放还河山、歌行万里留下的灿烂诗篇。

陇西院内，数百年前修建的太白、文昌、仓颉、地母四重殿宇还在。新修缮的陇风堂、序伦堂等建筑，则是展示李白及今人创作的展厅。在天宝山东麓的草坪上，有李白胞妹李月圆的墓。周边花木扶疏，暗发清香。墓前的圆月池塘，清波照影，垂柳摇曳，一条小溪蜿蜒流过。传说李白幼年时看到一个老妇在此以铁杵磨针，受到感悟而奋发学习，因此这条小溪叫磨针溪。我在陇西院的李白故居，忽然想到了“性格决定命运”这句话。李白虽然命运多有不济，但人生还是有许多快乐的。“饮中八仙”的诗酒生活，与众多诗人的交会相聚，与贺知章、张旭、吴道子、裴迪、公孙大娘、杜甫、高适、孟浩然、贾岛等的友谊，仗剑天涯的旷达和不羁……但有一个问题我不明白，他为什么竟然独独与王维没有交集？生活在同一时代、曾经同在皇帝身边、诗名都名扬天下的他俩，究竟为何没有诗歌相咏，甚至未曾往来呢？

李白、王维同生于701年，李白762年去世，王维761年去世。李白虽然才高八斗、诗名远扬，但为人张狂，目空一切，作为诗佛的王维必定是不喜欢他的。李白好动，王维喜静。李白一直想入世，豪气干云。王维却向往出世生活，于终南山购建辋川别业，山光物态，怡性养情。据传两人都是由唐玄宗的亲妹妹玉真公主推荐给玄宗皇帝并入朝为官的。但官场职位高下有别，王维年少即高中进士，位高职重。而李白讲穿了只是被封了个翰林供奉，是皇帝的“吹鼓手”罢了。史上还有一说，李白、王维是情敌，都与玉真公主相好，这应该是造成两人老死不相往来的最主要原因了……哈哈，旅游真是快乐的！状物思人，行云流水，心骛八极，横无际涯。陇西院边有一块很大的荷塘，田田的荷叶迎风摇曳。我知道李白的心思不在这里，这里的蛙声也留不住他的凌云壮志，一路向东而去的他，从此落脚湖北安陆，娶妻生子，然后又开启浪漫一生的诗歌人生……

二

从江油到剑门关有高铁，半个小时就到了。这条高速铁路，与另外一条宝成铁路及高速公路，都是与金牛古道相邻并行而筑。由于买的是晚上的车票，白天可以去江油的市里逛一逛，吃个晚饭。从车站走到市中心并不远，颇具规模的县级市城区正在创建国家文明城市，道路干净整洁，管理也较好。而市中心高耸的红军胜利纪念碑像这个城市的标志，着实让我们流连了一番。查了史料才知道，原来，这座碑是为了纪念红四方面军长征途经江油，取得中坝战役（又名江油战役）胜利而建的。它坐北向南，呈亚字形，顶端高耸着一枚红五星，在蓝天白云下熠熠生辉，让人肃然起敬。四面长方形平面上，有红底金箔阴刻碑文。南面写着：“百战百胜的工农红四方面军光荣胜利纪念碑！”北面写着：“为争取独立自由与领土完整的苏维埃新中国而战！”东面写着：“铲除封建势力，消灭卖国贼蒋介石，坚决赤化全川！”西面写着：“彻底没收地主阶级的土地平分给贫苦农民，坚决做好扩大红军的工作！”

红军长征后，为掩护中央红军北上，1935 年春，红四方面军在徐向前指挥下，由 30 军 88 师从昭化移兵西进，同兄弟部队一起攻打江油中坝的守敌。经过几天激战，红军解放了江油县城及周边地区城市，建了这座纪念碑。革命战争时期，四川多地都是红四方面军的根据地。百姓遭受军阀、战乱的苦难，生活艰辛，当有纪律严明的革命队伍出现时，红军的力量迅速发展壮大，成为中国革命的有生力量。原来，江油古城还是一座红色革命城市呢！无形中的发现，让我对这个金牛古道边李白生活过的地方，又多了许多深广的情感。

夜色中，我们一行抵达剑门关附近住的宾馆。半夜，几个朋友在边上的酒家点了个火锅和几个菜，围着场圃上的露天方桌喝起酒来。这是剑山下的一处谷地，夜幕中，远峰肃立，连绵起伏。边上流溪环绕，人影稀落。只有我们几个人呼酒高谈，论古及今。

剑门蜀道是整个金牛道上最崎岖险峻的。我此次从江南前来探访，主要是受李白的《蜀道难》、陆游的《剑门道中遇微雨》这两首诗的影响。李白游剑门是在唐玄宗开元十九年（731），自李白二十五岁（725）仗剑辞亲远游来到湖北安陆，走过了“酒隐安陆，蹉跎十年”的时光。在那里，他同武则天时期宰相许圉师的孙女成婚，生育了一双儿女。生活安定后，李白以安陆为中心，西入长安，东游吴越，南泛洞庭，北抵太原，写下了大量的诗篇。《蜀道难》就是他初入长安时写下的。遇见贺知章时，李白因吟诵《蜀道难》《乌栖曲》，被贺知章称为“谪仙人”，从而一举名扬京城。而陆游写“细雨骑驴入剑门”时，正值四十多岁。二十岁时，陆游立下了“上马击狂胡，下马草军书”的报国志愿，但直到此时，他才得以跟着王炎的军队进驻南郑（今陕西汉中），走上了抗金前线军旅生涯。然而，南宋统治者终究无心北伐，短短不到一年，便将王炎调离川陕，陆游也只好跟随调任成都府任闲职，从此再无缘“铁马冰河”的梦想。在自汉中途经剑门关时，他写下了《剑门道中遇微雨》：

衣上征尘杂酒痕，远游无处不销魂。

此身合是诗人未？细雨骑驴入剑门。

诗人把他悲怆而无奈的背影永远定格在历史的长河中。因此，蜀道剑门对我的吸引，除了它的雄奇神秘，更多的是对那些不绝诗声的追寻。这一夜，我是枕着剑山睡的。

第二天一早，汽车就把我们送到了景区门口。作为国家级风景名胜区、“5A 级”景区，它的旅游配套设施齐全，景区道路建设也安全周到。我们兵分两路，一路探险的乘索道往山顶攀爬而去，而我与书画家汪瑞章、画家李达则循着古道往剑门关方向，追寻着古人的诗魂而去。一边是山壁，一边是峡谷。路穿行在山林深处，平坦处十分好走，可以行走看景。有些路段是从悬崖上开凿出来的，有陡坡、有石级，有危石突兀挡路，须从巨石下弯腰避行。还有藤蔓缠绕牵衣，有石桥凌空架于溪谷深涧……但不必担心，路上所有的防护设施都会保障人的安全。走到一处崖角转弯处，忽然见到石壁上刻着陆游的诗篇，以及他神情低落的骑驴图。我停步抚摸着冰凉的山石，仿佛触摸到了陆放翁绵密的思绪，和他壮志未酬的雄心，不禁想起他的另一首诗来：

早岁那知世事艰，中原北望气如山。

楼船夜雪瓜洲渡，铁马秋风大散关。

塞上长城空自许，镜中衰鬓已先斑。

出师一表真名世，千载谁堪伯仲间。

这是他被罢官回到绍兴老家六年后写的《书愤》，山河破碎，家国动荡，世事多艰，小人误国。而自己报国无门，空怀一腔热血情怀。如今烈士暮年，虽然白发苍苍，但爱国热情至老不移，渴望效仿诸葛亮施展抱负。

我二十多岁时第一次到绍兴游玩，去的是沈园，感受的是陆游与唐婉的爱情故事。一首《钗头凤·红酥手》，让我在这温情的园林里百转低回，久久不愿离开。后来读多了陆游，觉得自己有些好笑。他的那些金戈铁马的诗篇中的血性，才是男儿应该崇尚的！读着这些诗，我才看懂了真正的陆游，才能理解他"驿外断桥边，寂寞开无主。已是黄昏独自愁，更着风和雨。无意苦争春，一任群芳妒。零落成泥碾作尘，只有香如故。"的孤寂无奈和风骨。这种独存的风骨更体现在他临终前所写的《示儿》中：

死去元知万事空，但悲不见九州同。
王师北定中原日，家祭无忘告乃翁。

报国无门，饮恨而死，"北定中原"的遗愿在他去世多年后终究还是破灭了。崖山一战，十万宋兵跳海自尽，南宋灭亡，陆游的后代也都堪称忠烈之士。他的玄孙陆天骐在崖山战役中拼死血战、宁死不降，最后随护国将军陆秀夫一起跳海壮烈殉国。陆游的孙子陆元廷得知崖山战败，忧愤而死。陆游的曾孙陆传义在崖山失败后，绝食而亡。陆游的其他子孙面对国破山河碎的局面，选择了隐居山林，拒绝元朝的征召，不做元朝的任何官职。

“家祭无忘告乃翁”，陆游的后代是用行动来证明的！

朝代的更迭都是血腥的，历史的车轮永远滚滚向前。眼前这处“细雨廊”的清幽，让我们三人休息了好一会儿。汪瑞章是第二次来游剑门蜀道了，他说多年前的这路不好走，奇险得多。现在修得太平整了，反而没有了韵味。我从事旅游工作二十多年，国内的主要景点大多都走过，逐渐也感到现代人的旅行缺乏了冒险和刺激，毕竟景区首先要保证游客的安全。我们家乡俗语说“跑路也会跌杀（死）人”呢。可国内许多景点过度的建设维护，却使之脱离了传统风格，就像一些明清的老宅建筑里，门口的街道撬掉了原有的石块路面，铺上了平整光滑的大理石……当然，这个剑门景区还是保护得很好的。当我们走得累了，发现边上有一个地质博物馆，在这里可以参观、休息一下。

据载，大小剑山系在一亿八千万年前地球构造运动中由海洋上升，在七千万年前的白垩纪晚期的大构造变化中形成，并呈现出了独树一帜的七十二峰丹霞地貌。这里的山峰雄中带秀、刚柔并济，既有北国山岳的壮观，又有南国的旖旎，石壁陡峭，连绵数百里，风光独绝。地质馆建造得与剑山融为一体，通过平面与立体交融、声光电的布置、实物的结合，让我们在半个小时的参观中，获得了不少当地的地理、历史知识。这种科学的普及是十分必要的，它让我们对旅游目的地有了纵深的了解。我由此想到，一些地方在开发整合旅游资源时，由于缺乏宏观的把握，忽略对自身的认识，不去挖掘独具魅力的地域特色，反而舍本求异，追求哗众取宠，引进一些类同或不伦不类、严重脱离地方风俗的项目。这样开发的结果是可想而知的，都将以失败告终。

山道上，满目青翠，空气中氧离子十分充沛，弥漫着淡淡的清香。这是生命的养料，可以让旅行成为人生的加油站。走过溪上的一座“子规桥”，想起李白诗中写过的“又闻子规啼夜月，愁空山”之句。这杜鹃鸟晚上是不是会鸣叫？我并不知道，但耳畔传来的鸟鸣声倒是很清脆的。阳光穿过密密的树林，不知名的鸟儿跳跃在枝头，树叶深处发出簌簌的响声。这种声音，像清泉一样流进我的心田。

五丁坪的雕塑让我们停留休息，这是为纪念五力士劈山拖牛成金牛而设立的。行人在此歇息畅想，整顿前行。方便游客的旅游设施设置得很周到，有商店、厕所、移动电话网络信号，有供人休息的靠椅，有公共电话。旅行怎么能没有那温柔的心意！呵呵，这句话是我在丽江古城游玩时买的一本介绍丽江的书籍名字。的确，我认为旅游的服务应该是充满人性化温情的。看看生活中的一些景点或市民休闲场所，偌大的一个湿地公园，没有厕所，没有多少供人休息的户外椅凳，更没有设置商业服务设施，旅游休闲服务的要素严重缺乏。甚至，有的景区还未具备条件，就想着收取高额的门票。这样的做法，只能扼杀了旅游事业。即使浮面工作做好了，为游客所想的精神不落实到具体，也只是一厢情愿而已。

诗仙桥就是传说中李白当年入蜀过剑门关，站在这里仰望群峰的地方。连绵起伏的山峦，无边的绿色，身边山谷中嶙峋的怪石，穿行的蜀道蜿蜒出没。

噫吁嚱，危乎高哉！

蜀道之难，难于上青天。

蚕丛及鱼凫，开国何茫然。

尔来四万八千岁，不与秦塞通人烟。

西当太白有鸟道，可以横绝峨眉巅。

地崩山摧壮士死，然后天梯石栈相钩连。

上有六龙回日之高标，

下有冲波逆折之回川。

黄鹤之飞尚不得过，猿猱欲度愁攀缘。

青泥何盘盘，百步九折萦岩峦。

扪参历井仰胁息，以手抚膺坐长叹。

问君西游何时还，畏途巉岩不可攀。

但见悲鸟号古木，雄飞雌从绕林间。

又闻子规啼夜月，愁空山。

蜀道之难，难于上青天，使人听此凋朱颜。

……

我想，李白估计不会只往来于这条蜀道一次。他二十五岁仗剑远行时或许就已经走过，后来落脚湖北云梦附近的安陆，结婚生子十年间也有可能多次回过江油，毕竟家乡有他的亲人，也是他成长生活了二十多年的地方。他何时写这首诗，学术界多有猜测。比较一致的说法是李白在长安送好友远行时所作，借蜀道难行，抒发仕途坎坷、人生艰难的郁闷心情。或许这个蜀道是泛指，可能包括了巴蜀通往秦地的那些山间栈道。李白的磅礴气势和奇幻跌宕的畅想，在他少年时期的诗风中就已经显出端倪，此时只是更加成熟更显洒脱。记得20世纪80年代初，在市工人文化宫夜校的中文班，地区师范老师鲁德俊讲这首诗时，其豪情满怀、神情飞扬的解读氛围，感染着似懂非懂的我去新华书店排队买李太白的诗集，并且一直想作实地游。

旅游的乐趣绝不是走马观花，而是沉下心来思接八极、神会万物，在历史的长河中搜寻出暖人的光亮。据统计，千百年来，帝王将相、文人墨客吟咏剑门蜀道的诗词有数千首，王勃、李隆基、李白、杜甫、李商隐、王安石、陆游、杨慎等等，都留下了他们不朽的篇章。中国传统文化的光芒是照亮中华民族的明灯，我们站在叹关台诗词走廊，阅读刻在石上的那些历代名家的诗篇，就是与古人的神会，在思绪的沉淀中，感受文学的力量。

我们遇到了一个山民，他坐在路边编织着两只竹箩筐，边上放着一小堆野生的灵芝。我弯腰捡起了几个放在鼻子上闻，一股特有的清香直抵灵魂。我想起了那次在西藏遇到的刚采摘下来、还潮湿着的野生灵芝，那时买了几个放在宾馆的房间，竟满室生香！幼时看过《白蛇传》里白娘娘盗仙草的故事，端午节白素贞意外喝下雄黄酒现出了原形，将许仙吓得昏死了过去。白素贞为救夫，前往昆仑山盗取灵芝仙草，过程中遭遇了鹤仙童的阻拦，差点失了性命。幸好南极仙翁及时赶到，救下了白素贞并将灵芝赠予了她。因此，那时我就知道，灵芝是好物。后来所见那些大如帽盖的灵芝，其实都是人工种植的，且无香气。真正野生的，个头小如蘑菇，就像深山里的仙女，婀娜多姿，神清气爽。我决意买下来，问山人多少钱？“五十元！”他说。我将它们放进行囊，就是把蜀道剑山的灵气带回来了，它们也成了我冬季最好的滋补和送人的美物。

转过一个山角，忽然，远处的剑门关剑阁进入了我们视野。它高耸在两山间，像守关的武士，威仪万端。我们加紧了步伐，走上架于深谷的一座大木桥。头顶上方剑阁临空，两山绝壁万仞。“噫吁嚱，危乎高哉！……剑阁峥嵘而崔嵬，一夫当关，万夫莫开……”此时此刻，我才真切感受到了李太白笔力纵横的豪迈气概！脚下溪水轰响，如雷贯耳。回望远方，古木参天、群山环抱。身临其境的旅行让我们忘记了疲劳，向着剑阁攀登而去。

关楼建在剑山中断处，两旁断崖峭壁，峰峦倚天似剑。两壁相对，其状似门，故称“剑门”，有“天下第一关隘”之誉。

史载剑门关隘口形成于白垩纪，是世界罕见的城墙式砾岩断崖丹霞景观，垂直高度近 300 米，底部最窄处的天然隘口仅 50 米，是金牛道上控制交通的重镇。因为它扼守着陕川的主要通道，从它筑成那天起就成了历代兵家必争之地，见证了不少王朝更迭，金戈铁马。据记载，过去这里平均二十年就会有一场大的鏖战。诸葛亮六出祁山，北伐曹魏，曾在此屯粮、驻军、练兵；又在隘口砌石为门，修筑关门，派兵把守。魏军镇西将军钟会率领 10 万精兵进取汉中，直逼剑门关欲夺取蜀国，蜀军大将姜维领 3 万兵马退守剑门关，抵挡钟会 10 万大军于关外。真可谓“一夫当关，万夫莫开”。最近的两次战火一次发生在 1935 年的红军长征途中，一次发生在 1949 年的解放战争中。1935 年，红四方面军攻取江油后，顺利突破嘉陵江防线，渡江进入剑阁县境内夺取了县城，兵锋直指剑门关。当时，敌人在剑门关一带部署了 4 个团的兵力，妄图凭借天险要地将红军堵截在雄关之下。战斗打响后，在突击队战士出其不意的侧面偷袭下，红军以迅雷不及掩耳之势夺取了剑门关关楼，随后经过激战最终全歼守敌，一举攻克了剑门关，解放了附近的县城，为与中央红军会师奠定了坚实基础。1949 年 12 月的第二次剑门关战斗，是人民解放军第 18 兵团解放广元后，派出先遣支队从剑门关侧后迂回突袭，冲锋的战士冒着敌人烧桥的大火爬过了仅余的一根独木，一举突破阵地打开通路，最终在大部队的掩护、策应下攻占关楼。随后，解放军势如破竹，顺利解放了剑阁县城。

千百年来，这里战争绵延不绝，关楼屡建屡毁，又屡毁屡建。但三层翘角式古关楼始终傲立，直到 1935 年修筑川陕公路时才被全部拆毁，1992 年，当地政府又在原址东侧崖底修建了关楼。2006 年 2 月，关楼被一场大火烧成灰烬。2009 年 9 月，上海同济大学的专家团队根据历史考据，在旧关楼原址设计重建了眼前的这座关楼。十分巧合的是，我的家乡常熟有座虞山，那里也有剑门、剑阁！它是长江下游冲积平原锦绣江南的亮丽风景。虞山剑门位于虞山最高峰锦峰之巅，剑门峡谷其实也是一个断层。山峰犹如被一把剑劈开，分成两半。从下向上望去，天开一线、危岩高耸、峻峭险拔，攀登的道十分奇陡，传说是吴王夫差在此试剑所劈而成。历史的传说，给虞山增添了许多神秘色彩。从科学角度讲，虞山属于沉积岩，从山的断面上可以见到一层层的沉积体。沉积岩经过地壳运动所产生的一道裂缝，最终形成了“剑门”的样子。登上剑门之顶，高耸的剑阁突现眼前。它最初为明代所建，后来几经兴废。现在的两重飞檐斗拱歇山顶式环廊剑阁，是 1988 年太湖风景名胜区虞山景区规划重建的。当然，两地剑门、剑阁风景有别，各有互长，但都在历史的长河里留下了云烟。作为吴文化的发祥地之一，虞山自是文化丰厚。泰伯仲雍带领故地先民开垦播种、孕育了吴文化的故事至今流传不绝，吴王夫差与西施的美丽传说也是一段美谈……现实中，虞山文化的熠熠光辉也不绝如缕：明代有县令曾率众依托虞山城墙关隘抗倭，奋力追敌时身亡；1937 年，侵华日军突破长江江防登陆后，抗日将士也曾在剑门附近山上的城墙奋力抵抗杀敌……

眼前的剑门关现在早已变成了历史的守望者、蜀汉文化传播普及地，以及服务旅人的地方。底楼的商铺除了卖全国旅游点千篇一律的小商品，还有当地的土特产。当然，这里还有按照国家“5A 级”景区配置的接待宣传服务设施。二楼的陈列展览，是对剑门关、蜀道及发生在这里的战争的介绍。壮士与英雄，谋士与枭雄，诗人的咏叹，帝王的回銮，商贾士人的往返……历史的烟云和散落的诗行就这样交叠在我的眼前。剑阁虽雄，但它终究也阻挡不住历史的车轮。就像今天，它只是剑山古蜀道上的风景和旅行者的驿站。人们在此访古思幽、凭吊往昔、整顿行囊，走向人生的新的旅程。

二楼的围廊连着从剑山绝壁蜿蜒而来的古栈道，箭垛的缺口处，一面可以远眺出关的车马大路，一面可以回望我们一路走来、隐没在远方大山深处的通蜀古道……

三

翠云廊景区是国家首批重点风景名胜区，也是国家重点文物保护单位剑门蜀道的核心景区之一。它离剑阁七公里，是蜀道的一部分。在这蜿蜒三百里的道路两旁，全是挺拔的古柏林。有关部门统计，这里有古柏 12351 株，其中剑阁境内有 7886 株。经过 2000 年的生长，此段蜀道古柏相连，绿荫如碧。秦始皇统一中国后，下令以咸阳为中心，修筑通达全国的驰道，在道两旁种上成排的松柏，“道宽五十步，三丈而树”，以显示天子的威仪。另有一说是秦始皇修筑阿房宫时曾在蜀中大量伐木，杜牧在《阿房宫赋》中就有“蜀山兀，阿房出”的描写，蜀中百姓怨声载道，秦始皇为平民愤，倡导在驿道旁植树。因此，人们把秦朝所植的树称为“皇柏”，所以这条道又名“皇柏大道”。历史记载，自秦以后，三百里翠云廊大规模的植树有七次，分别在秦、蜀汉、东晋、北周、唐代、北宋、明代。第二次在翠云廊大规模植树的人是张飞，相传张飞当年为巴西（今阆中市）太守，军政往来频繁。当时的剑州（今剑阁）又是蜀都至中原的必经要地。为适应政治、军事上的需要，张飞令士兵及百姓沿驿道种树，军民同心协力，种下了片片绿荫。民间还流传着张飞当年“上午栽树，下午乘凉”的故事和神奇的传说。据考，翠云廊直径 1.8 米以上的古柏，当是“张飞柏”，直径 2 米以上的是秦柏，我们游览的是约三公里长的核心区，这里集中了自秦汉以来所植的柏树，棵棵相连，望不到边际。生长在江南，从未见过如此壮观的柏树，以前只是在一些庙宇见过，它们大都直径不足一尺。苏州邓尉山香雪海附近的司徒庙有四棵距今 1900 年的柏树，相传为东汉司徒邓禹手植，因遭过雷击，虬枝奇曲，卧地而生，被乾隆南巡时赞为“清、奇、古、怪”，这大概是江南地区最古老的柏树了。自秦以来，川陕之地能够把柏树当作道中林荫，这在我们那里是绝对不可能的。自然与文化的差异会影响地域的风俗，行走在绿荫如盖的清幽古道上，不时在两边高大奇曲的古柏前停下脚步，抚摸着它们粗粝的枝干，就像在向一个耄耋老人握手问好。

在古代，修筑交通道路的目的，还是出于军事目的和运粮。像秦代修筑的秦直道，就是秦始皇为抵御匈奴南侵而修筑的具有战略意义的国防工程。当年蜀汉派大将张飞驻扎并扼守阆中，也是因为看重天府之国四川丰富的物产资源和军事上的战略意义。从汉中出发，沿着金牛道翻山越岭，终点就是丰饶的四川盆地腹地——成都。在冷兵器时代，历朝历代为确保道路畅通及遮阳隐蔽，都在极力维护这些古道。那些成排的古柏为什么能够历经战乱未被砍伐？我想，这应该得益于柏树独具的那种精神层面的象征意义。松柏精神万古长青。柏树树叶四季青翠，即使在冬季也是绿荫如盖。风云变幻，沧海桑田，它们都会像卫士一样，坚守在人们身旁。当我们沿着金牛古道延伸的方向一路向北，在陕西汉中诸葛亮墓园见到同样高大伟岸的古柏群时，这一点也得到了充分的印证。

汉中是多条蜀道的汇集之地，除了金牛道，还有子午道、连云道、祁山道、陈仓道、褒斜道等，它们从各处翻山涉水，抵达汉中，或者可以说从汉中辐射到各地。作为兴汉之地，汉中的蜀汉文化到今天还是非常浓郁的。那里有太多的历史遗迹，承载着厚重而又深广的汉代、三国文化底蕴，可供我们尽情解读。秦末时期，天下大乱，四方诸侯纷纷倒秦，项羽、刘邦两股重要力量分兵共击秦朝，刘邦绕过秦朝主力，率军直逼函谷关，最先攻下了秦国都城咸阳。按照项羽、刘邦与楚怀王的约定，谁先入关中者，谁就是关中之主，可称王。但刘邦把咸阳和关中都原封不动地留给了强大的项羽。项羽毫不客气地入主咸阳后开始封赏天下诸侯，刘邦被封为汉王，封地巴蜀和南郑，即四川和汉中，并在汉中定都。从此，历史翻开了新的一页：先是风起云涌的楚汉之争，再是两汉四百余年的基业。而讲到这些，就不得不提到刘邦的谋士张良。所以，到达汉中的第一站，我们就去张良庙拜谒。

张良庙坐落在距汉中一百公里的留坝县紫柏山麓川陕公路边，是全国重点文物保护单位、道教全真派的圣地。汉朝建立时，刘邦论功行赏，让张良挑选齐国的三万户为食邑，张良辞让，要求请封赏始与刘邦相遇的留城，即现在的江苏沛县东南的微山湖地区。刘邦同意之后，封张良为留侯。司马迁《史记·留侯世家》中，记载了这段历史。留城后来被水淹没，沉在了微山湖底。探寻历史的踪迹其实是很有意思的，当年张良既有了封地，但为什么不去享受荣华富贵，反而去了紫柏山修炼？其实，当张良帮助刘邦成就帝业后，他深知“兔死狗烹”的道理，最终选择了急流勇退。汉惠帝时期，在吕后的劝告下，他才来到了封地留县，过上了一方诸侯生活。公元前 189 年，张良去世，长子张不疑继承爵位，次子张辟疆有智谋被吕后用为亲信……

我一直在想，吴文化的发祥地之一，江南古城常熟，怎么还会和张良扯上关系？在常熟，至今还流传着张良到白茆地区传授山歌的故事。在历代人们所传唱的山歌中，有“张良就是唱歌郎，坐着风筝教思乡”。是否，作为留侯的张良一旦安定下来，就像传说中周朝的姜太公一样，也曾到常熟探寻过让国南来的泰伯、仲雍兄弟俩的踪迹？据载，早在秦末，张良的活动范围就一直在河北、山东、江苏一带。历史的可能性也许是会发生的，作为吴歌重要一脉的常熟白茆山歌，自古流传下来的山歌有数千首，是中华民族文化宝库中的一部分。在20世纪20年代，就受到了北京大学等高校学者的关注。张良也被当地世代百姓尊为山歌最早的传唱者，相传他甚至还曾在常熟安居：

啥人家个田啥人家的花？
啥人家的囡女勒浪削豆拓削棉花？
阿有处搭吾眠一夜，
吾搭嫩上穿绫罗下穿纱。

张良笃个田，
张良笃个花，
张良笃个囡女勒浪削豆拓棉花。
吾俚姆妈搭嫩眠仔无夜数，
勿看见着嫩上穿绫罗下穿纱。

这首民间流传下来的《张良回乡》民歌，讲述了张良回乡调侃农田里劳作的一个女孩，未料竟是自己女儿的故事。历史的信息带给我们无限的畅想。

张良留侯庙是东汉末年他的第十世孙张鲁做了汉中王后，

为尊崇先祖而修建的。现在的庙是明、清建筑，共有六间大院，房舍一百五十余间，是陕西大型祠庙之一。我们从公路边的山门进去后，就被那青砖灰瓦深邃的建筑、历代摩崖题记、石刻、匾额、楹联所吸引。那些米芾、冯玉祥、于右任等名人的手迹，颂扬了一代韬略家的雄才大略和功成身退的人生智慧。在后面靠山的崖边，有一只亭子，边上有一碑上书大红正楷“英雄神仙”四个大字。从青年时期为报灭国之仇的刺秦，到投入刘邦麾下运筹帷幄，关中征战、决胜千里，鸿门化敌、强兵灭楚，直至大汉立国，退隐江湖……作为汉初三杰之一的张良，“英雄”盖世，实至名归，“神仙”超然，天下无双！当然，这神仙境界还与紫柏山有关。往上沿着山路攀登而上，有一座“授书楼”，是后人为纪念张良而修，看起来是适合隐居修行的好地方。紫柏杂树，郁郁葱葱，高阁临空，俯瞰山色。紫柏山实在非同一般，它处秦岭南麓，山上遍生紫柏，最高峰海拔 2538 米，有秦岭明珠之誉。我们乘索道上山后，山顶上竟然一路没有见到一棵树，别说紫柏了。山坡长满了高高的野草，蔓延到一望无际的天边。远近的群峰，有的高耸，有的低垂，层峦叠翠，让我们恍若到了“风吹草低见牛羊”的峡谷草原。后来才知道，紫柏山绵延 500 余里，我们只是没有跑到长满紫柏的地方罢了。

四

诸葛亮墓在汉中勉县定军山下。定军山属大巴山脉，有秀峰十二座，是三国时期的古战场，为刘备大将黄忠斩杀曹魏大将夏侯渊之地。自刘邦到刘备，时隔418年，汉中再成蜀汉之都，刘备成汉中王后，于汉献帝建安二十四年（219）正月，渡过沔水，率精锐万余人驻军定军山，征战曹军大将张郃。张郃不敌，夏侯渊分军往救，于是刘备派黄忠居高临下突袭，夏侯渊遂战死。因此，定军山也成了舞台影视剧的经典作品题材。蜀汉后主刘禅建兴十二年（234），丞相诸葛亮与曹魏司马懿在宝鸡境内渭河两岸对阵时，病死于五丈原军中，后葬于汉中定军山下。从墓区所植的那些高大的千年古柏林来看，此墓年代当属可信。踏进武侯墓大门，整个墓区疏朗开阔，岗峦起伏，像一个公园。建筑都是明清两代所建，大殿内有历代歌颂的诗词碑文等。诸葛亮的塑像手持书卷，神态庄严。边上的金粉木刻《隆中对》，我不禁重读读了一遍。以前学习古典文学时，此篇也是重点背诵的课文。东汉末年，驻军新野的刘备在徐庶建议下，三次到襄阳隆中拜访诸葛亮，问统一天下的大计，直到第三次才见到。诸葛亮为刘备分析了天下形势，提出了以弱制强、三足鼎立的战略构想。刘备采纳了他的建议，并邀一介布衣诸葛亮出山当了自己的军师。刘备能够思贤若渴、不耻下问，不拘一格起用人才，为他奠定了他成一方霸业的基础。走出大殿，就是诸葛亮的墓。高大的墓堆有数十米直径，封土上长满了野草，不断有人在墓前鞠躬凭吊。墓后两株1700年树龄的汉桂枝干繁茂、气韵不凡。边上长廊的墙上，有南宋抗金名将岳飞的大幅行草手迹，内容是诸葛亮的《后出师表》。没想到岳飞的书法是那么好，龙飞凤舞、洒脱有力，其人实堪称文武兼备。面对孔明墓，我跳跃的思维随着金牛古道一路跳过来，从汉初到了汉末的三国，跨越了四百多年的风雨时空。这期间，又是一个朝代的兴衰和无数帝王将相之间的征伐。

关于诸葛亮，知道的人多而了解的人少。人们的认知大多来自文学作品《三国演义》，或是一些影视作品。但不管以何种方式去了解他，他都象征着智慧和忠诚。刘邦得张良，在楚汉之争中最终取得了胜利。而刘备得诸葛亮，亦可逐鹿群雄，三分天下。徜徉墓园触碰历史，感觉到的是柔软与刚强、沉重与深广。它们会串起时光的散珠，点亮我们智慧的灯盏与思想。

金牛古道到达汉中，就是我们这次寻访的终点了，而另一个终点成都这次虽然没去，但作为旅游目的地，以前我去过多次。它的丰硕，就像天府之国一样宽广博大。它早已成为我生命中时常牵挂、畅想的地方。在汉中这片土地上，还有许多与汉朝、三国历史有关的遗迹，供我们参观凭吊，让我们感怀，让我们穿越在二千年的时空，与古往今来的各路英豪神会。武侯祠、拜将台、石门栈道，以及博物馆陈列的那些让人惊叹的珍贵文物，汉江两岸美丽的风光等等，都会让人留下脚步。而那个初期投资两千多亿元人民币的“兴汉胜境”，是按照国家“5A级”景区标准建设，以汉文化为核心的全方位景区。它承袭了千年的古汉文化，以文化展示与体验为核心，以弘扬中华文化为主题，完善的配套服务设施和集游、娱、购于一体的功能，辉煌豪奢的建筑与装饰，仿古与现代，时尚与霓裳，光电科技交融，着实让我们惊叹了一番！我们行走其间，恍若梦回汉朝。汉中的城市梦想就是要把这里变成一个全世界中国人交流与合作的中心，以传承历史传统文化，推动陕西全省经济社会发展，甚至成为辐射全国全民族的动力。而这样一个宏大的工程项目，绝非汉中一市所能为，它的背后一定有更强大的保障。

“滚滚长江东逝水，浪花淘尽英雄。是非成败转头空。青山依旧在，几度夕阳红。白发渔樵江渚上，惯看秋月春风。一壶浊酒喜相逢。古今多少事，都付笑谈中。”电视连续剧《三国演义》用明代诗人杨慎的《临江仙》作的片头主题曲，经歌唱家杨洪基的深情演绎，一直在我的耳边回响。但我以为这首词虽好，但总是太超然、太凌空，我们需要的，是脚踏实地地走在当下的金牛道上，向着前方迈开更有力的步伐。而我将会一路向北，在陈仓道的终点——宝鸡岐山探寻中华文化的源头，寻访秦岭山麓五丈原、渭河两岸宽广的平原上所发生的故事……

初稿毕于 2022 年 4 月 2 日清晨

定稿于 2022 年 6 月 1 日

山水作伴

——黄公望

在靠近长江入海口的地方有一座城市，它在南宋时就已经具备了城市的基本功能。城垣逶迤、衙门高台、长街里巷、楼塔高耸、市井繁荣、百业兴旺。它就是始于晋、兴于唐、成于宋的江南名城常熟，古称海虞或琴川。随着南宋时期经济中心的转移，江南成了朝廷的经济重心，滨江达海的常熟，随之成了江南物产的生产基地和输出之地。开凿于西汉时期的古老人工运河盐铁塘，和唐代开凿的琴川河、元和塘，以及分布着的众多湖泊水系，都给当时的漕运带来了便利，太湖流域的水运，不少都通过常熟的长江港口集散。江南大米、蚕桑丝绸、油麻畜禽和其他各种货物在此流通，形成了城市的商业繁荣。可见，江浙皖地区发达的商业，在南宋末期的常熟就已初成气象。据浙江温州的地方志记载，那时就有一些浙商在常熟经商并定居了，永嘉府（温州）平阳县的黄乐就是其中的一位。

一

南宋度宗咸淳五年（1269），偏安一隅、历经了一百四十二年的南宋王朝，在前有金的军事进攻，后有元的武力威胁之下，已经气息奄奄。江南平江府（苏州）常熟县，却还没有受到战争的威胁，社会相对平静。经过唐宋两代的经营，常熟城成了雄踞江南的重镇。在县衙后面不远处，有一条自东向西数百米长的街巷，秦砖汉瓦，鳞次栉比，石板街道，曲折蜿蜒。因这条街巷曾居住过孔子的弟子、孔门十哲之一的言子（言偃，字子游），而被命名为“子游巷”。如今，言子的故居还在，那一口春秋时代留下来的老井——“墨井”，还闪着粼粼水光。在巷子的东头，开挖于唐代的琴川河穿城而过，经福山塘而入长江。河东面百十步远处，那座高耸的、建于南宋高宗建炎四年（1130）的崇教兴福寺塔（俗称方塔），即便是在子游巷的最西头，也能一眼望见。而住在巷东头的人们，还不时可以听到每层塔角上悬挂的风铃的脆响。可以想见，能住到县衙附近城市核心街区的人家，应该是小康殷实之家。咸淳五年的农历八月十五中秋节，这条街上的一户陆姓人家，出生了一个男孩，父母为他取名叫陆坚。据苏州博物馆所藏民国十一年（1922）刊印仰贤堂《陆氏世谱》、上海图书馆所藏民国三十七年（1948）刊印仰贤堂《陆氏世谱》记载，陆坚祖父陆龙霆系唐代著名文学家陆龟蒙之十一世孙，为南宋咸淳年间进士，居松江（上海）。其子陆统，从松江迁居常熟（子游巷）。陆统育有三子：陆德初、陆坚、陆德承。

陆坚在子游巷内度过了十年童年时光。石板路上、琴川河畔，留下了他的身影。孔子的儒家学说以及言子的文脉，开启了他幼年的心智，他的童年是快乐幸福的。常熟这座始于西晋武帝太康四年（283）修建的县城，历来受吴文化的熏陶，学风浓郁，城中家庭普遍都十分重视教育。而陆坚早年的儒学基础，则影响了他日后的人生。可是好景不长，在南宋恭宗德佑元年（1275）陆坚七岁时，蒙古军队的铁蹄横扫江南占领了常熟，他和他的家庭同样也经历了战火。元兵占领下的常熟百姓，也像南宋其他被占领区的人们一样，社会地位低下。占领者把人分为四等，第一当然是蒙古人，第二是色目人（即西域各族及西夏人），第三等是汉人，而曾是南宋统辖下的百姓被称为“南人”，列为第四等。尽管如此，由于蒙古统治者占领常熟时双方没有发生交战，当地的社会生活并没有受到大的影响，所以陆坚和他的家人依然过着平静的生活。对他的身世，不少史家认为他的父母在元兵进占常熟前后双双亡故，但我更相信有些史家的“父亡母嫁”说，因为这种说法似乎更为合理。

小山是常熟虞山的一段余脉，人们历来把虞山比作一头卧牛，而小山则是这头卧牛的尾巴。据元代卢镇续《至正重修琴川志》记载：“小山，在县西北二十里，高十七丈，周四里一百步。”可惜的是，这段松风拥翠的余脉山冈，在 20 世纪 50 年代以后的二十多年时间里被人们开挖而尽，部分地方甚至成了一个深五十多米、宽三百来米、长一千米多的深潭。

南宋卫王赵昺祥兴二年，即元世祖至元十六年（1279），住在小山附近的浙江永嘉（温州）平阳人黄乐，迎娶了常熟城里寡居的陆坚之母，十岁的陆坚随她到了小山黄家。关于这段历史的记述还有另一种说法，即九十岁的黄乐领养了父母双亡的孤儿陆坚。元初的常熟，经济一如南宋时繁荣稳定。作为产粮大县，农业社会的商业流通，让这个城市吸纳了无数的外来者，让这个城市充满了活力。相传当黄乐看到随母而嫁的陆坚时，见他聪明伶俐，喜出望外地说："黄公望子久矣！"从此，陆坚改名换姓叫黄公望，字子久。之后又取了"大痴道人""一峰道人""井西道人"等别号。

来到黄家，黄公望的生活条件依然不错，也继续着他的学业。元世祖至元十七年（1280），十二岁的黄公望还参加了本县的神童考试。元代戏剧家钟嗣成比黄公望小十岁，他在戏剧理论著作《录鬼簿》中对黄公望有这样的描述："公之学问，不在人下，天下之事，无所不知，薄技小艺亦不弃。"年轻时，黄公望就是一个博览群书、好学不倦之人，掌握了广博的学识和技艺，这也为他日后成为山水画艺术巨匠，在文学书法上独具造诣，打下了深厚的基础。很多史料中都没有记载黄公望自十二岁至二十六岁间的生活。其实，这一时期的黄公望经历了养父离世、成家生子，可谓遍尝了人生的酸甜苦辣。

在小山，距黄公望所居两百米处，有一个村庄叫祝家庄。可有意思的是，历代这个祝家庄上只有叶姓人家，竟然无一家姓祝的。青年黄公望迎娶的，就是祝家庄上的女子叶氏。叶氏为黄公望生下了两个儿子，长子叫黄德远，次子叫黄德宏。长子以农耕为生，世居小山黄氏义庄，至今已传至二十七世，有数百余人。次子携母外出为官，自浙江绍兴而最终至湖北武汉新洲，成为新洲黄氏一脉之祖。

二

由于元末明初的战火，常熟元代历史的史料相当匮乏。青年黄公望是怎么在二十六岁（一说二十四岁）得到江南浙西道肃政廉访使（下称浙西廉访使）徐琰的赏识，而进入他的幕府充当一名书吏的呢？据《元史》卷八十六《百官志二》载：元朝为加强统治，元世祖至元五年（1268）设立御史台（中央政府的监察机关）；南宋灭亡后的至元十四年（1277），朝廷设置了江南诸道行御史台（即行台）；至元二十八年（1291），原制按察司改为廉访司，行使监察职责。御史台、行台、廉访司，形成了元朝完整的监察系统，其中廉访司主要行使的是对地方的监察工作。徐琰（？—1301），山东东平人，师从金代文学大家元好问等。青年时期即与阎复、李谦、孟祺并称为“东平四杰”。元世祖至元三十年（1293）春，徐琰自陕西行省郎中任上转任浙西廉访使，负责七路一府一州的监察事务。所谓七路即杭州路、湖州路、嘉兴路、平江路、常州路、镇江路、建德路，下辖二十七个县，十个路辖州。一府即松江府，辖华亭、上海二县。一州即江阴州。要对这么大的一个区域进行监察，权力之大、任务之重可想而知。所以，廉访司设置了十六名书吏来协助工作。在中国古代的职官中，书吏是承办文书的吏员，类似现代的秘书。它不属于官府任命序列，是官员根据需要自己设置的职岗。古代的书吏虽然职位卑微，但因常与长官为伴，其实暗掌实权。肃政廉访司“纠弹百官非违，刷磨诸司文案”，凡一切有关监察方面的文件，均出自书吏之手。黄公望于元世祖至元三十一年（1294）二十六岁时进入徐琰幕府任书吏，是有一定缘由的。

青年黄公望由于继承了继父的家产，生活无愁。而且，自南宋时期就打下雄厚经济基础的常熟，元代初期社会依然稳定，经济持续发展。历经儒家学识熏陶的这座江南古城，崇文重农的风气十分浓郁。农业的发达，让生活在这个城市的人们自给自足。黄公望生活的小山，距离城中心较近，且处山林之阳，土地肥沃、阡陌交错、河塘密布。人只有丰衣足食了，才会静下心来做学问。我们考查一个画家时可以发现，他的成功必定不是一蹴而就的。史载黄公望三十一岁开始作画，但我们可以肯定，他在二十六岁被徐琰辟为书吏之前就早已名闻乡里，甚至名闻平江府及周边县市。元朝时，统治者坐拥江山后取消了科举考试，任用官吏主要靠引荐，而这也断了士族阶层依靠科举跻身官场、飞黄腾达的途径。可即便如此，学识旷达的黄公望在他生活的虞山之畔却依然不甘寂寞。虞山是长江下游入海口处最高的一座山，它绵延十八里，可幻化出江南四时如画之景。在南边的山脚下，昔日姜太公垂钓的尚湖辽阔空蒙。从黄公望家里到湖边，仅有一公里左右。日日在山湖边生活，灵魂怎能不因江南烟雨、山林野景而飞舞呢？民间传说，他用虞山上的褚石磨成粉，调成颜料而作画，这可能是他最初的艺术创作，但也为他日后开创“浅绛彩”技法奠定了基础。元朝政府对书吏的选拔和录用有明确的规定，选拔对象主要有两种：一是路总管府的司吏，一是地方（路总管府）推荐的儒士。十二岁就参加本县神童考试、青年时期就名闻一方的才俊黄公望，自然成了平江府常熟县推荐的儒士。在元朝，招为书吏的儒士被称为岁贡儒人。按照规定，岁贡儒人的条件必须是“洞达经史、通晓吏事”，“廉慎行止为众推服者”。这些条件，黄公望均是具备的。常熟历代文风蔚然，民风淳厚。黄公望自小受儒家教育，“廉慎行止”必然是人生准则。最初的浙西廉政司设在吴门（苏州），元世祖至元二十八年（1291）出任首任廉访使的，是和徐琰同为“东平四杰”的阎复。他是元初文坛和官场的名流，任职期间广交江南名士。据元代杨禹（1285—1361）《山居新语》云："黄子久……博学多能之士，阎子静（阎复）、徐子方（徐琰）、赵松雪（赵孟頫）诸名公莫不友爱之”。可见，黄公望在任书吏之前已经和前任长官有了交集。徐琰于元世祖至元三十年（1293）接任他的朋友阎复的浙西廉访使职位不久，就“自吴门移置于杭，以总各路分司之政”。那么，作为儒士而被引荐进入廉访司的青年才俊黄公望，开头工作的地方亦可能就在杭州了。从苏州到杭州，那是一个怎样的世界啊！廉访司的迁移，打开了黄公望的广阔视野和人生交游，同时也开启了他的诗画生涯。

早在北宋时期，词人柳永的《望海潮》就有对杭州城的繁荣、富庶与美丽的展示，让人十分向往。“烟柳画桥，风帘翠幕，参差十万人家。云树绕堤沙，怒涛卷霜雪，天堑无涯。市列珠玑，户盈罗绮，竞豪奢……”杭州城经过两宋的建设，到了元代也已成为享誉国际的大都市。史料记载，1275 年，杭州城的居民人口就已超过百万。自 1275 年起，到黄公望到任书吏的 1294 年，近二十年间虽然历经了朝代的更迭，但杭州的城市面貌和社会状态并没有太大的变化，繁华依旧。这从生活在杭州的马可·波罗的记述中可见一斑。黄公望在“有三秋桂子，十里荷花。羌管弄晴，菱歌泛夜……”这样一个美丽的城市工作生活，做的又是百官敬畏的监察工作，可想是心情舒畅、踌躇满志。人生中，一个人如果能得到贵人的帮助，这将受用一生。《元书》中对黄公望的上司徐琰有这样的记述：“拜浙西廉访使，为政清简，礼贤下士，意致高迈，东南人士重之。”由此可见徐琰的人品高洁。作为朝廷监察部门的派出机构，浙西廉访使总管着七路一府一州，包括浙江及现今的江苏、上海等经济发达地区的监察工作。权力之大，职位之显，如果为官不廉，为人不正，必将会影响到国家的长治久安。从阎复到徐琰，他们为政清简、意态高迈的长官榜样，给黄公望定了人生的坐标。钟嗣成的《录鬼簿》中，用“性廉直”评价了黄公望的人格操守。从这三个字里，我们看到了一个敬业的黄公望，行走在治下的杭州、富阳、湖州、嘉兴、平江、无锡、松江等地。当然，他的家乡，平江府属下的常熟也在他的监察范围内。他在徐琰手下工作了约六年，元成宗大德三年（1299），徐琰离开了廉访使任上，赴京升任翰林学士。黄公望也随之失去了书吏的工作，流寓在杭州、湖州、苏州，以及家乡常熟一带。这一年，黄公望三十一岁。据考证，从这一年起，他开始真正把作画当作了生命中的一部分。

三

元代并没有像宋代那样有宫廷画院，民间职业画家的地位也不突出。绘画之事，大都是士大夫们公务之余的一种爱好雅事。赵孟頫、高克恭等就是杰出的兼职画家的代表人物。

赵孟頫（1254—1322），字子昂，号松雪道人，吴兴（今湖州）人。宋太祖十一世孙，秦王之后。宋亡后，元世祖搜江南“遗贤”，赵孟頫得授兵部郎中，后任集贤直学士、江浙行省儒学提举、翰林学士。他是元代政治舞台上声名显赫的人物，诗、文、书、画论，诸艺造诣深厚，“荣际五朝，名满四海”。

赵孟頫于元成宗大德三年（1299）以集贤直学士行江浙儒学提举。此时，黄公望尚在徐琰手下当书吏。所谓“儒学提举”，就是负责该地区生员修儒学的学校，类似现在的地方教育厅厅长。同在杭州任职，赵与徐琰必有交往。自然，作为徐琰的书吏，黄公望也就认识了赵。此时的赵孟頫，是元初文坛及艺坛的领袖。他的书法源化于“二王”，却又兼善诸体、博采众长，随意挥洒、自成一家。他的绘画取法唐和北宋，工笔写意、水墨、重彩无所不能。他主张书画同法，追求笔墨的形式美感，借鉴书法用笔，以丰富绘画的表现方法。此外，他对金石、音律等其他艺术也堪称精通。进入赵孟頫圈子的青年才俊黄公望，因为有着深厚的学养和书画方面的特长，得到了赵的赏识，进而成了他的门生。自此，黄公望人生交往的圈子，也拓展到了深广的艺术领域。赵孟頫门人众多，友人同好广集，与当时众多的著名官员、文人、书画家都有往来。而且赵孟頫家富收藏，历代名家字画、珍本秘籍，也都成了黄公望观赏、临摹的范本。现藏于上海博物馆的董源绢本设色山水《夏山图》，黄公望就曾在老师赵孟頫家观得。这幅画中，重峦叠冈，沙汀烟树，轻舟茅舍，牛羊放牧。江南盛夏淡远空旷的景色，让黄公望入目着心，不断临摹，即使到了他晚年七十四岁时，还在追忆当初临摹的情景。五代僧人巨然师法董源，专画江南山水。他喜欢作竖式构图，山川高旷，淡墨轻岚，气象万千。现藏于台北故宫博物院的巨然《秋山问道图》，也是当年黄公望学习临摹的范本之一，为他日后反复画出《天池石壁图》打开了思路。

善画山水的高克恭（1248—1310）既是赵孟頫的朋友，和徐琰及江南文人及画家来往也很密切。元世祖至元二十四年（1287），他官任监察御史。两年后，他被派往杭州，任江浙左右司郎中。元成宗大德元年（1297），他短期离开之前的岗位是江南行台治书侍御史。他在杭州工作十年期间，与赵孟頫等常常诗画交往、高人相和。就学于赵氏门下的黄公望，出入赵府之时也时常能耳闻目睹赵孟頫与高克恭的书画论道。高氏山水风格上溯董源、巨然，笔墨苍润，气韵闲适。这给黄公望的创作也带来了影响。从他三十三岁时为子茂所作的《设色山水》中就可看出，其画风已深受高克恭的影响。明人汪珂玉评论此画说其山中屋宇相向流泉，山凹有兰若作霞气歇云，风格似高克恭。由此可知，此时的黄公望，在山水画的领域已经画艺日精，笔力成熟。这一年，是他离开家乡常熟在杭州工作生活的第七年。

自古以来，许多人都是在生活安定、衣食无忧的前提下，去实现艺术等精神层面上的追求的。此时的黄公望工作俸禄稳定，又在巡察各路诸州县时，兼访名家并与他们气息相通，结为好友。松江曹知白（1272—1355）便是其中之一。曹知白，字又玄、贞素，号云西，他一生未做大官，常居松江。曹知白是江浙一带闻名的富豪、名流，也非常博学儒雅，尤其精擅山水，其画风简淡疏远，意趣天真。他依靠万贯家财和艺技，不仅常与京师的王侯公卿交游，也常邀请故人宾客在他华美广大，“蓄书数千百卷，书法墨迹数百十卷”的曹家花园内论道谈玄、操琴雅歌、泼墨挥毫。巡察到松江的黄公望，也与这位名流雅士会于此，谈书论道、读画泼墨，和他建立了一生的友情。明代姜绍书在《无声诗史》中，记述了曹黄两人的友谊。黄公望自己在题曹知白画卷时也道：“云西与余，有交从之旧，别来四年，心甚念之。”曹知白对黄公望也十分推崇，朋友之间的相互欣赏和笔墨交往直到终老。元惠宗元统元年（1333）十月，当六十五岁的黄公望为好友危素（1303—1372）作《秋山图》时，时年六十一岁的曹知白也在画上题款雅凑褒扬。

翻阅错综复杂的有限史籍，我发现有一个人对黄公望的生活和艺术产生过深远的影响。他就是和黄公望同在徐琰手下出任书吏的倪昭奎。倪昭奎（？—1328），字文光，无锡人。元成宗元贞元年（1295），徐琰招其在幕府中。此时，是黄公望任书吏的第二年。倪文光家历代为江南豪富，家资雄厚，庭院广阔，有清閟阁、逍遥仙亭、雪鹤洞、海岳书画轩等。由倪文光而认识其弟倪瓒，是黄公望人生中的又一重大际遇。倪瓒（1301—1374），字元镇、玄瑛，号云林等。倪瓒从小由长兄倪文光抚养，生活舒适无虑，并受到良好的教育，故自幼聪慧，很早成名。他常年浸习于诗文书画中，一生未仕，画作师法董源并受赵孟頫很大影响。二十多岁时，他便已经名重上层社会，其画作被公认为山水画的最高“逸品”。黄公望长倪瓒三十二岁，两人可谓忘年交。而他真正和倪瓒的诗画友情交往，是在受到人生磨难出狱以后。

在黄公望与晚辈画家的交往中，赵孟頫的外孙王蒙是其书画友情继倪瓒后的另一位。王蒙（1308—1385），字叔明，号黄鹤山樵，浙江吴兴（湖州）人，从小受外公赵孟頫的影响和舅父赵雍的指授，能诗善画，名扬一方。黄公望在与赵孟頫的往来中认识王蒙，时间应该是赵孟頫于元仁宗延祐六年（1319）回到吴兴老家以后。他们经常切磋画艺，相约交游。他们的友情没有因年龄的差异而浅淡，相反，他们因同尊董源、巨然而画风互鉴，把中国山水画推到了一个空前绝后的高峰。

宋代的范成大在《吴郡志》中引用民间谚语说，“上有天堂，下有苏杭”。美丽繁华的苏州、杭州不仅是人们生活中的向往之地，也是艺术的天堂。考略黄公望的绘画人生可以发现，他日渐精进的画艺和日臻成熟的画风得益于他广交各方名流同好，也与他常在苏杭间感受城关巍峨、山水清越、野芳陂秀、市声丰盈有关。得之心，寓之画，这一时期，他的画作除了为子茂作《设色山水》（1301 年 7 月）外，还作有《深山曲邬图》（1302 年仲春）、《游骑图》（1304 年秋）、《员峤秋云图》（1309 年临李思训画）等等。在杭州生活的这一时期，他必定去过养父的家乡平阳。浙南黄氏研究会曾通过实地考察和航拍，把瑞安江（飞云江）及其两岸的山丘与黄公望传世名作《富春山居图》以及其他几幅作品一一比对，发现二者之间有不少神似之处。平阳作为黄公望继父的故乡，他当然对此也有亲切之情。而且浙东山水及附近瑞安江一带的山水风光，也值得成为画家创作的素材和源泉。在传世黄公望画作中，有落款“平阳大痴”的，可见黄公望对养父的怀念和对养育之情的感激及他对第二故乡的牵挂。

黄公望自二十六岁出任徐琰书吏，到四十三岁复任张闾书吏的十七年间，与达官贵人、豪门巨富、书画同道、文人隐士等广泛交集，或高谈阔论，或诗歌对咏，或笔底生烟。兴致所至，还与一二知己、三五好友畅游吴越山水之间。庙宇高堂、城池深巷留下了他们的踪影；湖山胜迹，秀峰云深掠过了他们的步履。在他管辖的富阳，灵秀的富春山水更是滋润了他的纵横笔意，潜伏着他弛张的思维。而他的家乡平江府常熟州（在黄公望任徐琰书吏的第二年，即元成宗元贞元年，县升为州，历七十四年），更是他游子归来的暖巢。

四

元武宗至大四年（1311），四十三岁的黄公望迎来了他人生的又一重大转折。官场赋闲十二年后，他被江浙行省平章政事张闾任用，再次担任书吏。张闾曾任行台中丞、行宣政院使、中书左丞、太子少保。据《元史·成宗本记三》介绍，早在元成宗大德三年（1299），张闾就有贪赃枉法的劣迹，可出于朝廷的偏爱，他仍被委以重任到江南任职，经理田粮税赋。所谓“行省”，就是元代中央最高机关中书省下属的最高地方行政区。元代在全国设河南、江浙、湖广、陕西、辽阳、甘肃、岭北、云南等行中书省，管理府、州、县的行政，简称行省。张闾所任“江浙行省平章政事”，相当于现在的省长一职。但江浙行省管辖的范围很大，它包括现在的江苏南部、浙江、福建两省，及江西部分地区，可谓权之大矣。那么，黄公望怎么会被张闾赏识的呢？

1311 年，四十三岁的黄公望，已经不能再和刚刚踏上吏途的那个二十六岁的黄公望同日而语了。此时，他已经告别青年步入了中年，阅历和学识以及诗书画方面的才能，让他在社会上有了一定的声誉。其结交的达官贵人、豪门巨富等，必然会在张闾面前举荐他。他在徐琰任上当书吏的工作经验，和对江浙地方政务的熟识，也使他成了张闾中意的人选。元仁宗皇庆元年（1312）五月，张闾调任中书省平章政事。黄公望随其到京城大都（北京）任御史台下属察院书吏，继续经理田粮杂务。这段难得的人生际遇，离不开张闾的提携。从常熟到苏州、杭州，再到京城，黄公望心中的喜悦可想而知。尽管职务仍为书吏，但毕竟在京城，到皇帝身边工作了。恩师赵孟頫在元武宗至大三年（1310）离开杭州赴京任翰林侍读学士后，二人已有两年多不见了。这次随张闾赴京，才有机会得暇相见，请教绘事。但是，黄公望在飞黄腾达的同时，人生的危机也在步步逼近。元帝派大员到地方经理田粮的初衷，是为了平衡贫富差距、缓和矛盾、增加国库收入。可张闾是个大贪官，被人称为“张驴”。他到江南后，“贪刻用事，富民黠吏，并缘为奸”，搞得“人不聊生，盗贼并起”，并“以括田逼死九人”。由于民愤难平，元仁宗延祐二年（1315）九月，皇帝将张闾逮捕下狱。因张闾有好多文书、账目出自黄公望之手，他也受到了牵连入狱，时年四十七岁。这也让他错过了元代立国后的第一次科举考试。而他的好友杨载却金榜题名，成为这一科的进士。黄公望入狱后曾经写诗给杨载，但其诗已经失传。我们只能在杨载的回复诗《次韵黄子久狱中见赠》中，体会老友的慰藉之情。

解组归来学种园，栖迟聊复守衡门。
徒怜郿坞开金穴，欲效寒溪注石樽。
世故无涯方扰扰，人生如梦竟昏昏。
何时再会吴江上，共泛扁舟醉瓦盆。

杨载（1271—1323），字仲弘，浦城（今福建）人，移居杭州。小黄公望两岁的他博览群书，才华横溢，文章自成一家，诗歌一扫宋人陋习，在元初文坛上，是个有很大影响的人物。他和黄公望的友谊，早在黄公望任浙西肃政廉访司书吏时就建立了。住在杭州的杨载，四十岁前一直未仕，后因才华出众，以布衣招为国史院编修，直至考上进士踏上仕途。在此期间，他和黄公望诗酒唱酬，并经常一起畅游苏州、杭州一带，饱览江南山水田园风光。可以想见，当黄公望在狱中收到老友杨载引经据典宽慰他的诗笺时，心中的温暖油然而生。好在朝廷弄清了他与张闾并未同流合污，所以不久就把他放了出来。吏职当然是不可能再当了，出狱后的黄公望来到了在京城做六品官承务郎的杨载家。杨载让黄公望住了一段时日后，将他介绍给了松江知府汪从善。但不知何故，黄公望并未谋上一官半职。之后，黄公望还是回到了家乡常熟，在小山老宅内度过了一段平静的田园生活。在杨载的《杨仲弘诗集》卷四中，有一首题为《再用韵赠黄子久》的诗，对黄公望出狱后的生活状态与心态作了描述：

自惟明似镜，何用曲如钩。未获唐臣荐，徒遭汉吏收。

悠然安性命，复此纵歌讴。石父能无辱，虞卿即有愁。
归田终寂寂，行世且浮浮。不假侪群彦，真堪客五侯。
高人求替洽，末俗避喧啾。藜杖常他适，绳枢每自缪。
与人殊用舍，在己寡愆尤。济济违班列，伥伥远匹俦。
能诗齐杜甫，分道逼庄周。达饮千钟酒，高登百尺楼。
艰危仍蜀道，留滞复荆州。鹤度烟霄阔，龙吟雾雨稠。
东行观海岛，西逝涉江流。自拟需于血，何期涣有丘。
古书尝历览，大药岂难求。抚事吟《梁父》，驰田赋《远游》。
堂名希莫莫，亭扁效休休。槛日迎东济，窗风背北飕。
鸣琴消永昼，吹律效清秋。雅俗居然别，仙凡迥不侔。
多闻逾束皙，善对迈杨修。尽有匡时略，宁无切己忧。
尘埃深灭迹，霜雪暗盈头。始见神龟梦，终营狡兔谋。
雪埋东郭履，月满太湖舟。急景谁推毂，流年孰唱筹。
凌波乘赤鲤，望气候青牛。好结飞霞佩，胡为淹此留？

到底是神交了几十年的老朋友，杨载对黄公望十分了解，他在这首长诗中起首“自惟明似镜，何用曲如钩”，描述了黄公望襟怀坦白、宁折不弯的刚直。全诗描述了他官场受累、安全出狱、归隐田园、离开纷陈杂乱官场后的经历。以及任情远游、鸣琴吹笛、吟诗作赋、达饮纵歌的自由自在生活。从“能诗齐杜甫”，我们可以了解到黄公望除了绘画之外，诗也写得极好。而且“达饮千种酒，高登百尺楼”，让我们知道他浮白善饮，有太白遗风，身体康健，行走如风。黄公望虽然没有了官场之累，但家乡只是医治他心灵创伤的憩园和云游四方的归巢，他也没有永久地停留在家乡的田园牧歌生活之中，而是用更多的时间去与朋友们一起谈画论道，挥洒笔墨。

此时，黄公望还迷上了庄周之道，接受了道家思想。早在杭州和倪昭奎共事时，黄公望就深受他的影响。元成宗大德十一年（1307），倪以“黄老为归”加入全真教，师从有名的道教人物金月岩，并成为道教的著名人物。他的这段经历，为黄公望之后的思想转变，产生了一定的影响。

道教起源于中国本土，深扎于中国传统文化的沃土。道教认为，它源于盘古开天，创始于黄帝崆峒问道、铸鼎炼丹，阐扬于老子柱下传经、西出函谷关，以“尊道贵德、天人合一”为最高信仰，追求自然和谐，国家太平，社会安定，家庭和睦，相信修道积德能够幸福快乐，长生不老。1219 年冬，西征途中的成吉思汗遣使诏请了道教最大流派——全真教的领袖丘处机。1221 年春，丘处机以七十四岁高龄率弟子西行，历尽艰辛，于 1222 年四月，在大雪山（阿富汗兴都库什山）晋见成吉思汗。他以“欲一天下者，必在乎不嗜杀人”，并劝谕他应“敬天爱民为本”，“清心寡欲为要”。这使他获得成吉思汗崇奉，被拜为国师，掌管天下道教，为全真教之后的发展奠定了基础。元朝统一全国后，朝廷追奉道教，对全真教特别优遇，遍建道观、特赐真人，因而学道高人的社会地位非常高。

倪昭奎于元仁宗延祐元年（1314）接旨任万寿宫主持，并提点杭州开元宫，被朝廷特赐真人号。黄公望出狱后，和倪昭奎联系有加。但这一时期，他还未入教，也尚未以画成名，仅以占卜之术在杭州、松江一带为生。黄公望自幼受儒家学说影响，青年时期又受道家学说熏陶。《周易》作为儒道供奉的经典，他也自然深谙其道。

杭州有倪昭奎，松江有曹知白，倪昭奎的道观和曹知白的华府足以让他歇脚。自出狱后，黄公望一直云游四方。直到恩师赵孟頫元仁宗延祐六年（1319）五月与子护送病逝于还家舟中的夫人管道升回到吴兴（湖州）的老家，黄公望才和赵孟頫见了面。

出狱四年来，黄公望的生活基本与绘事无关，没有了俸禄，卖卜是他生存的依靠和生命寂寞的寄托。史籍没有记载黄公望的这段生活，一些学者认为黄公望大器晚成，五十岁时拜赵孟頫为师，“入赵孟頫室为弟子”，其实这是一种误解。这时的黄公望，当见到作为荣禄大夫、一品大员的恩师赵孟頫时，定是羞愧难当，百感交集。在赵孟頫的影响和教诲下，黄公望重拾画笔，专心致志地开始了他的绘画生涯。他一方面继续向赵孟頫等前辈名家请教，另一方面大量临摹了曹知白等人收藏的古代名人字画。赵孟頫提倡的以书法用笔作画和作画“贵有古意”的艺术思想，对黄公望的画风产生了巨大的影响。早在杭州供职时，和众多著名的官员、文人、书画家等均有往来的赵孟頫就让黄公望得益匪浅。与之再次相见的这段经历，又让黄公望认识了许多社会名流、青年才俊（如王蒙），失去了仕途希望的他也重新寻找到了人生的目标。

探阅黄公望年谱，在元仁宗延祐六年（1319）至元文宗天历元年（1328）近十年时间里，史家对他的记述基本是空白的。

有的说他居松江柳家巷，其庐名叫“一峰小隐”，以卖卜为生；有的说他流寓于苏杭间……其实，他的朋友、同好那么多，他不会留于一地。元英宗至治二年（1322）六月十六日，赵孟𫖯于吴兴家中病逝。这一年，黄公望五十四岁。已知天命的他悲于恩师的去世，也暗下决心要做出一番成就。其间，他又回到了家乡常熟，和长子黄德远及一帮子孙生活在一起，开始了他人生的另一段旅程。

五

元代，常熟的虞山虽无满目青翠，但也茂林修竹、高树密布。相传吴王夫差试剑劈石处的剑门附近，更是层岩削壁、危崖流泉、风景独绝。在黄公望所居的小山不远处的山脉上，有一种叫赭石的山石，它散落在岩石间，呈赭红色，或深或淡。这种石料，表层质地稀松，轻击即碎。但里层坚实，可开方制砚，不须用墨，仅用石块加水研磨，就成了作画的好颜料。黄公望首先发现了这种颜料，并加以调制，以之入画。他用水墨勾勒树石轮廓后，用淡赭石渲染，再用淡彩画出树石的阳面，用墨色画出阴面，画面显得淡雅清丽、明快透彻。后来他的这种画法，被称作“浅绛彩”，成了自元至明清期间传统山水画法的固定样式。晚清时期，这种方法被画家用于景德镇烧制的瓷器上，成为影响深远的瓷中诗画一派。有人考证，黄公望时常身披皮袋，内放笔墨纸砚，在虞山写生。后人曾有“虞山一派空濛色，落在黄痴水墨中”的诗句，虞山的晦明变化、四时之景，以及它的层岩叠嶂、沟壑深渊等，都成了他的原始素材。山边那个烟波浩渺的尚湖，也是他经常泛舟、绘画的地方。据说，黄公望的大量画稿有的长达数十丈，没有装裱就随手丢弃，被当地农家捡到后，有的裱在墙上，有的放在竹筒、橱柜里。后来，这些画稿不知下落，明万历四十一年（1613）秋天，大画家董其昌从松江一路坐船来到常熟，冒雨和钱谦益一起寻访黄公望画稿的下落，然终无结果。当时，他看到虞山景色有所顿悟，就对钱谦益讲："子久数十丈卷，今饱我腹笥，异时当为公倒囊出之。"董其昌回到松江后，即绘作了《虞山雨霁图》。

在这段时期，黄公望还经常往来于无锡倪瓒家，在他收藏丰富的清閟阁中，欣赏、研习倪家所藏的历代名画、名帖，共同探讨书画艺术，成了"清閟阁中一老友"。

元文宗天历元年（1328），黄公望六十岁。这一年开始，他创作数量激增，艺术也越发成熟。《春山仙隐》《茂林仙阁》《虞峰秋晚》《雪溪唤渡》等作品相继问世，引起世人瞩目。我们现在无法看到这些作品的面目，但可以肯定，这些画应该都是他在家乡居住时期，以虞山为蓝本而绘成的四季景色。元末明初画家夏文彦在《图绘宝鉴》中这样描述黄公望的画作："探阅虞山朝暮变幻，四时阴霁之气运。"虞山绵延十八里，山边因有了尚湖，就有了四时变幻的风景：或晴照明净，纤尘不染，或烟岚空蒙，神秘难测。这种或旷远酣畅或阴柔的自然山水景观，正是黄公望洞开思维、流于笔端的中国文人写意山水艺术之源。有人对他存世的山水画作比对，包括传世名作《富春山居图》在内，其中都能看到他自小生活、日日所见的虞山山色的影子。在此基础上，也形成了他平淡天真、萧散简远的绘画风格。元文宗天历二年（1329），六十一岁的黄公望，与小他三十二岁的好友倪瓒同时加入全真教，同拜金月岩（金蓬头）为师。此时，倪瓒长兄倪昭奎已经去世一年。一年中，倪瓒经历了长兄、母亲邵氏、老师王仁辅的相继离世。特别是随着长兄的去世，他所依靠享有的特权也不复存在，家庭经济出现了窘境。而黄公望的入教，则是出于他经历了官场失意、仕途无望后，对具有很高社会地位的全真教的现实考量。入教一年后，黄公望的画名随之大振。纵观堪称中国画艺术登峰造极之作的元代山水画，画家多数都是道教信仰者。从元代第一书画领袖赵孟頫（松雪道人），到元四家黄公望（大痴道人）、吴镇（梅花道人）、王蒙（黄鹤山樵）、倪瓒（云林）等，莫不如此。有人统计过道教文化对元代山水画艺术的影响，共有三十七位有名的画家都信奉道教，占了元代画家总人数的百分之四十七。道教宣扬的“自然恬淡”“少私寡欲”的生活情趣，和“清净虚空”“无思无虑”的心理境界，与中国山水画所追求的情趣和境界正好是契合的。这也是魏晋时期顾恺之的《洛神赋图》所体现的精神。黄公望加入了全真教，从此有了更多的机会和名家诸友相交神往，共探诗书画艺术。这也使他的才艺画名有了更大的影响，成了画坛、全真教中著名的、有影响力的人物。从此，他得心应手、左右逢源，云游、传道、作画，文人雅集、诗人相聚都有这位“名流”的身影。元惠宗元统二年（1334），他在苏州天德桥畔开设三教堂，即道、佛、儒三教合一的寺院，开始授徒布道传艺，为此他还写下了教程提纲《写山水诀》。

黄公望这篇短短一卷的画论，凡三十二条，收录在元末明初史学家、文学家陶宗仪（1329—约 1412）于 1366 年刊印的《辍耕录》中，此时黄公望逝世已经十二年了。黄公望曾为他作过一幅《南村草堂图》，可见他俩亦是朋友。黄公望强调对景观的观察写生："皮袋中置描笔在内，或于好景处，见树有怪异，便当摹写记之……"在技法上，他要求"画石之法，先从淡墨起，可改可救，渐用浓墨者为上"，"远水无痕，远人无目"，"山头要折搭转换，山脉皆顺，此活法也。众峰如相揖逊，万树相从如大军领率，森然有不可犯之色，此写真山之形也"。这些章法布局创造景物的规律，对初学者十分有帮助。他还强调绘画须立意在先，"或画山水一幅，先立题目，然后着笔。若无题目，便不成画……"他非常重视绘画的高雅格调，指出"作画大要，去邪、甜、俗、赖"，道出了一幅好的山水画所必须具备的超凡脱俗风格。这些真知灼见，都是他自己的创作体会。作为一个成功的画家，除了技法上的讲究，还要有丰富的人生阅历和生命的磨炼。他成名后的晚年，一直在云游、交流、娱唱、静思中寻找艺术上的灵感。根据记载，他在六十岁至七十七岁之间，经常与朋友一起荡舟太湖，沉醉于三万六千顷烟波里。闲暇之余，他还喜吹铁笛。杨维桢在《跋〈君山吹笛图〉》中说："予往年与大痴道人扁舟东西泖间，或乘兴涉海（指长江），抵小金山，道人出所制小铁笛……"杨本人也善吹铁笛，别号铁笛先生。黄公望能得到杨维桢的肯定，可见吹笛水平不低。还有文献记载："道人卧舟吹铁笛"，一个闲适的老顽童形象跃然纸上。此外，杨维桢还在为《山居新语》序中说道："黄子久……阎子静（复），徐子方

（琰）、赵松雪（孟頫）诸名公，莫不友爱之。一日与宾客游孤山，闻湖中笛声。子久曰：‘此乃铁笛声也。’少顷，子久亦以铁笛自吹下山。游湖者吹角上山，乃吾子行也。二公略不顾，笛声不辍，交臂而去……”这种朋友间畅游的意趣，也成了他们诗画中的题材。

元惠宗至正八年（1348）农历二月十九日，昆山富豪、诗人顾瑛（1310—1369年，又名顾德辉、顾阿瑛，字仲瑛，别号金粟道人）在风景如画的阳澄湖畔所建的庄园玉山草堂内，发起并主持了首届“玉山雅集”。这是诗人书画家的一次盛大聚会，也是中国文学史上继东晋“兰亭雅集”、北宋“西园雅集”之后的又一次文坛盛会。黄公望、倪瓒、杨维桢、王蒙、张雨、杨基、郯九成、俞在明、于彦成等一批在江南的诗人、书画家都参加了这次雅聚。这项活动之后持续举行了十二年，共五十多次，还曾吸引了如熊梦祥、柯九思、陈旅、李晓光、黄溍、郑元祐、高明、王冕、王祎等当朝著名诗人、画家参加。有时几十人，有时多达百人。雅集期间，诗文酬唱、书画共赏。昆曲清音、琴笛和瑟，留下了无数不朽诗章。在顾瑛所编的《草堂雅集》等诗集中，累计收录了雅聚时诗人们唱和的诗歌，共有5100首。《草堂雅集》也成了由元人编选、存诗量最多的元诗总集。但奇怪的是，《草堂雅集》并未收有黄公望的诗篇。究其原因，可能是黄公望一直云游在外，作品并未寄达顾瑛。在文渊阁四库全书《宋元诗会》中，录有黄公望诗三首，一首为《和铁厓竹枝词》，写与杨维桢他们一帮朋友游玩杭州西湖的感悟。其余两首就是他写给雅集主人顾瑛的《和竹所诗奉柬顾仲瑛》：

其一：

花槛香来风入座，雕笼影转月穿棂。
钩轩平野连天碧，排闼遥山隔水青。

其二：

竹里行厨常准备，浊醪不用恼比邻。
文章尊俎朝朝醉，花果园林处处春。

其实，此和诗黄公望写有四首，《宋元诗会》只是选了两首。在诗中，我们感受到了元季文人雅聚的热闹盛况。黄公望通音律、精书法、工诗词。纵观他存世的65首诗歌，大多是描写自然、抒发性灵的题画诗，诗中有画，画中有诗，堪称诗画双绝。那些不少题在倪云林、曹知白、王蒙、李成等，以及前朝名家顾恺之、王维等画上的诗作，让我们看到了朋友间的友情和他对前辈大师的敬仰。

元代是元曲时代，但翻阅《全元曲》，仅见黄公望留下来的一首小令《醉中天·李嵩髑髅纨扇》：

没半点皮和肉，有一担苦和愁。
傀儡儿还将丝线抽，寻一小样儿把冤家逗。
识破个羞那不羞？呆兀自五里已单堠。

虽然是题画小令，但他自嘲人生的愁苦和艰辛，足见苦中作乐的精神。他的书法，圆熟古意，别有风韵。自古文人多旷达，明代戏剧家、散曲家李日华在《六砚斋笔记》中，记述了黄公望在虞山因画入境的状态：“……黄子久终日只在荒山乱石丛木深筱中坐，意态忽忽，人莫测其所为。又每往泖中通海处，看激流轰浪，虽风雨骤至，水怪悲诧，亦不顾。”典籍多有对黄公望游历长江的描述，此处亦然。常熟地处长江入海口不远，每当海潮上涨，海水涌入长江，汹涌不绝。旧时就有虞山十八景之一景“福港观潮”。清代书画家、藏书家鱼翼在他的《海虞画苑略》中描述，黄公望“尝于月夜，棹孤舟，出西郭门，循山而行，山尽抵湖桥，以长绳系酒瓶于船尾，返舟行止齐女墓下，牵绳取瓶，绳断，拊掌大笑，声振山谷，人望之以为神仙云。”清代另一位著名画家郑伦逵也在《虞山画志》中说，黄公望“隐居在小山，每月夜，携瓶酒，坐湖桥，独饮清吟。酒罢，投掷水中，桥下殆满”。从这些记载中，我们看到了一个和大自然神会交融、潇洒狂放的黄公望形象。山中静坐，可听灵魂心语；江边放目，可扬艺海波涛；孤舟出郭寻月迹，携酒而饮壮山色。生活在家乡常熟时期的黄公望，过着宁静而诗意的生活。凡作画须目到、心到、情到，才能意到、境到、神到。自 1319 年黄公望出狱后在湖州重新见到赵孟頫，到元惠宗至正十四年（1354）以八十六岁的高龄去世，三十五年里黄公望画出了不少作品，其中仅有画名的就绘有 169 幅。他以常熟虞山尚湖为创作之源，绵绵不绝地将其流泻于笔端。直接命名的有《虞峰秋晚图》（1328 年六十岁作），《虞山一览图》（1345 年七十七岁作），《尚湖钓雪图》（晚年所作，年代不详），等等。有一幅描绘苏州名山天池山的《天池石壁图》，他竟在七十三岁时连画了三幅同名作品，七十九岁时又画了一幅同名作品，八十一岁还作了一幅《华顶天池图》。天池山的主峰叫华山，我曾于今岁早春之日，实地攀登过这座被黄公望五次作画的名山，感受他留下的气息。这座山山谷幽深，众峰绵亘、天池清旷、石壁危立，在元代已是江南一带的名胜。晚年黄公望经常从家乡常熟出发外出游历，饱览吴越山水。这一方面是践行全真教“云游、打坐、炼性”的教规，另一方面也是为山水画收集素材。松江的九峰山雪后初晴，让他灵感勃发。为此，他还为常熟知州班惟志画了一幅《九峰雪霁图》。在他生命中的七十四岁和七十五岁这两年，创作力异常旺盛。据不完全统计，这两年，他分别画了三十五幅和四十三幅画作。《夏山图》《浅绛山水图》《仿古二十幅》《层峦叠嶂图》等名作都是这两年完成的。元惠宗至正六年（1346），他完成了《万里长江图》。一年后，已经七十九岁的他入住富春山的“小洞天”别居，在南楼开始创作举世名画《富春山居图》。黄公望住进富春山并不是偶然的，早在他的青年时期，就因公差常往返于那里，人在画中行，山在水中游，将美丽的富春山水融化在灵魂深处。到了晚年，因有杨维桢等朋友在那里居住，他又开始了每天和富春山色为伴的生活。当然，黄公望每云游一处，都有落脚的地方。除了常熟老宅外，苏州天德桥畔的“三教堂”、松江柳家巷的“一峰小隐”、杭州南山筲箕泉的“莫莫斋”等，都是他驻留的地方。他还常在昆山阳澄湖边的顾瑛家、无锡的倪瓒家等留宿十天半月甚至更长。诗画互赏，结伴携游。他和倪瓒还合作了《江山胜览图》《溪山深远图轴》，与王蒙合作了《琴鹤轩图》《竹趣图》等。交友伴着云游，艺术在散淡的闲趣中喷薄而出。其传世名画《富春山居图》就是他画画停停，最后与无用师郑樗从富阳到松江，共历时四年才完成的。

元惠宗至正十四年（1354）十月二十五日，黄公望走完了他八十六年的人生历程，在杭州筲箕泉的“莫莫斋”居所去世。临终前，他特别关照随居家眷以道装殓，归葬虞山其庐旁，叶落归根。

六

据常熟地方志《龚志》《钱志》记载，黄公望墓原在常熟虞山小山南麓的祖墓群内。清嘉庆二十二年（1817），因祖墓拥挤及黄公望在画坛的崇高地位，他的墓由其十六世孙黄泰迁至虞山南麓白鸽峰（又名鹁鸽峰）下。路边耸立着一座石牌坊，上书“元高士黄大痴先生墓道”。沿着长长的墓道走进去，浓荫蔽空，山色清朗。拾级而上，便是一座用虞山山石砌成的罗城。中间那座圆圆的、用青砖砌成的墓墩就是黄公望墓。墓墩后的罗城上，嵌有两块石碑，一块为清嘉庆二十二年（1817）黄泰所立，上书“元高士黄一峰公之墓”；一块为1982年当时的常熟县人民政府重修其墓所立，上书“元高士黄大痴先生墓”，并简略记述黄公望生平。

在墓道口路边，建有一个三间两进一院落的“黄公望纪念馆”。这是1984年常熟市政府建立的，里面布展着黄公望生平年谱、创作简略，元明清以来一些画家、典籍对他的相关记述评价等。后一进的正中，塑有一尊黄公望全身像，塑像手执画卷，放目远视，神态孤高。塑像后面的粉墙上，是他的大幅山水截卷，及几幅复制画卷。两侧立柱上挂嵌一联："文章诗酒朝朝醉，花果园林处处香"，为当代书法家汪瑞章取黄公望诗句意所书。两面墙壁上，分别悬挂着浅雕木刻"黄公望江边写生图"和"元四家秋日胜景图"。院内西边围廊壁上，镶嵌着数十幅碑刻"黄子久画诀"。院中竖一通石碑，一面刻有黄公望后代提供的家藏黄公望造像，一面记述着黄公望简略，及修建此处纪念墓园的缘由。

我于去年早春及今春，两次赴富阳黄公望隐居处作实地考察。由于《富春山居图》的影响，拥有美丽富春江山色的富阳市，借 2011 年两岸合璧在台湾展出《富春山居图》之机，建造了黄公望隐居处和一个规模较大的"黄公望纪念馆"。黄公望作为世界级的文化名人，富阳市政府对他的重视程度，远甚于他的家乡常熟。纵观常熟对历史名人名迹的挖掘，基本是停留在浅层上，并不像一些地方那样把历史人物放大、在项目建设上做足，进而使之成为城市的文化名片和旅游项目。富阳市黄公望隐居地，虽然是今人的想象重构，但和内容丰富的纪念馆一起，寻迹而来、拜谒参观的游人络绎不绝。它们和周边的山色、溪谷、古道、高林融为一体，身临其境，仿佛能看到晚年黄公望静坐屋前山石，临溪写生的情景。他在溪边的南楼上，把美丽的富春山水落于笔端。近山皴擦，远山淡墨，水阔天空。或山峦叠翠，气韵万千，或江汀沙渚、渔人垂钓，或松峰拥翠、疏林淡远……

2014 年，是黄公望逝世六百六十周年。作为元代山水画的杰出代表，黄公望的作品在他生前就是被追捧、临摹的对象。元代文人黄溍在元惠宗至正十二年（1352）秋临摹《富春山居图》时，黄公望八十四岁。此幅题签为“黄文献公临大痴老人富春山图”的画作，在民间流传。到民国年间归张大千所有，成为大风堂的珍藏，2005 年，此画在北京被拍卖。

由于黄公望把董源、巨然“披麻皴”的绘画技巧发展到了极致，元代同时期的画家倪瓒、王蒙，及他的学生沈瑞、陆广、马琬、赵厚、陈汝言等，都受他的影响，并对其推崇备至。在清顾嗣立编辑的《元诗选》中，收录了元代杰出的文物鉴赏家、画家柯九思（1290—1343）在鉴赏了黄公望《吴门秋色图》《虞峰秋晚图》《海岳庵图》《为徐元度卷》《为姚子章卷》《缥缈仙居图》等画作后，写下了六首题画诗。其中《题黄子久为姚子章卷》这样写道：

> 空岩花落满林香，古殿松阴入座凉。
> 清绝右丞名独擅，精研北苑派何长。
> 寂无鸡犬鸣晴昼，时有烟云绕上方。
> 赖是一峰传正脉，故将冲淡洗浓妆。

此诗状物写景，短短八句，描写了黄公望向前人王维、董源学习作画，承前启后，自成一派的清新淡雅风格。

中国的山水画经过魏晋的发端、隋唐的发展，在宋元时期达到了高峰。而黄公望作为“元四家”之首，更是直接影响了元以后整个中国山水画的发展走向。

明清两代，黄公望的画名和影响与日俱增，山水画坛几乎被他垄断，画家们唯他是尊。明代张宏、沈周、文徵明、唐寅、董其昌、陈继儒等，清初“四王”——王时敏、王鉴、王翚、王原祁等等均大量临摹过黄公望画作。而这些名家的仿品亦是北京故宫博物院和台北故宫博物院等地收藏的精品，也能让我们领略到许多已经失传了的黄公望作品的精神。而存世的中国古代十大名画之一的《富春山居图》，更是被元以后的名家竞相临仿。著名的有明代摹本“子明卷”《山居图》，史家推测为其真本被焚前的摹本。此画曾被明万历年间进士、常熟人瞿式耜收藏，并钤“耕石斋”印。清代进入乾隆皇宫，被乾隆误认为真迹，爱不释手，题跋五十六次，并专建“画禅室”供放。明张宏《仿黄公望富春山居图》，也是原作尚未被焚时的仿本，学术界认为是最接近原作的版本，现藏于北京故宫博物院。而沈周的摹本是在失去了其收藏的该画原作后，凭记忆背临的一幅，但也与原作神形相仿，“其肖似若过半”（董其昌语），现藏于北京故宫博物院。清初画圣王翚更是三次临摹《富春山居图》，其第三幅仿作神形兼备、气韵相接，是被画坛公认为仿得最好的画作，可惜已流失海外。

生于常熟、葬于常熟的黄公望，更是直接影响了常熟自元以来的画坛。清道光元年（1821）郑伦逵所撰《虞山画志》载，元代至清嘉庆年间，有常熟籍画家四百余家，其中清初至嘉庆年间，有释道画家三十二人，普通人中还有男性画家二百九十九人，闺秀画家二十六人，共计三百五十七人，占所收画家总数的百分之九十。出现这样的盛况，这是和以王翚为代表所开创的“虞山画派”分不开的。

王翚（1632—1717）字石谷，号耕烟散人、剑门樵客、乌目山人、清晖老人等，江苏常熟人。清代著名画家，被称为“清初画圣”。他论画主张“以元人笔墨，运宋人丘壑，而泽以唐人气韵”，并将黄公望、王蒙的书法性用笔，与巨然、范宽的构图完美结合起来，创造了一种华滋浑厚、气势勃发的山水画风格。作品清韵灵动，生趣盎然。清康熙三十年（1691），王翚因画名极盛奉诏入宫，与杨晋等人合作，主绘《康熙南巡图》，历时三年完成，得到了康熙帝及皇太子的褒奖。从此他更加名满京城，被视为画之正宗，追随者众，形成了清代影响最大、声望最高的画派——虞山画派。十分巧合的是，王翚二十岁前亦住在黄公望之居住地虞山小山，后迁居虞山北山桃源涧前洗马池，五十三岁居住西城“来青阁”，可见他自幼就接触到了三百多年前黄公望的文脉。钱谦益去世前一年，即清康熙二年（1663），曾题跋王翚画卷：“黄子久殁后二百余年，沈文一派近在娄江。石谷子受学于玄照郡守（王鉴），又从奉常烟客（王时敏）游，尽发所藏宋元名迹，匠意描写，烟云满纸，非画史（一般画家）分寸渲染者可几及也。子久居乌目（虞山旧称乌目山）西小山下，坐湖桥看山饮酒……昔人言，子久画山头必似拂水（虞山之岩体），叔明（王蒙）画山头必似黄鹤（王蒙隐居浙江临平黄鹤山）。二公胸中有真山水，以腹笥为粉本，故落笔辄似，石谷殆可与语此……而子久衣钵殆将独归石谷……”其实，钱谦益早在清顺治初年就写过一首《赠王子石谷》诗，给予了王翚高度评价。诗中写道："乌目山头问隐沦，阴林席箭喜长贫。画矜王宰留真迹，人说黄公是后身。拂水千岩为粉本，小山一亩是比邻。何妨烂醉湖桥月，捞得长瓶付酒人。"表达了一个学界泰斗对晚辈画家的评价和鼓励，并希望王翚以黄公望为宗师，以虞山自然山色为蓝本，任情适性地挥毫作画。

常熟籍画家中，有一位和王翚同年出生、从小为友、同拜一师（王鉴、王时敏）、同为"清初六家"的清代著名画家吴历（1632—1718）。他也诞生和生活在黄公望出生并度过十载童年时光的"子游巷"内言子故居旁。吴历的人生经历和黄公望相仿，幼早年丧父，十三岁经历了由明入清的朝代更迭，一生未应举子业。吴历自小聪慧，童年就和王翚等一起学画。黄公望中年以后加入了道教，而吴历因住宅隔壁是天主教堂，自小便耳闻目染，多与邻居神父相来往，幼年即入教，并成为清代早期三名中国神父之一。青年时期的吴历画名远播，他早年的画作《人物故事图》《岑尉居产芝图轴》（1659年，二十八岁作），现分别藏于北京故宫博物院和日本京都国立博物馆。吴历之画虽受元王蒙、吴镇的影响较大，但他也经常临摹黄公望山水作品，从黄公望身上吸取艺术营养。他的一些充满古意的山水画，分明有黄公望山水画的影子。他和黄公望一样，也在四十岁到五十岁间进入了创作高峰期，其中不少作品后来被北京故宫博物院、上海博物馆收藏。吴历和黄公望同样高寿，黄公望活到八十六岁，他活到八十七岁（而王翚也活到了八十五岁）。从子游巷到小山村，从"元四家"到"清六家"，我们从中可以看到一条色彩斑斓的星光画道，自元达清，一路闪耀。太仓"娄东画派"的发轫和繁衍，安徽“新安画派”的鼎立和幻变，无不受黄公望这棵画坛大树所庇荫。它们和“虞山画派”一起，映照了整个清代画坛。他们留下的作品，已经成为国内外博物馆（院）收藏的至宝。自晚清、民国以来，中国山水画的创作，由于受西洋画的冲击，走向多元。山水画不再是“四王”一统天下、主导一切了。在“四王”山水兴起与繁荣的江浙地区，涌现了一大批“海派”画家，任百年、吴昌硕、吴湖帆、黄宾虹、刘海粟、张大千、徐悲鸿……他们取代了“四王”的地位，全国山水画坛的格局及风尚再一次发生了根本的改变。然而，黄公望以及他所影响的自明而清的大家作品，无不被这些画家所研习。

素有“诗画之盛，甲于江左”的常熟，自然秉承了元代以来黄公望的衣钵。在以王翚为首的“虞山画派”影响下，画风绵长，画家辈出。《中国美术家人名辞典》《中国名人录》中，载有常熟籍画家二百多人，而地方史文献中则载有元明清三代常熟画家一千零八十八人。常熟也因他们成了中国少有的画家密集地之一。

近现代时期，常熟籍画家虽无巨匠大师，但如黄宗仰、陈摩、吴桐、江寒汀、陆仰非、朱颖人、庞薰琹、钱定一、陈清野等却影响深广。当代常熟画坛亦星汉灿烂，有曹大铁、唐瘦青、唐滔、钱持云、王震铎、姚新峰、汪瑞章、钱浚、张文来、张戬罡等人。他们都以传统山水画法为基础，以发扬“虞山画派”为精神，注重写生和实践，在传统中创新，形成了个性化特色。

在中华源远流长的文化中，黄公望以他的名望和地位，占了重要一席。山清水秀的中国历史文化名城常熟，因其内敛、丰盛的个性，而并未因为有了黄公望，而被镀上一层让世人迷幻的色彩，迷失于市场经济的大潮中。人们只是静静地安享着它的烟云和波泽，在十里青山半入城的地方，修建了中国县级市中最好的美术馆和博物馆，一期期地展出着常熟及江浙沪地区画家们的墨迹。而曾被黄公望发现并使用的那种闪着清雅淡晕的虞山山石——赭石，也被一代代居住在山那边的人们雕制成一方方精美的石砚，濡散成画家笔底的四时风光。常熟画家沈石友以赭石砚相赠吴昌硕的故事，成为画坛佳话。而宗家雕制的赭石砚，更是四代相传，如今已列入国家文化遗产名录。对黄公望的各类纪念活动，如春雨润物，融化在常熟古城文化的肌理中，成为城市的精气神。近年来，常熟当地不仅出版专著、举办展览、集编浅绛彩瓷器大型画册，还举办了不少全国性的学术交流会，成立了黄公望书画创作研究院、黄公望研究会，开展了与富阳、湖北、平阳等黄公望生命轨迹之地及子孙居住繁衍之地的交往交流，等等。这些务实的行动，表达的都是对黄公望这位中国历史文化名人的敬仰。

黄公望，你以家乡常熟为出发地一路而行，已经无所谓是属于哪个地方的人了。山水作伴，你的画卷绵延不绝！

初稿于2014年3月20日

二稿于2014年3月27日深夜

三稿于2014年3月30日凌晨

定稿于2014年4月5日夜

多情应是郴江水

一

似乎，并不经意，我来到了魂牵梦绕的郴州。

这是秦观秦少游的召唤？还是莲溪先生周敦颐的感应？抑或是郴山郴水自然物态的相吸？也许都有。郴州的人与事，一直让我在梦中与他们相遇。泛舟江上，我挑开了郴江与东江的面纱；踏足山道，我感知了莽山的奇险和高椅岭的秀壮。

我从秦观的家乡江苏来，也是从江南的古城常熟来。我的脚步，带着吴文化的轻露与江南民歌的芳香，首先落在苏仙岭古道，秦观的郴州旅舍上。秦观，这是你历经磨难，迁移湘地的落脚之地，你抖落的征尘和留下的惆怅，还依然随着秋雨飘落在门前浑浊的山涧流水中。随着旅舍墙上展出的你的踪影，我的目光闪现出大宋的明媚与黑暗，也仿佛看到了你在郴山间漫游，郴江上放歌……

宋哲宗绍圣三年（1096）春五月，因苏轼“乌台诗案”牵连，你从处州贬迁到郴州。虽经历着人生的磨难，但颓丧的心情并没有让你沉沦。在这古道边竹林高木掩映的旅舍，你听着空山鸟语，看着门前流水，心中的惆怅渐渐消失。你想到了自己的人生曾经是何等荣光，才情横溢、金榜题名、声动京城，相随恩师、风光无限；诗歌婉约、情如细水，文章严缜、意达五常。你不禁想起了远在岭南的恩师苏轼，老师在困苦中的超然亦是自己遵循的品格。身为“苏门四学士”之一的你，虽然曾经风光一时，潇洒轻狂，但却绝不敢罔顾朝廷，得罪皇上。相反，你倒是忧国忧民，出谋划策，写了大量的策论。你也承认自己没有老师的襟怀与高远，不能站在他的身边呼号。但你有自己的品格与评判，有自己做人的原则和方向。你途经长沙，偶遇歌女，觉得卑贱的女子单纯浓烈，无须设防，就像这林间的清风，给人抚慰，带来清爽。山色青青，客舍四寂。你铺纸磨墨，落笔写下一阕千古名词——《踏莎行·郴州旅舍》：

雾失楼台，月迷津渡。桃源望断无寻处。可堪孤馆闭春寒，杜鹃声里斜阳暮。

驿寄梅花，鱼传尺素。砌成此恨无穷数。郴江幸自绕郴山，为谁流下潇湘去。

在词中，你的心迹一露无余。迷茫和寂寞，无奈和幽怨，坚守和叩问，百结的愁肠有了稍许的释然。或许，这山中的旅舍即是你生命的逗点，以此成为你情感慰藉的居所。或许，你想起了曾经在这里为官一任的莲溪先生周敦颐。他横空出世的《爱莲说》字虽少，但“出淤泥而不染，濯清涟而不妖，中通外直，不蔓不枝，香远益清……”这些句子却像明灯一样，照亮许多蒙尘的明珠。

你在郴州写的另一首词《鹊桥仙》，难道仅仅是写男女之情吗？

> 纤云弄巧，飞星传恨，银汉迢迢暗度。金风玉露一相逢，便胜却人间无数。
>
> 柔情似水，佳期如梦，忍顾鹊桥归路。两情若是久长时，又岂在朝朝暮暮。

我透过如华丽的彩衣一般的词语，分明看到了你眼中的江山！但是，人们总是宁愿把它当作美人。因为，人间最美的男女情感是不以江山转移的。

雨潇潇地下着，山崖的石壁上，凿着你的名词佳句，这是由你同时期的米芾所书。你侧卧在崖前，似乎累了，需要靠一靠，任雨水淋在身上。打着伞的我上前为你遮挡着，而你好像并不为所动，大概，你早已经觉得，风吹雨打才是至真的人生历练。

后来，你从郴州又被贬谪到横州、雷州。你行进的方向一步步与老师苏东坡更近了，虽然隔着浩瀚的琼州海峡，可望不可见。但是，我可以肯定，你与老师的心一直在一起。你们一定不以已悲，诗书相还，同当共勉。当你与恩师遇赦召还，在雷州相聚时，你们一定相对无言，无数的话语都在久别重逢的相拥中……

然而，在通往重放金光的路上，你却先于恩师倒下，倒在一身轻松的笑意中，倒在直达京城的大道上。

> 婴衅徙穷荒，茹哀与世辞。
> 官来录我橐，吏来验我尸。
> 藤束木皮棺，槁葬路傍陂。
> 家乡在万里，妻子天一涯。
> 孤魂不敢归，惴惴犹在兹。
> ……

你遇赦前自作的挽词，早已让人预感到命运弄人、人生不测。

而苏轼北归，亦倒在你我的故乡——江苏的常州道中，这是皇天一直在负你们，还是上天眷顾的安排？

又仅仅过了二十多年，你与恩师的大宋江山也颓然倾覆了……

二

莲溪先生周敦颐，湖南道县人。在郴州，你当过县令，做过知军，为官十余载，造福一座城。所以，九百多年过去了，今天的百姓还牵挂着你，街头巷尾，不时都能看到你的塑像。他们甚至还因你而为百姓修筑了一个休息的城市公园，为你立了牌坊，种了荷花，建了“莲园”。

我走进去，过了小桥，沐着清风，闻着荷香，读着你的平生行迹。你为人授业解惑，朋友也都是高洁之士，这些让我感受到了你横溢的才华与出淤泥而不染的品格……

莲溪先生，你生活、为官的时代，正值国运兴盛、百业兴旺。可你却无意洞察世事、入朝为官，而是选择了著书立说，传道授业。是否你已觉得，重塑人的灵魂比做官更加重要？

是的，我要告诉你，从前当我读到你的那篇清如朝露的《爱莲说》后，一路走来，我的人生风正气清，山明月朗。它还让我在磨难、历练中绝不与世俗同流合污，人生的方向从未闪失。

是的，你以你创立的学说，影响了无数人的灵魂与轨迹，我同样也在你博大精深的世界里，获得了你的雨露与甘泽。而郴州的明山秀水，就是给你烟云供养、打开思绪的地方。

我以敬畏之心仰视于你的理学高山，哪怕靠一靠，也会找到人生的站点和方向。今天，我站在你屹立于郴江边的雕像下，漫步于你的厅堂内，跟着你神游于田田的荷塘，听你娓娓道来，帮我擦亮眼睛，洞明世事。

水陆草木之花，可爱者甚蕃。晋陶渊明独爱菊。自李唐来，世人甚爱牡丹。予独爱莲之出淤泥而不染，濯清涟而不妖，中通外直，不蔓不枝，香远益清，亭亭净植，可远观而不可亵玩焉。

予谓菊，花之隐逸者也；牡丹，花之富贵者也；莲，花之君子者也。噫！菊之爱，陶后鲜有闻；莲之爱，同予者何人？牡丹之爱，宜乎众矣。

莲溪先生，你让我们每一个人都坚守人生底线，都要把莲当作生命的品质和最纯洁美好的追寻。

我们有多少人做到了？

三

夜色总是神秘的，甚至带着诗意。我滑进郴江的夜色，邂逅清明上河园的盛景。那是百姓的乐园啊，他们从四面八方来，从百户千家来。郴江的霓虹，郴江的故事，郴江的昨夜星辰……都在今晚交融着，让我感受到在两岸街巷里涌动的人流中萌生的时代气息。裕后街只是一个缩影，满街的湘味美食，辣味飘散在空气里，沾在你我的衣服上，打开于我们的味蕾中。从江南来的我也被同化了，辣是滋味，辣是抵抗。辣还是一股劲，一股力量，一股对这方土地产生的浓情。

隐在夜色深处的那些高楼民居，它们窗口释放的光，带着温暖和温柔，仿若敞开的胸怀，欢迎着远方的来客，无声的言语带着安宁与吉祥。我走上高高的虹桥，闪着金光的郴江水从远方铺过来，铺到我的脚下，临河的房屋笼罩在一片暖意中。打开的窗户里，有的举杯，有的谈笑，一天的劳累都随着灯影晃进了江中的金波里。情侣们相拥走过，很多人喜欢站在这彩虹桥上，仰望星空，俯视郴水，爱意写在脸上，笑语像夜莺，飞翔在温馨中。阑珊处，许多古诗古词会纷至沓来，让人回环往复，不忍离开。

孩子们围着桥堍耸立的莲溪先生像拍照留影，天真烂漫的模样就像出水的莲花。我望着他们，默默希望供养他们的活水永远保持清澈。

夜色让我滑向夜的更深处，我离开热闹的街市与人群，沿着郴江边洁净的步道一路而行，走向旅舍。灯火变得越来越稀疏，越来越远。而两岸的高楼民居上，依然有从每一扇窗户里溢出来的灯光，它们的倒影投在江上，就像落下的星星，一闪一闪地跳跃着。这些星星和我的灵魂碰撞出的火花，也照亮了我的前路。

市民公园、健身设施，夜里锻炼的人们……他们三三两两地散步，一闪而过地跑步，搅动着夜色。树荫里、江水边，谈情说爱的男女拥在一起。这是人间的安宁百态，让我独行的身影不显孤单。不时能看到夜钓的人，长长的钓竿伸在江中，黑魆魆的江面上，浮子发着幽幽的绿光，只一动，便是人与水、人与鱼的感应。

行走一个半小时到达旅馆，夜已经深了，而我还沉浸在郴江的微波里，一夜好梦。

四

你见过莽山的雨雾吗？它是湘粤南岭山脉的仙境，是旅人的梦泊。

数公里长的索道把我们从山下带到山上，人在山中走，山色有无中。雨算不了什么，雾恰到好处。平坦的山道把我们带入山的更深处，若隐若现的奇峰，是蓬莱移景，还是神仙献镜？我见过黄山的云雾、庐山的幻境，而莽山却是平实中的小确幸。它不是惊艳，而是沉静、舒展，是让人在不知不觉的行进中，遇见心灵的碰撞与灵魂的交流。

但莽山还有它的恐怖。全世界稀有的蛇类——烙铁头大蟒蛇就出自这里。这种蛇长两米有余，头呈三角，体橄榄绿色，巨毒，凶猛异常，据说世界上仅存不足 500 条，难怪偷捕者会卖出百万元一条的天价。行走于山道，我们怕见到它的踪迹，更怕看见它的身影，眼睛挑开雾霾，一路警觉前行。蛇的存在让我们的脚步踩得更加小心踏实。

雾没有让我们看清山色，莽山有名的五指峰伸出了天外。可我们的行走并没有失望，雾中的风景也值得长留心中。

小东江的梦境，是山脚下江面上渐淡渐浓、渐浓渐淡的雾霭。它不是弥散在整个天空里的，只是浮于水面，从薄薄一层到溢满一江，然后隐藏了山色。它的空灵，牵引着我们的灵魂走向纯粹。是的，我们的日常生活虽然要面对太多的现实，但我们并没有被生存的劳累和柴米油盐压垮。我们需要飞翔，需要升华，需要蜕变。于是，我们不远千里来到这里，看涌动升腾的雾在江面上溢向远方，成流动的音符。

我们等待着艄公撒网，但他静坐船头，浑然不觉我们的渴盼。我们倚栏等待，时间撞击着我们的浮躁，秒针落在小东江的雾霭中、柔波里。终于，他站起来，双手拿起网用力向空中抛去。顿时，雾里张开的渔网像一朵盛开的花，带着朦胧的美意落在水中，也落在我们的心上。捕捉到的这个瞬间，我们能记住一生。

太阳出来了，雾慢慢散去。小东江水清若蓝。阳光消失了雾的身影，也散了游客。

追寻的风景又在路上。

五

我们惊诧于高椅岭的神工！它不是山，只是岭。但胜于山，险于岭。它有华山的奇险，秦岭的绵延。静卧在湘南的大地上，它的个性并不是张扬的，不会让人觉得高山仰止，而是景行行止。我们的行迹落在它青青的草地上，傲立的山冈间，溪桥上、凉亭中、平野里……

山、水、泉、洞、寨、崖、坦，让高椅岭成了一块特有的丹霞地貌处女地，水洼湖甸，红岩绿水、险寨奇洞，生态自然，美不胜收。我们沉醉于它的怀抱里，可惜时间有限，并没有走完全程。但它坦露的风景，已经让我感受到了神奇地貌展现出的巨大魅力！

山腰石壁道上，行走的人们串起了一条线，五颜六色的衣裳宛若彩带。而绝壁山脊线上的人们，像空中踩着钢丝的杂技演员，他们大胆移步前行的身影，像剪影衬托在天空下，这是勇敢者的气魄。

高低起伏的山岭如匍匐的巨蜥伏在湖上，巨蜥湖因此得名。山岭的赭和湖水的碧、草地的绿，合着天空的蓝，在湘南博大的胸怀中孕育成惊艳。在龙脊背，我们向天空呼喊，向远山呼喊，向绿野呼喊……让尘封了三年多的声音和能量释放出来，时光雕刻的心情不再稚嫩。

无人机的航拍留下了我们的笑颜。

我们已越过高山走向更远……

写于 2023 年 9 月 23 日

江南小记

大闸蟹

在常熟的美食中，阳澄湖大闸蟹是最好的。

我喜欢吃蟹似乎是自小如此。在那物质生活匮乏的年代，平时吃不到肉，而因为我生活在江南水乡，鱼腥虾蟹倒是从小捕捉，饭桌上隔三岔五不断。因此，也有了抓螃蟹的多种方式。记得十岁以前，我就跟着隔壁人家在附近的运河中用网捕蟹了。初秋以后的傍晚，大人们在那条叫元和塘桥的桥面上，把长长的尼龙丝网从桥的两头放入河底，隔一会起网时，就看见一只只大闸蟹爬在网上。他们捕捉时的高兴劲也传染给了我们这些围观的孩童，在一旁欢呼雀跃。稍大以后，我便跟着父亲晚上打着手电筒去稻田旁的干沟内捉蟹。大概那时的农田农药施得少，一到秋天，稻田里、渠沟内就有很多的螃蟹。电筒光把渠道沟照得雪亮，没有水的沟底，泥土很结实。我们行走其间，寻觅着蟹的踪迹。这爬行的动物是很好辨察的，有蟹的渠道沟土上，会遗留下它爬过的爪印。静谧的夜晚，它发出的“唧唧”的吐纳声和四周的虫鸣也非常协调。我们循声而去，就会发现受惊的它们在缓慢地爬动。伸手按住，放入竹编的篓中，回家就成了我们的美餐了。每年夏天，我们还常常用各种方法捉螃蟹吃。我学会了编织蟹网，先用屋后的竹子削成一根网针，上面绕着纳鞋底的细线。织成一平方尺左右的蟹网后，用竹片攀住四角，在四角上系上小砖块，再在两个弓形竹片的十字交接处结上提绳。用蚯蚓作诱饵，投入河中，边乘凉边收网，馋嘴的螃蟹会被逮个正着。有时运气好，半夜前会捕捉到十多只。那可是正宗的清水大闸蟹啊！母亲第二天会拿几只做“面拖蟹”给我们吃，那个鲜啊，如今想起还会流口水。一时吃不完的，放在甏内，盖上盖子。有时一不小心盖子掉了，螃蟹爬出来不知了去向。但母亲总有办法，点上一盏油灯放置于地上，人走开不久，会听到螃蟹的声音聚集于灯旁。原来，这螃蟹看见光亮，也会直奔过来的。

在长满杂草的水沟里捉蟹有一定的风险。记得有一次，我携带着亲手削制的细竹篾丝、蚯蚓和网袋，游过门前宽阔的大河——周塘河，进入对岸的稻区。灌溉的水渠网状交错，四通八达。我在细竹篾上穿好蚯蚓跨进水沟内，双手在水下探摸着蟹洞。在洞穴内的螃蟹是贴着洞的上壁蛰伏爬行的，如果它在洞口，就会被我快速伸进的手逮住。如果它在洞深处，我就会用穿着蚯蚓的竹篾探入洞内，当它闻到蚯蚓的味道，会用蟹脚去拨动，竹丝抖动着，我慢慢地退出，它会急急地跟进。当竹丝一路抖动快至洞口，我左手拿住竹丝，右手迅速出击入洞，螃蟹就会被一把抓个正着。放入网袋，喜上眉梢。这种捕蟹方式的惊险之处就在于，如果一不小心，手在快速入洞时会被蟹脚或瓦片石块刺碰得鲜血直流。有时，还会碰到洞内的赤练蛇，一把摸上去软绵绵的，立马吓得人魂飞魄散。看那蛇游出水面，游进稻田，久久不敢再去里面摸蟹了。可以说，不论季节如何交替变化，我的整个少年时期都与捕捉螃蟹相伴。父母弟妹等因此也常有口福，逢人称道。后来，可能随着田间种植方式的改变，螃蟹也渐渐少了，甚至看不见了。再后来，我从少年变成了青年，踏上社会参加了工作，也就不再去捉蟹了。

20 世纪 90 年代中期，已经到市政府外事办工作的我，因接待日本东京一家电视台的摄制组，专门联系了一次阳澄湖的捕蟹活动。唐市镇下辖阳澄湖数千亩水面，在镇农工商公司俞根元总经理的精心安排下，我陪同日本客人坐着一艘舱内放着八仙桌、船头上置着“行灶”的机帆船，向阳澄湖驶去。河岸边的芦荻随风起舞，空气中有稻花的清香。村舍、老树、鸡鸭、鹅群，飞鸟的踪迹，船行处水浪拍岸的声音，让中外宾客沉浸在江南水乡的美景中。当时的阳澄湖，围网养殖才刚开始，下午时分，秋阳高照，阳光照在湖面上，波光闪耀。湖水清澈，一丛丛水草“油油的在水底招摇”。此情此景，让人难忘。船至湖中潘姓养蟹专业户停泊的大船处，我们上去喝茶聊天，并随老潘摇着小船捕捉起一只只大闸蟹。东京电视台的摄像机不停地拍摄着，我们船头上的“行灶”也生起了火，木柴烧得灶膛一片火红。大铁锅里的阳澄湖水沸腾了，煮上了青壳白肚、金爪黄毛、每只分量在半斤以上的阳澄湖大闸蟹。十多分钟后，大闸蟹满满地堆在了船舱里的八仙桌上。日本客人哇啦哇啦那个高兴劲可别提了，一档节目拍下来，天色也晚了。我们的船晚归时，水草竟缠住了螺旋桨，弄了许久才重新出发。

现在，沙家浜地区的百姓都以养殖大闸蟹为业。每年秋风起时，市面上的大闸蟹就会铺天盖地走向千家万户。吃蟹的条件好了，随想随吃了，可少年时期捉螃蟹的经历依然是我美好的回忆。

“秋风响，蟹脚痒”，每当吃蟹的季节来临，散落在古城大街小巷的宾馆饭店，和芦苇塘边的蟹塘茅舍，都挤满了吃蟹的人们。“不是阳澄湖蟹好，人生何必住苏州。”金秋十月去阳澄湖吃大闸蟹，是常熟及周边县市最时尚、最引人的召唤。那些沿湖百姓办起的农家乐餐馆、养殖专业户湖中停泊的船舫，都是我们吃蟹的好地方。我家里的冰箱恒温盒内，也经常储存着大闸蟹。从年中的六月黄开始，一直吃到寒冬腊月。蟹的吃法也有多种，油酱蟹、面拖蟹，水中煮、隔水蒸，蟹肉炖蛋、蟹肉馄饨……这是物质生活提高后带来的大快朵颐。

阳澄湖大闸蟹因其蟹的生长环境、水质、食料等原因而品质独特，市场供不应求，许多池塘蟹和外地蟹都打了阳澄湖的招牌，但我基本上还是能吃出蟹的产地的。除了阳澄湖蟹，太湖蟹、高淳的固城湖蟹、苏北的洪泽湖蟹等品质和味道都不错。至于外省蟹和小塘里养殖的蟹，因其质量差劣，让人食之乏味。

细细想来，我喜欢吃蟹是小时候被动开始的。可谓少年所识蟹滋味，只因无肉而所之；壮年所识蟹滋味，口腹滋润睡梦中。

逛街

逛街是一种闲适。南京路、王府井、观前街、夫子庙……所有的逛一般都是没什么目的的，如果是带着目的去，那不是“逛”了，是购物或者游玩。逛街的心情是最轻松的、散淡的，像平静的流水。

对上海南京路的最初记忆是儿时的。外公在上海大厦工作，母亲带着我跟着外婆去上海，住在外公的租房里。逛南京路是必须的，但不会购物，常熟乡村百姓以节俭为习惯，是不可能进那些百货公司与商场买贵重东西的。走在南京路上，吃过棒棒糖和棒冰，这是我孩童时期最宝贵的一次南京路记忆。逛着逛着就到大世界了，它的热闹和多彩，让我记忆犹新。可直到二十多年后，我才再次踏进南京路。这第二次到南京路，是与妻采购结婚用品，完全是一次购物之行，我们带着很大的目的性，去了第一百货商店、培罗蒙西服、王开照相馆，还有其他好多地。我们在那里大开眼界，也在那里深感囊中羞涩，西服和拍摄结婚照还是回到常熟办理了。因此，那一次根本没有逛的闲情逸致。

20世纪90年代以后去上海，逛南京路步行街成了一种习惯，变得沉静与自在。逛街和购物很难分清，走着走着就是逛，逛着逛着就购物了。

逛北京王府井大街则是到北京慕名前往，但在那的购物是十分简单的。百货大楼里的商品，大都有北方人的粗放，不太适合我们江南人的审美习性。90年代以前，王府井大街上店里的果脯比较诱人。其后食品多了，甜腻少受欢迎了，去王府井也只是一个形式了。我去逛王府井，目标明确，就是去新华书店。论规模，北京王府井书店应该小于上海福州路上的新华书店。但它的特色是可以乘着电动扶梯，一层一层在书海里寻觅着自己喜欢的书。有时买书与买菜一样，是毫无目标的，看着看着就买了。这样逛书店，人得有充裕的时间和简约的心情。有一次我买了一大堆书在附近岔路处打的，出租车司机一听到某宾馆，就闪了。他们更愿意去机场或远处，那才能赚更多的钱，那时我等了一个多小时，都没遇到一个愿意拉我回宾馆的司机。后来，我只好拦了辆私家车，给了让他满意的钱，才回到了宾馆。这是八年前的事，现在有了滴滴打车，肯定再也不会出现这种问题了。

逛南京夫子庙，是为探寻、感受历史的气息而去的。朱自清、俞平伯的桨声灯影，李香君、董小宛、柳如是们的巧笑倩影，国子监的考生，晚明的醉生梦死，民国的书卷静气……一切是那么让人神思涌动。这里的闲逛，是可以“穿越”的。当你不经意闯入一幢老宅驻足停留，或者品一杯茶，对着秦淮河的水坐上半天，并不觉得落寞与孤寂。如果看见旧时堂前的燕子飞过，那么，神会的是千年的人物和旧事，你会想着闲逛到桃叶渡头，耳闻桨声橹声，看那流水照影。而夫子庙的美食与购物是让人目不暇接的，那是属于平民大众的。豆腐脑、桂花糕、炸串、小笼包子酥烧饼、鸭血粉丝藕粉圆……解馋也好，果腹也好，都是非常快意的。溜达溜达，再买一只盐水鸭回家，在家中还能与美味佳肴相伴。

有一年的八月十六，我刚好在南京办公差，南京的朋友请我们去逛夫子庙、看中秋灯会和秦淮月色。可到了才发现，那里人头攒动、移步艰难，大伙都没有了逛的意趣。恰巧有秦淮河的一条船空着，我们包了晃悠出去，只见天上的圆月映在水中，船过处，满河碎银。咯吱咯吱的橹声与汩汩的水声，在两岸的粉墙月色里，触碰着我们柔软的心情，让我们沉静地享受着秦淮河上的闲逛，这样的意境真的太美了！

逛苏州就是家门口的事情了。常熟到苏州，开车上了高速二十分钟就到。这让我有了更多的理由去逛观前街、平江路、石路商业街、山塘街。最早游山塘，那是三十多年前的事。游了虎丘出来往左行，这里的山塘街就是村居，并无商业。清澈的河里，手摇船、水泥挂机船往来不绝。身边到处都有历史的痕迹，明清的石桥都是麻条金山石造的。河边水栈的石级都踩得十分光滑，系船的缆桩孔被绳子磨得很光亮。老屋和高大的树木，显示出年轮的久远和沉淀的静气。边行走边读并未断代的老街，它像一朵盛开的莲花，带着诱人的孤傲，引我一路探寻。

走着走着，粉墙处有扇门开着，门头上写着“五人墓”，甚觉惊遇。80年代初在市工人文化宫夜校上中文班时，读过张溥的《五人墓碑记》，知道所葬之人是五位因反抗魏忠贤而身故的苏州百姓，便进去拜谒。园不大，略荒凉，更无游人。面对五人墓，可以看出晚明晦涩暗淡的天空下苏州百姓的风骨，以及清流的东林党人所扮演的角色。后来，我还曾多次由山塘街而到太仓街边的张溥故居，全因了他的这篇文章。

山塘街靠近阊门的那段整治开发成为旅游街区后，我去过多次。那是人间烟火的桨声灯影，是姑苏繁华图的再现，是现代人的渔港码头。山塘河两岸，修复后约一里的街头有两家书场，我都听过一次。听书是灵魂的休顿，是闲适的静享。而走过横跨七里山塘广济路上的新民桥底，眼前的街道尚未灯红酒绿，依旧保持着原生的状态，让人豁然开朗。在一条老街热闹与安静的时光中穿行，会让人体会到不同的意境，就像一首曲子的两个章节。

而逛观前街，近三十年来我觉得越来越淡然无味了。它经过改造后，像是和全国各地的商业街一个模子刻出来的，失去了城市风格和原本的个性。所以，我到那大多会直奔着街中段的新华书店。或者穿过这条街，去古玩市场、花鸟市场，去吃朱鸿兴面店的蟮糊虾仁面。我对观前街的好感，只停留在 20 世纪 90 年代初，那时恐怕也是它的全盛时期。南北货、土特产店，冰激凌、咖啡店，以及服装服饰等吸引了许多人。现在，它似乎除了金店生意还行，其他的店铺大都惨淡经营。而街口转角处的美罗商场于我是个例外，十多年来，我逛过去一般都会直奔男士用品而去。近几年穿的一双鞋，就是在那里的品牌专柜买的。虽然很贵，但十分舒适耐穿。

其实，逛苏州还是要去平江路，或者原生态的巷子。“君到姑苏见，人家尽枕河。”唐代杜荀鹤诗里的姑苏水就是灵气，水就是城市的血液。小巷的粉墙黛瓦，配上了市河小桥，这才是姑苏的城市韵味。所有的店铺与市声，都是百姓的心跳。你会经常听到门里飘出的评弹，然后很自然地慢下脚步，去踩三弦上的音符，不知不觉间，软化了心灵，净化了灵魂。

作为常熟人，我更喜欢逛城市的老街巷。它们是这个历史文化名城的底气。青龙巷、白虎弄、言子巷、学前街、五福街、柳河沿、榆树头、秀崖弄、虞阳里、含晖阁……光看这街巷的名字，便可遥想出一片天空。外地的朋友来了，吃罢江南美食常熟蒸菜，叫上一辆黄包车（这是一种游玩形式），可以让他拉着你从环城西路逛到通江路。在常熟，唐代开凿的琴川河，与通向长江的福山塘交汇。夹河两岸，明清、民国的建筑与石桥随处可见。太平天国时期建造的那座天主教堂，与老街融合在一起，让人觉得历史延伸到了更宽阔的空间。我喜欢在琴川河两岸的通江路和河东街行走，看着琴川七弦中的五弦、六弦、七弦这三条河的身影。它们曾向西延伸直达虞山脚下，是古城血脉的纹路。明代以后，这里不仅有大户人家聚居，也是平民百姓生活的地方。钱谦益、柳如是曾在这里居住；常熟八大家族中的蒋伊与他的儿子蒋陈锡、蒋廷锡家族的子孙后代们，在此一路荣耀数百年；半野堂、绛云楼的故地；台湾巡抚蒋元枢建造的燕园；李强的故居：这些无不让人怀古思今，叹历史之云烟、光阴之短长。我们一般把燕园作为歇脚的地方，泡一杯虞山绿茶，海阔天空神聊一番。在这之后，外地的朋友们就把常熟带回家了。

有一次，来了几个作家朋友。我带他们在护城河边的得意楼吃罢“老八样”蒸菜，在引线街的一个老宅听过评弹之后，又带他们去唐代大书法家张旭当常熟尉（相当于现今公安局长）时居住过的地方——醉尉街逛。那晚，我们真是快活！酒都喝得差不多了，脚步歪歪斜斜地从西横板桥小巷进去，看到那建于南宋的方塔高耸在夜色的天空中。到塔后街后，醉尉街也不远了。在街口我告诉朋友们，张旭平时喜欢喝酒，晚上夜归，就是从这里一路癫狂走回家的。他们顿时兴致勃发，走进了这条空无一人的、幽深的、深夜散发着神秘气息的巷子。走过曲尺似的拐角不远，就是洗砚池小巷及张醉尉故居了。当然，大门关着，我们辨认着厚重的老宅与深邃的街巷，互搭着肩在门口合了个影。其实，里面是民居，有一个院子，种着菜与花木。20世纪50年代初开过酒坊，这不知是巧合还是慕张醉尉大名。而那个张旭经常洗砚的池塘，70年代末被填平了造了屋，当时出土过多个文物，巨大的碑石被运走，做了方塔园某处造房的基石。

逛街是一种生活方式，它不在于某地某处，而在于你怀着怎样的心情。人生路上，我们需要有慢下来的时候。我们需要整顿和拷问，需要灵魂的沉淀，需要休整好再出发。

养狗记

在外婆家长大之前，我是从来没有养过狗的。见过外婆养过猫，那只花白的猫经常陪伴在外婆身边。我一直觉得猫不是我们男孩的玩物，狗似乎更适合与我们亲近。所以，到了十三岁上初中时，回到了父母身边生活后，我才有了养第一条狗的经历。

那是一条小黄狗，我已记不清它是怎么到了我家的。老屋有一块空地，边上有一条绕屋的河流，树荫下竹林里就是狗撒欢的地方。没有围墙的院子，它去哪里就去哪里，我们也从不担心它会走失，每天该回家的时候，它就回来了。我们给它吃米饭、汤汁、肉骨头，我们吃什么，它也吃什么，绝不像现在喂狗粮之类。它看家护院，平时轻易不会吠叫，一旦叫起来就是有生人来了。夜半人静的时候，它的狂吠会把我从睡梦中惊醒。于是，我点上煤油灯，对，煤油灯！因为家里还没有装上电灯。灯亮起，就听到外面的脚步声走远了，狗也不叫了。夜安静了下来，可我却睡不着了。

我每天闲着没事，就训练着狗躺下、站立，它的绝技是会跳起来接食。我把食物往空中抛出去，它就飞跳起来，在半空中一口接住食物，落地后细嚼慢咽、津津有味地吃着，眼睛却盯着我，闪烁出满足的光芒。它还会听着“把手给我”的口令，把一只前爪递给我，让我拉着“白相去”。那两腿走路憨厚的样子，让人不禁笑出声来。那时，母亲上三班倒，轮到上夜班时，它就一路护送走三四公里夜路，送到厂门口目送母亲走进去才回家，担当的也是安全保卫工作。但是，它最终还是离我而去了。有一次，它吃掉了邻家的一只鸡，大概那鸡喜欢飞来飞去，它觉得异样，就扑上去把咬死吃了。那年代，鸡是宝贝，人们都是到孵坊里去，买刚孵出来才学会走路的小鸡回家饲养。一家才养两三只，靠着下蛋或春节吃的。邻居追索到我家后，我狠狠地揍了它一顿。结果，它跑了，从此不曾回来。没有了它，我生活中就像失去了一个好朋友。隔了几个月，我在去外婆家的一条田埂上竟又遇到了它，我喊着它的名字，叫它回家，但它恐惧地躲着我跑开了，从此成为永别。它的记恨竟然如此深刻，让我也一直难以忘记。

最多的时候，我养过三只狗。那是老屋拆迁前造了新居，我一个人搬过去住了后养的。三上三下的新居造在一片农田里，方圆一公里范围内仅我们一家。尚未装修装门空旷的楼下，成了狗的安居乐园。我给它们吃从工厂食堂打包回来的剩饭剩菜，它们吃饱了快乐地在泥地上打滚、嬉闹。狗都是散养在外，没有栅栏与围墙，它们想去哪里就去哪里。白天往往不见狗影，我下班回家了，它们也回来了。泥场上树荫下，是它们欢喜追逐、乘凉睡觉的好地方。第二年，父母要装修房屋了，我也没有精力顾及了，它们失去了楼下的居室，成了野外四处游荡的无主动物。再后来，就不见了踪影。

再次养狗，时隔了二十五年。这二十五年，我经历了工作、事业、学习、自学考试、结婚生子等等，狗也从散养的草狗变成了饲养的名贵宠物。

在 2008 年 1 月底那场数十年未曾有过的大雪的前三日，妻从上海带回了一只蓝眼灰色的俄罗斯西伯利亚纯种哈士奇，它刚满半岁，长得清清爽爽十分可爱。这是上海连襟家对门邻居养在公寓房高楼家里的宠物，因笼内饲养不方便，连狗带窝一起送给了我们。它的名字叫姗姗，这是上海的东家帮它起的名。但我觉得还是叫三三好，反正是谐音。它来到我家的院子后，感觉到了自由，开心得满院子乱窜。院外是一个小公园，小区里到处是绿化。下起罕见大雪那天，它竟乘我们不备溜出了院门，跑到外面撒欢去了。我们发现它不在了，冒雪到处寻找，它听到我们喊着它的名字，就从远处奔了过来，跑回了家。有语云“落雪落雨狗欢喜”，真一点不错！它在院子里生活安逸惯了，就向往着院外的世界。还有一次发现它不见了，我们找遍了小区，问过了门房，都没发现过它。后来有路人告诉我，前面路边有户人家窗口有狗嚎声。我赶紧过去，发现竟然是我家三三被关在屋里。它见到我犹如看见了救星，趴在铁栅栏封着的窗户上，哀伤地看着我叫着。我伸手抚摸着它的头，问它你怎么到了人家家里了啊！它摇着尾巴呜呜地扭动着身躯。窗台较高，栅栏封了一大半，要把它弄出来，要么打电话找户主人，要么找梯子设法进去。我先去门卫要了屋主电话，打去说休息天回乡下了，回来要夜里了。他说这狗可能是在开车库电动卷帘门时跑进来的。无奈，我只能去借了一把梯子，在别人的帮助下一起硬把它从窗户栅栏上方的口子弄了出来。回到家，它趴在院子的角落，像一个做错了事的孩子，蔫着头。

它俨然成了我家的一员，平时最爱吃的是可口的香肠，就是那种便利店里的 2 元香肠。每天晚饭后，我牵着它外出遛一圈，回家还有一段路时，我就解开绳子，它会自己奔回家。我还会每年给它打一次防疫针，定期去宠物店给它洗澡。它的存在，让我们外出都成了顾忌，心里总是放心不下它。有一次上班前，乡下的朋友送给我鱼塘边散养的一只鸡一只鸭，我把鸡鸭关在院子的狗笼子里，准备下班回家拿菜市场去杀了。可待我回家，发现院子里到处是鸡鸭毛，鸡成了一个骨架子，鸭不见了踪影。寻找了好久，发现围墙角落的泥地上，有一只鸭掌竖着，走上去往上拉出来，竟是那只鸭子！这个三三，拨开了笼子的铁插销，把鸡吃了，把鸭咬死埋了，还在等待下一次的饕餮美餐呢！哈哈，真是奈它不得。

既然是宠物，狗就成了玩物了，你得伺候它了。全无了从前养狗的随意与率性。院门要常关，狗粮要常备。它是条母的，发情期可怜巴巴的没有伴。隔壁好婆几次对我说，小王啊，你就不要坚持帮它配纯种了，就让我家的与它好吧！

隔壁好婆家养的是一条百斤重的长毛公狗，那粗犷凶狠的样子，我见着都怕，与我家长得纯粹秀美的三三比，真是癞蛤蟆想吃天鹅肉。后来，我们出了600元钱找了一条纯种的公哈士奇来院子里，与三三恩爱交欢，第一次没有怀上，失败了。隔了一段时间，又花钱让它们恩爱了一次。过后，看它萎靡不振的样子，犹如怀孕了一般，我觉得要为它加强营养，把肉、骨头汤、大米饭一起拌均匀了给它吃，看到它吃得美滋滋的，我也开心。每次在外吃饭，我还会特意打包它喜欢吃的带回家，它吃了这些美餐，后来竟然连香肠都不要吃了。好好服侍了它一番，结果还是没怀上。我觉得这不是我们三三的问题，应该是那公的到处留情，生殖能力不行了。

有一年夏天，吃了晚饭后我牵着它散步。城门口有家很有诗意的咖啡屋，我们进去后在庭院落座。我点了一杯美式清咖啡，享受着小院的宁静，慢慢地品着。它坐在我的边上，安静、温顺。我们就像老友一般，落在时光里。坐了半个多小时后，我牵着它一起去结账，正在等着找钱的时候，突然一只猫从半空中飞过来，号叫着撕抓我的三三。我发觉不对，钱也不要了，边轰赶着猫，边拉着三三逃出门外。但见这猫追赶到院门外停车场后，望着逃到马路边的我们停下了脚步。

我低头察看三三是否被猫抓伤，却发现它口中有物，我按住它的头再仔细看，原来，它嘴里含着的是一只刚出生不久的小猫咪！难怪那只老猫搏命相拼了，它是想夺回它的爱子啊！我用力拍打着三三的头，让它吐出了那只可怜的小猫，把它丢进了路边的垃圾桶里。这时，难于相信的一幕出现了。只见远处那只猫妈妈奔了过来，我吓得拉着三三就逃。回头一看，猫妈妈奔到了垃圾桶边，抬着头望着高高的桶口哀叫着，边叫边转圈。此情此景，让我不觉掉下了泪来，动物的情感同人类一样啊！我拖着三三走到一根路灯杆前，系上绳子，用拳头、牵绳狠揍了它一顿。这是我第一次打它，它的哀叫让猫妈妈回头盯着我们，我怕它再奔过来搏命，赶紧解开系住三三的绳子，拉着它逃回了家。从此，那家很有诗情画意的咖啡屋我再也没敢去过。

回到家里，猫妈妈的一幕触碰到了我内心深处最柔软的部分，我操起边上的拖畚杆，三三见状，趴在地上让我猛敲了几下头，不避不叫不逃，它是知道做了坏事啊。半夜，我不放心它，下楼到院子里找它，见它趴在水塘边一动也不动。我坐在池边的石头上抚摸着它，见它仍无反应，便与它聊起天来。我说三三啊，今天你不要怪我打你啊，因为你犯了大错！你怎么可以把人家的小猫咬死呢，你看那个猫妈妈多么伤心啊，我实在不能不打你！你吃掉了家里的鸡鸭我都没打你，猫也是人类的朋友啊，它们也与你们一样陪伴着我们……大约与三三聊了半个小时，它动了一下，然后勉强从地上爬起来，走到了墙脚下躺着。我见它没事了，就回屋睡觉了。第二天我发现，它的脸被我打得变了形。查看那条拖畚杆，原来是一根硬树棍子。这次揍打事件，也成了我日后经常内疚的事情。

三三在我家生活了九年，院子也有了几次改造，每一次改变，无疑限制了三三蹦跶的自由，这是我后来才发现的。但我只要没有应酬，在家吃了晚饭后，总要牵着它外出溜达，离小区近了，让它自己回家。但它总会在小区乱窜一会，甚至溜进人家的院子找同伴玩。2016年对我家来说，真不是个好年！六月份，父母相继脑梗倒下，九月中旬，三三死了。它是怎么死的？后来想想很是蹊跷。由于每天往医院跑，对三三的关心自然没了心思。但我还是每天喂它吃饭，但又发现每次放在盆里的食物一动都没动。而它躺在弄堂底的竹荫下，似睡觉的样子。这可是它一直懒洋洋休息、爱理不理人的样子啊！当时我想，因为它喜欢到处藏吃不完的东西，可能每天挖出来吃饱了，所以就忽略了它。等到后来发现它是病了的时候，却已经拖了一个多星期，晚了，来不及了。那天傍晚，我过去看它，见它一动不动奄奄一息的样子感觉不对劲，决定第二天带它去宠物医院检查。早上六点钟，我还在睡梦中，被楼下的妻子打电话吵醒，她说三三好像不太对劲，哀号了几声。我赶紧起床去看它。只见原来躺在竹丛下的它竟然向前移动了十多米，躺在了挡住它的栅栏边。我打开栅栏门进去喊着它的名字，抚摸着它，它睁眼看了我一下，掉下两滴泪来，然后"噗"地吐出了一口气没有了声息。我大声地喊它，想把它唤醒，但它静静地躺在地上，只有秋风吹动着它那灰色纯净的毛发……

大约有三个月的时间，我一想起三三就很难过。它的可爱调皮、傻傻的样子和九年的陪伴，点点滴滴浮在眼前，我甚至不知不觉流下泪来。有次开车路上突然想起它，我竟停在路边大哭了一场。我发誓再也不养狗了！都说狗的智商像三岁的孩子，人的话语它能听懂，只是不会表达罢了。渐渐地，三三落在了我的记忆深处，偶尔在路上遇到与它长得相似的同类，我又会停住脚步盯着看，但往往觉得，哪有我家的三妞漂亮啊！

一晃五年多过去了，有一天，儿子买回了一只才出生几个月的柴犬。我抱怨怎么又要养狗了！他说你孙子要养。唉，三三离开的这几年，我家的第三代也从牙牙学语到喜欢画画了，他特别喜欢画鸡，这可能是去乡下外婆家见了画上的。乡下回来，他竟然还带着只活鸡，不让杀，要每天看着鸡画画。我只好在网上买了网，在院内做了个护网，让鸡有了个适度的自由空间。他每天搬着小凳子坐在鸡前观察，画了有上百幅各种各样想象力丰富的鸡。但是，他最终还是喜欢上了狗！我说，你们要养啊，我可不管了！三三太让我伤心了，好不容易平复心情，又让人牵挂难忘。可一旦养了狗，能不管吗？！我做不到不管。有人是一度热情，把狗当玩物。厌倦了，最多管它吃饱。岂不知狗需要遛，需要训练，需要聊天的。既然是人类的朋友，那不能冷落了它。渐渐地，我又不自觉地担当起了一切，它的可爱与聪明，实在招人喜欢。看着它肥嘟嘟的样子，我给它起名叫“小肥猪”，多叫了，它自然知道是它的名字了。我说小肥猪过来，它就从远处跑过来，我说小肥猪我们去玩，它会欢跳到院门口，摇头晃尾地等我给它系上绳子，开门直往外奔。我说回家，它会十分不情愿地拉着我往前方去。晚上，我对它说到窝里去！它就乖乖地走往窝里，有时会在院子里猛跑一圈后再钻进铁笼窝蹲着，等我插上插销。我说拜拜再见，它就安静地等着我第二天去打开窝门。清晨，它见到我先伸一下懒腰，然后奔出来，在院门口期待着我带它出门，解决憋在它身体里的“大事”……

有一次，我试着解开它的绳子，让它自己回家。后来，它会在家附近玩一会再跑回家，或是去看前面的同伴、后面的朋友然后再跑回家。突然有一天，它竟从院子铁栅栏围墙的空档钻出去玩了，我们下班回家，隔壁人家说你家的狗经常在外面。我们就到处寻找，往往找了一大圈，发现它已经从开着的院门回来了。我也不好去打它，毕竟，它要的是自由啊。我并不太想把它当成一点自由都没有的宠物，要给它有最大限度的自由。但经常钻出去也不行，我不担心它不回来，而是担心小区开来开去的汽车多，怕出事。我还是从网上买了铁丝网围，花了一天多点的时间，把围墙围了起来。但钻不出去也只是两三天的事，它会咬破了铁网出去潇洒。它如果记住是在哪处咬破钻出去的，我即使补好了，它还是会咬破往外跑。如此反复多次后，我就用绳子把它系在树上了。可它竟然把绳子都咬断了，还是往外跑。最后，我只能用铁链把它锁在树上，只给一点活动的空间。但我内心始终还是不忍，有时补好了围墙的网洞，还是要放它在院子里活动。

后面人家有两条狗，一只白狗一只黄狗。白狗温顺，黄狗凶猛。见到我家小肥猪，就冲上来咬。有一次，我遛完狗回来，离家五十米时放它自己回家。可它半道上被树丛中窜出来的小黄狗摁在地上，而且竟一动不动，任它啃咬。开始我认为小肥猪遇见女朋友了，因为它每次在外，都要跑到后面人家玩一会才跑回家来。当我走近才发觉不对劲，它的身上、头皮上的毛都被咬掉了！我马上赶走了那只小黄狗。我以为那是条母狗，边上人家说是条公的。这小肥猪为什么不反抗呢？它或许不知道，有时候，“朋友”对自己的伤害是最深的。回家后我检查它的身体，除了背上头上毛皮被咬坏，耳朵也被咬破了。

但它并没有计较咬它的狗，依然扒开院子围网，去找它们玩。有一天它回来时，我发现它的眼角脸皮被撕裂开了，伤口挺深的。是被咬开的吗？又像被人打出来的。我只好取了红霉素软膏帮它抹了，可三四天不见好转，还发现它蔫头蔫脑地没有了精神，也不怎么吃东西了，就对儿子说快带它去看看吧！到了宠物医院一检查，医生说是被狗咬伤的，要住院治疗。要交两千块钱押金，先消炎，再缝合。这一住就是十多天，它不在身边的时候，生活中真像缺了什么。院子安静了，心里却是空落落的。我实在想它，便开了半个多小时车去看它，它听到我的喊声，在里屋的笼子里拼命地挣扎叫唤着，见到我想扑上来。我伸手抚摸着它，它吱吱地发着嗲劲。我与它聊了会要离开，它又拼命地叫着不让我走，如此反复我来回了三次，不忍离去。走出大门，还听它在唤我。

小肥猪回家啦！经过半个月的入院治疗，花去了 3360 元钱，剃掉了毛、缝合了伤口的半爿脸显得好难看啊！我去接它回家时，它开心地摇头晃尾扑了过来。因为怕它抓破伤口，医院为它戴了个塑料保护头套。它坐在我的汽车副驾驶位置上，张望着窗外的街景。身体随着汽车的颠动，晃来晃去。回到了熟悉的院子，它欢快地窜跑起来。家人担心它待惯了半个月的空调房，会不会不习惯这大热天高温的自然环境，我说不会，它就是自然的适者啊！为它抹消炎药膏时，它见我拿了药膏喊它，就会走过来，乖乖地让我涂抹，涂好了，就又窜到院子里玩了。但我们再也不敢让它钻出去了，只好每天给它锁上系在树上的链条，长度刚好到围墙前，它可以有限走动，喝水吃食睡觉不影响。我只是盼它快快长大长肥，钻不出院子的铁栅栏，这样，它就不用系链子了，就有了安全的“自由”。

一般来说，狗正常的寿命在十五年左右，现在的这条狗才两岁，正是年轻的时候。生活中正是有了狗的陪伴，人类才不显孤独。我并没有把狗当作娇生惯养的宠物，它们是伙伴、朋友，它们与我一路而行，是我人生中的组成部分。而有时，狗对主人的守护与忠诚，是会让一些人汗颜的。

朱主任

我调到市政府侨务办公室下属的事业单位任职时，就认识了朱主任。他是侨办的副主任，是一个部队转业的团级干部，早年毕业于北京外国语学院，学的是越南语，参加过援越抗美、对越自卫反击战。他长得瘦长、精干而儒雅，戴着一副黑框眼镜，镜片后面的两只眼睛炯炯有神。多年的部队生活养成了他独有的个性与气质：走路腰板挺直，步履稳健；讲话简明扼要、明白易懂。

朱主任知道我喜欢文学，有一次，他来找我聊天，我才知道他古典文学基础深厚，擅长古体诗词创作，是市诗词协会的副会长。这下，我们的话题就多了，除了工作，还有文学。他见到我在工作上做出了一些成绩，竟然填了一首词送给我，还去发表在市报上。这种激励的方式，真是催人奋进。

部队作风养成了他爽直的个性。工作上，他对我非常信任和支持，总让我放手大胆去干，他的鼓励让我觉得，一定要好好工作，不能辜负了领导。在我多次的人生角色转换里，我与领导的关系都是君子之交淡如水。我是以我的工作成绩来回报领导的信任与支持的，与朱主任的交往同样如此。他作为分管领导，他的表扬与鼓励，甚至提醒，对我来说就是工作的动力。那个时候，也没有什么考核奖励，以及杂七杂八的补贴。我的工资与员工相差不大，但是因为工作环境宽松，工作的心情是舒畅的，工作干劲自然十足，做出成绩是必然的。

在那里工作的六年，正主任换了三任，而我直到离开单位，都与作为副主任的朱主任一直保持着友谊。在忙碌的人生路上，虽然不怎么联系，但心灵的相通让我们即使平时不联络，感情也从没淡过。

后来，在我新事业的初创时期，他经常骑着自行车来看我，见了面，我们谈论的话题从工作转到了文学，以及我的创业项目。见我忙，他多是问问我工作最近怎么样，觉得我开展顺利，放心地聊一会就走了。如果遇到我有空，他就会文学历史、古今诗词、社会现象神聊一通，言辞间对社会上的一些现象深恶痛绝。部队大熔炉的锤炼与知识分子的使命感，造就了他的人格品质，而我往往感动于他的每一次探望，以及他高洁的人品。这是一种润物细无声的关爱，是做人的垂范，也是力量的原动力。后来有几年，他的身影消失了。我曾几次想起他，打过他的手机，但一直处于停机状态。而我却因忙于工作和文学创作，渐渐地让朱主任沉在了我的内心深处。

忽然有一天，他来了！我乍一见，顿觉他既憔悴又没有了精气神。我急忙问他怎么了？他坐下后告诉我，得了那个老几三（癌症），但随它，人总归一死！言谈间，他甚为豁达，十分看淡。我说你还不能死，我还要读你的诗呢！他笑笑说暂时死不了，现在住到福利院去了。他告诉我老太婆烦，经常吵嘴受不了，福利院清静，又有人服侍，自己的退休工资也够用了。他的乐观状态，根本不用我说宽慰的话。他依然关心我的经营情况，知道一切都很好，便说蛮好蛮好，我只能是问问，也帮不上什么忙。我说你要一切保重，养好身体，多来坐坐。临别，我给了他一盒虞山白茶。他竟然觉得不好意思，说还拿你东西。我送他到门外，望着他有点佝偻的背影，回想我们的交往，那么多年了，真没送过他什么！他做我领导的六年，有时来看我，也只是喝一杯茶、了解一下工作情况，聊一会天就走了。

后来，他身体情况有了好转，也住回了家里。记得第一次去他家看他之前，他告诉了我地址，我找了好久才找到。其实他家离我公司并不远，在新村一处不怎么起眼的一幢房子的底楼。房子很小，才五六十平方米。他的房间也是书房，床上的被子仍旧像部队的战士一样，叠得方方正正的。我带了些茶叶和西洋参给他，这次他没拒绝，说正好西洋参吃完了，本来要去药房买。上海的开刀医生关照他要吃西洋参，以前从来不进补的，现在觉得吃了效果蛮好，饭也能吃多。后来，我每次去看他，就带了西洋参去，有几年，我还常托去美国探亲的原中医院蒋院长带回来。早年蒋院长曾与我说，正宗的西洋参与冬虫夏草的营养是差不多的，他与身边的人都不吃虫草，只吃些西洋参。这话也影响了我，我本人这十五六年来，从来不吃虫草，冬天只炖些西洋参，加些天南地北深山里的宝物。我仔细看朱主任的书架，上面放的书虽然不多，但有不少与我是一个版本的，有胡林翼选注的《宋词选》、喻守真的《唐诗三百首详析》等，以及《古文观止》《诗经选注》和诗词音韵方面的其他书籍。可以看出，他一直保持着对古典文学的喜爱。他告诉我，身体不好诗词也写得很少了。我问他，老婆呢？他说不知道，不在，出去了，自己的身体只能自己当心。看来，他们的关系还是那样，只是一个形式而已。唉，人生有许多遗憾是无法挽回无法弥补的！他自言自语地说。我看他落寞的样子，就把话题引开了。谈到一些社会现象，他老是觉得自己落伍了，看不懂了。

以后几年，我中秋或春节前去看他，与他聊聊天，讲些杂七杂八的事，唯独不再聊他的诗词了。这几年由于病魔的折磨，他不再写作，他更多的是研究各种药物，了解各种知识。然而，2020 年 5 月的一天，他突然来我办公室，我开门见到他时，着实吃了一惊！他精神憔悴不堪，穿着厚实的衣服，手里拿着一个信封，进来就对我说，我不上楼了，跑不动了，就在你楼下会议室坐坐吧。我为他泡了杯茶，他说身体不灵，来看看你，以后不知几时再会来了。我听了鼻子酸酸的。他说着递给我一个信封，说这是他新近填的两首词，及抄录的以前写的几首诗词，送给我留个纪念。我接过后翻看，首页写了他的一点感言："因余重恙缠身，无心提笔，已久爽晓明之诚邀。今抄录现写及昔日之习作几篇，以博一笑。我写古体诗，力挺以普通话之声韵作其平仄、韵脚。窃以为更有利于继承发扬推广之，呈现其生命力。当然，可双轨行之，广达社会各界及少儿，或宣之海外……"虽落笔不多，却道出了他的不幸和与我的友情，更是简论了古体诗词创作的要义及弘扬传统文化的创新理念。当我看到他落款的"朱仁林于病中勉之2020.4”时，一股难言的滋味涌上心头。我忍住了往下翻读，开头两首词是在五一节写给我的，第一首《浣溪沙·忆初见挚友晓明君（1997年）》，回忆了我们二十多年来的友情文谊，以及对我工作上的勉励。第二首《鹧鸪天》这样写道：

年长唏嘘愧无涯，青园陌上至诚家。肤灰色黯蒙润泽，天日垂暮留微霞。

山远近，路横斜，至诚至性少又邪。人生桃李愁风雨，勿忘世间存耀花。

他在感叹光阴暗转、人生无常的同时，也感念人间真情，友情永恒。其后抄录了六首他的旧作，有歌颂家乡风景的，有参加母校五十周年志庆的，有致大学时代北京外国语学院老同学的等。最后一首七律《孤月独赏》，道尽了2019年中秋节住在医院，一个人亭外赏月的凄凉：

残躯独领着柔裳，坐伴婵娟幻思扬。
清辉勤撒消暑热，夜月广舒递秋凉。
纶意深凝无需问，佳时孤享已习常。
灯火万家融暖景，劫难度尽更坚强。

当读到他在末处自注的“亲朋好友无一人来电话”时，我感到了他的孤独寂寞与企盼，同时也深感愧疚。有时，朋友的一声问候就是温暖。那天与他聊了些什么，后来我竟一点都想不起来。手头只留下了一张我与他交流写给他看的纸，他病得耳朵都听不太见了。他苍老、羸弱，脸色灰暗，我预觉不太好，临别时我说开车送你，他略显迟疑了一下，说好的，那就吃力你了。我送他到了小区旁边，他决意不要我再送他进去，说就在这里下车。我把车停在路边，他下了车，向我挥了挥手说，你回去吧，再见！

谁料到，这次一别竟成为永别，我们真的再也不见了！突如其来的疫情，阻断了人与人之间的许多会面与情感的交流。我所从事的旅游业更是雪上加霜，十分艰难，让人焦虑不安，这也让我减少了与朱主任的联系。等到去年四月疫情缓解一点了，我想去看他，可他竟已于 2020 年 10 月 7 日去世了，终年 79 岁。我顿觉怅然若失，神情落寞。

早年毕业于北京外国语学院、后又经十多年部队技术兵种磨炼的朱主任，其生活的阅历和个人的修养都在一般人以上。他终究是一个知识分子，缺乏持家的综合能力，妻子又是识字不多的乡村妇女，精神上的契合和沟通的距离是很大的。他可以全身心投入工作，但不能适应柴米油盐生活。他虽然在政府部门工作，但是在他退休前，工资待遇全年也只有几万块。他也不会去搞副业，很难承担积累钱财建设家庭的重任。如果凭他在越南语上的专长，做些翻译，甚至是牵线搭桥、招商引资的工作，那么，家庭的经济状况会改善，矛盾或许会缓和许多。以前，他也与我讲过一些情况，提到他两个儿子时，他不愿意多谈，我也不敢多问，以免触碰到他的痛处。退休前还有工作减压，一旦退休了，每天在家，矛盾更加突出，以致后来他宁愿住进福利院过清静的生活。心情的好坏会影响人身体的健康，我为失去这样一个老领导、老朋友而难过、遗憾。人与人的情感是存在于点滴中的，友情的珍贵莫过于此。

永济桥

似乎并不刻意，三十年后我又来到了这座桥。

这座建于康熙年间的三孔石拱桥，依然傲立在古城的运河之上，它很质朴，也很结实，它的雄姿和这条叫四丈湾的老街很吻合。而河对岸的那条叫上塘街的市梢，由于这座桥的连接，三百年来也波及了古城的市声。今夜无月，天空中星星都没有几个。只有老街上的那些路灯和三十年前一样地眨着，照着依然是碎石的路面，依然没有多大变化的老街的轮廓。我在桥堍徘徊，在离桥堍十步之距的这排民国的平房——回收站里，我曾度过了三年时光。那时的我才十五六岁，是一个踏上社会就开始工作的少年。回收站——我生命中永远抹不去的一段时光！今夜，我面对着你，在夜色里辨别你。从前沿街的那一长排门挞已改为门窗，回收站的历史成为过去了，里面住着人，微弱的灯光透过窗帘漏在老街上。当和我年轻的身影神会，我的情绪有点激动，视线顿觉模糊。在这里，我学会了商业的基础知识，包括珠算以及对商品的辨别、估价，在这里，我有过青春的第一次骚动和最初的对女人的朦胧渴望；在这里，有过我在知识贫乏年代里，从旧书堆里翻读名著的身影……当时那个年代虽然无鱼无肉，但如今回忆依旧温馨的永济桥边的回收站生活，其实早已成为我日后从商从文的生命养料。有自行车从我的身旁驶过，有倒垃圾的人边走过边朝我看。有三三两两的人从桥堍的人家里走进走出。永济桥堍的那些人家从前都熟悉，如今已没一个认识了，我的踌躇也引来了人们异常的目光。我在回收站工作，每天的夜班都是被我包下来的。夏天乘凉，我都会去桥上，桥身高蚊子少，还可俯视桥下古城的运河。这运河叫元和塘，开挖于唐宪宗元和年间，连接着常熟到苏州的水运，并和大运河相通。当时的河里，舟楫往来很是热闹，轮船拖着长长的船不时地开过，机帆船的突突声时常入耳。而现在夜航船没有了，只有四周的静谧。

在桥上乘凉是一件很愉快的事，拿着蒲扇，坐着摇着。路人走过，都是从我们的缝隙中穿行，从没有一句怨言。那时大家聊天、唱歌，有些歌是刚“解禁”的，诸如《敖包相会》《在那遥远的地方》之类，大伙也是从收音机里学来的。因为有女孩子一起乘凉，我们的兴致也特别地高，歌当然也唱得分外嘹亮。桥上不时还有人从十多米高的桥顶跳下河游泳，有叫卖的人来兜售莲蓬、熟菱之类。夜深散去，家家都在桥堍狭窄的四丈湾街边搭起竹榻床，挂起蚊帐露宿，那蒲扇扇动的声音彼此相传着，赶走着夏天的热，伴着静夜里的微风入梦。往往，早上赶市的人声和自行车的铃声，会把我们叫醒，爬起来一看，小街的这头和那头生煤炉的烟雾都弥漫开来了，永济桥也沉浸在一片雾霭里，在晨光中迎接一缕阳光的照耀。

有时，我们在桥上乘一会凉后，就去看电视，家里是没有电视机的，居委会里有一台，敞开着门供大家看。早去的人有凳子坐，晚去的只能站着看，一部电影看下来，衣衫全湿，手上脚上都被蚊子咬得红红的，但大家依然很快活。哼着电影里的歌声，撞开夜色去桥上继续乘凉，去交流着电视里的那些故事，特别是那些爱情故事。

正对着桥的那户人家姓高，有八个子女，从前见面“二官、三官”“七官、八官”一路地叫。不大的房子，一家十多口济济一堂，生活似乎过得有滋有润，不见多少艰苦。当然，当时对物质的要求只是要有肉吃，有衣穿，拥有一辆自行车，戴上一块手表，这些都有了，就是十分幸福的生活了。其实，即使在今天物质生活丰富的年代，有的人锦衣玉食、开着汽车，快乐的心情或许和从前是一样的。相比来说，人们对幸福的感受与心境有关。穷人的快乐和富人的快乐，从生命本质上来说无多大区别，生命任情适性的状态决定了人的快乐，每个年代都有每个年代的快乐之源。

三十年，我已从一个少年变成中年。历经了人生的颠簸和华丽，我的心情和这建于三百年前的桥，以及桥下古老的元和塘一般平静。我觉得，这寂静秋夜中的桥最能感受人类的喜怒哀乐。三十年和三百年的时空交替，人们生生不息，但唯有人的智慧和爱是永恒的。夜色温柔，我望着泛着灯光的河水，以及河两岸老房子的棱角，跳跃的思维有金属般的回响。

其实，今晚的永济桥并不沉静，它和我一样在品读时光中获得着存在的幸福。

清名桥

初见清名桥，缘于四年前随有关部门前去的一次考察。由于走马观花，我的灵魂并未与这座桥，以及与它相连的历史街区作过碰撞。

真正想念这座桥，是我两个多月前在某古玩商手中觅得了一方民国己亥年（1935）松山所治的印章。篆体朱文“家在运河古桥边”，填绿边款“吾家住清名桥东畔作此以志，乙亥松山”。这枚八十多年前的青田石老章，忽然又勾起了我重访清名桥的念想。

清名桥是大运河无锡段上的一座单孔大石桥，始建于明万历年间，由无锡寄畅园主的两个儿子秦太清、秦太宁出资建造。因此，初名为“清宁桥”。至清康熙八年（1669），由无锡县令于民间集资重建。道光年间重修时，当时的无锡县令为了避道光皇帝“旻宁”名，而将其改名为“清名桥”。我们目前所见的清名桥，是清咸丰十年（1860）被太平天国战事毁掉后，于清同治八年（1869）由地方贤绅集资重建的。从地方志上记载的三次造桥历史中可以看到，这桥每次都是由民间百姓捐资建造的。其实，旧时的公共设施，如修桥铺路、建私塾等，都由民间人士自愿捐助，造福于一方百姓，政府只负责组织落实。

游清名桥历史文化街区须在夜晚，白天店铺基本关门打烊了。夜色是运河两岸瑰丽的梦境，而清名桥是个起点。当我踩着霓虹，在桥上听凭晚风的轻拂，举目所见的，是无锡这个现代城市中被保存最好的一个历史街区。运河的低语带着千年的深沉，让我忘记了夏天的溽热。那些华丽的灯火，并没有令我迷离，我只是宁静地观看着两岸的风景。临水的房子绵延向西，风格依然保持着明清和民国时期的风貌。它们在灯光的映照下，与河中的倒影重重叠叠，有点浓得化不开。而东边与伯渎河交接的丁字河口，灯影稀疏、沉静空阔，它们与人影幢幢的古街区形成了鲜明的对照，让我觉得像年少时所见到的、那种不事雕饰的自在和深邃。踏着石板老街，我寻找着岁月的留痕，我的脚步踯躅于老街及小巷中的那些百年老屋前。我无从查考那方刻于清名桥东畔的老章，那个治章的名士松山，一定是一个饱读诗书、钟情于艺术的人。他是当时的书画界名流，还是隐于古桥边运河畔的高人？也许他只是一般的学人。我甚至更希望他是个老师，因为民国期间的老师大都是非同寻常的饱学之士。他们学养深厚，兴趣广泛，既精通经史子集，又思接西方，灵魂畅游于东西方文化的交融中。松山治章时的 1935 年，当地相对能保持百姓安居、社会稳定，士族阶层有了更多的闲情逸致来追求高雅的精神生活。清名桥一带，是中国近代工商业的发祥地之一，发达的丝业、造船业、面粉加工业，以及其他各种产业，和明清时期就兴盛的窑业争相辉映，使这里成了百年工商繁华之地。更有那数十家私塾和私立学校，给数万业主的子女启蒙上学，开启了智慧之门。新式教育的课程有国文、算术、历史、地理、音乐、美术、英语等。而松山先生，也可能除了教书育人，还在运河之畔的清幽居所，过着十分恬淡的生活。弄刀治章，是兴之所至的业余爱好。或许，他还是个十分了得的画家、书法家，每画好一幅作品，便钤上自己所刻的章印，以志情怀。

夜晚的清名桥上站满了人，他们和我一样，都是慕名而来的，寻访着运河老街区历史深处的一脉余香。桥两头的南长街和下塘街，老屋间的石板路，在老式路灯的映照下拉长了身影。这个街区的气氛十分安详，那些深院大宅和寻常人家一起紧挨着，并没有让人觉得有富贵与贫贱之别。在桥堍的一家挺有情调的懒猫咖啡馆，我点了一杯香醇的咖啡。几只肥硕的大猫，懒散地躺在各个角落，神情闲适，如我们一样静享着清名桥的沉静和稳健。在南长街的运河之上有许多桥，我们记住了清名桥，以及在流年碎影中依然个性独特、傲立了几百年的伯渎桥、南吊桥、跨塘桥、日晖桥……这是古人留在人间的艺术。而那些千桥一面的钢筋混凝土的当代桥，只是些贯通道路的交通设施罢了。把建筑当作艺术来做的，不只有现代的规划设计师们，我们的老祖宗何尝不是伟大的艺术家呢？他们留在中华大地上的不朽的建筑艺术，像大运河的水一样滋润着我们。而那枚刻于清名桥边的老章带给我们的，既是文化的信息，也是宽广的世界。它如同清名桥一般，与我们神会，让我们畅游。

行灶桥

行灶桥是锡沪公路常熟段上的一座桥，凌空架在现今仍然有货运大船不时驶过的运河之上，是随着锡沪公路一起建造的。

1932 年，当时的江苏省建设厅向省政府提出，修建一条全长一百四十多公里的锡沪公路。公路于 1934 年破土动工，1935 年 8 月 15 日通车。行灶桥是当时建造的 149 座钢筋混凝土桥梁中规模跨度最大的一座，使用到 1996 年才重新改建。

那么，它为什么叫行灶桥呢？弄清这个名字的过程是很有意思的。我查过一些地方史料，上面只介绍了该桥造于 1935 年，其余一无所言。后来，我又了解到国内有多处地方出现过“行灶桥”这一名称，这让我不禁想到，“行灶”一词可能具有一定通用性。东汉许慎在《说文解字》中说，“烓，行灶也”。行灶，是指可移动的灶。当年建设锡沪公路及这座桥梁时，有许多工人与民工吃住在工地上，使用的灶具就是行灶，而由于造这样一座形制规模在当时来说很大的桥需要很多人，所以用的行灶也多。试想，在田野上、运河边，几十只行灶燃起的火焰，映红了向晚的天空，构成了一幅难忘的美丽画卷，这画面温馨、宁静，能让人们忘记一天的劳累。于是，人们就把行灶边造的桥称作了“行灶桥”。

我从小在行灶桥附近长大，锡沪公路就在外婆家门口一片水稻田的尽头，也就是一条田埂的距离。从外婆家到行灶桥，大约二百米。自小，公路及桥上是不敢去的。车来车往，川流不息的大卡车不时隆隆驶过，非常危险。我娘舅三岁的儿子国良，就是在离桥不远的公路边，被一辆江西过境的货车挂倒在车轮下，离开了这个世界。那时，七八岁的我听了非常害怕。

我还记着在引桥上举行的一场百米短跑赛。村里的女青年、男青年们早早地来到公路边，扭腰踢腿，活动筋骨。裁判员讲过比赛规则、安全事项后，一声发令枪响起，大家从桥堍上的起点奔向桥面上的终点。那个健康大姐姐美华，浑身散发着光芒，脸颊红润，健步如飞，只一窜就到了终点。我远远地看她站在桥上的风姿，感到十分迷人，那情景现在还很清晰。

我十三岁上初中时离开外婆家，回到了父母身边。虽然不能每天看见行灶桥了，但对它却又有了新的认识。那时，我家屋边有条河，它直通百米外的大河——州塘河。每到夏天，游泳是每天都会做的事情。而通往苏州清澈宽阔的州塘河，是我们一帮村里水性非常好的小伙伴扎猛子、摸螺蛳、打水仗的好地方。繁忙的河面上，经常有长长的拖船驶过。由于装了沉重的货物，它们行驶得比较缓慢。我们喜欢游过去，拉着最后一艘船屁股后面的铁锚，在水中搭乘数公里的"顺风船"，然后再以同样的方式，拉着往回开的拖船回家。人像一条鱼在水面上漂游着，还可以用仰泳的姿态，一手拉着铁锚，一手扑水，看退过去的蓝天白云、两岸风景。农田，人家，船厂、村庄……难忘的是向着苏州城的方向，到了一个十字河口，轮船右转弯进了张家港，一会就到了行灶桥了。这时，我们会放手游到桥下，爬上桥墩休息，等下一个船队从北面虞山方向开过来，然后在船尾拖着回家。这时，在水面上看行灶桥，它就是一幅画。混凝土结构的大桥横跨在大河上，桥的两边，广阔的岸线上是农田与村庄。桥北一边叫"殷家上"，这是外婆家西边的一个村庄。另外一边叫姚家村，那是外婆的娘家，她从小生活过的地方。那个姜太公钓过鱼的尚湖就靠在村边，听外婆讲，她小时候经常去湖里游泳，是一个游泳高手呢。可是，我从来没有见过她游过泳，虽然她家屋后就是一条较宽的河流。行灶桥是这幅画面的主体，背景的陪衬还有涌向天边的河水与远方的虞山山色。其实，这条水路一个来回要将近十公里，它也是我们少年时期愉快的旅程。

再次对行灶桥有深刻印象，是随着叔父到桥上布网捉螃蟹，这是秋夜里的快乐事。叔父住在我家隔壁，那时，他与生产队里的几个壮汉都是干农活的好手。农闲时捕鱼捉蟹抓黄鳝，则是改善生活的美事。有一天傍晚，叔父叫上我与堂弟，带着长长的网去行灶桥上布网。走过小桥、船厂、村庄、农田、池塘，从桥堍的斜坡走上锡沪公路，就到了桥上。叔父开始布网，他把尼龙丝网一头的绳子先结在桥栏杆上，然后一层层放下去，一个个锡沉子带着网沉到河底。河有近百米宽，网也有近百米长，它像在河底拦起的一道屏障，随着水流飘摇着，螃蟹爬到网上栖息，随着网的晃动沉醉其间。而我与堂弟跟着叔父在桥上等着时间的流逝，不，应该是等着更多螃蟹“上网”。晚风吹过，行灶桥带着朦胧的美意，温暖着我的心房。“突突突”的轮船一艘一艘地经过，每当看到前方的船开过来了，我心里就想别拉轮笛啊，就怕那长长短短的“呜……呜……呜”声，惊吓掉了河底的螃蟹。大约等了个把小时，我与表弟在桥这头、叔父在桥那头，隐约看到他手一挥，我们就一起拉着绳子把网拉出水面，打开手电筒一照，趴在网上的几只螃蟹似乎还没有从沉醉中醒来，就被我们逮进了篓子里。一个晚上下来，第二天的饭桌上就有了好吃的美食。母亲把我们带回来的螃蟹一切两爿，去掉蟹胃等杂物，放在碗里加些毛豆子，放上一些水与盐、葱姜，再滴些菜油，在饭锅里炖着吃，那个鲜美的味道啊，至今都难忘！而吃剩下来的汤汁，第二天调成面糊再炖，就又成了一道好吃的菜……

现在，每当我开车经过行灶桥时，就会打开情感的阀门想起往事。有一次，我还特意在桥上停留了片刻，望着远处的青山、桥下的流水，过去的情景纷至沓来，情感漾起的波澜让我感到一座桥的厚重。

张 旭

第一章

衙门公干

乌目山在城之西北角，不甚高，但有峰。有丘壑，有流泉，有桃花溪水。

城与湖紧靠着山，山上，往北，望得见渺渺的长江；往东，看得到隐湖；往南，俯视着尚湖；西边极目，是连绵起伏的山岗峰峦。

城内，县衙距乌目山一里多地，衙门高台，巍然森严。县尉张旭的工作，就是维护城里的治安，疏解保甲他们处理不了的百姓纠纷。来到这个古老的城池任职已半月余了，这个闻名于吴越时期的地方民风淳朴，治安环境很好，这让他有了很多空闲的时间，可以心无旁骛地思考他的书法与诗歌文章。

这一天，他正坐在官署翻阅前任县尉历年的卷宗，想从中得到一些帮助。几年的案卷仅薄薄一叠，大都是泼皮耍懒、邻里纠纷等小事。官署安静得很，午后的太阳透过窗棂落在桌子上，他慵懒地伸了个懒腰，起身走到窗外的天井里，踩着飘落的金黄银杏叶，他的心情好极了。他想起显赫的家世和成长经历，自己从小生长在姑苏城外，母亲严厉的管教，舅舅悉心的指导，让他的文才与书艺早在弱冠之前就名播一方了。从外公的舅舅虞世南，到外公陆柬之、舅舅陆彦远，自己的血液里，天生流淌着龙飞凤舞的血液。家藏的碑帖，他自小就临摹不辍。他参加过院试、乡试、会试、殿试，进士及第的他不久被委任为常熟尉。自商末泰伯、仲雍带百工从渭水之滨而来，这常熟城中的百姓勤桑农、善教化，代代相传，天开画境，自成一派吴地气象。现在，大唐盛世下的常熟更是城堞森然、仓廪富庶、百姓安居。他一年都判不了几场官司。日子过得不紧不慢。

忽然，有差人前来禀报，门外有人击鼓鸣冤。张旭一听，立马道："带到堂来！"便转身走向堂中。

来人是个老者，自报家门叫陈牒，随即捧上状纸告状。张旭了解案情，见是一些小事，便提笔写下判决给了他。

过了几天，老人又来递状了，张旭见还是那些芝麻绿豆小事，生气地说："你怎么还是为这种小事来麻烦我呢！"

陈牒说："其实，我不是真的来告状的，你的字写得那么精妙，我只是想多收藏它一些。"

张旭听罢，觉得这人不寻常，就问他为什么这样喜爱书法。老人说："我父亲活着的时候十分喜爱书法，留下了许多作品。"

张旭请老人拿来给他看看，一看不觉惊呼："天下奇笔也！"最后，他让老人留下了一些给自己研习，也送给了对方几张自己的字。

这也算案子一桩。

江防巡察

城内闲着无事，但这几日差人几次来报，江边盗事较多。张旭想，这常熟城靠近大江，县署城关原在江边南沙城，移至乌目山边海虞城已几十年。或许正因如此，沿江一带的江防变得疏弱，江中盗贼频增，上岸打家劫舍，扰民生活的事不断。

从海虞城到南沙城二十多里，有官道直达。这天一早，张旭叫上两个公差，坐上一乘马车径往江边巡察。两个差役骑着高头大马一前一后，护佑着张旭一路前行。这是张旭到任后第一次去巡防，出了城关，他透过车窗，外面的景致让他心旷神怡。一边，福山塘两岸民居散落四野、平静安详。一边，江南田畴阡陌、小河池塘。目极远方，正是早春天气，河边的柳树有了点新绿，他忽然动了诗情，口中念叨起来：

> 濯濯烟条拂地垂，城边楼畔结春思。
> 请君细看风流意，未减灵和殿里时。

马车颠簸着一路前行，半个时辰就到了江边公署。长江在常熟境内这一段，江面宽阔，江水平缓。自西晋武帝太康年间置县治起，经过几十年的发展，东晋成帝咸康年间已成一方气象，百姓殷实，百畜兴旺，但这也让此处成了江盗的目标。张旭听取了公署官员的介绍，提审了几名抓到的盗贼。他问：

“什么是‘盗’？”

盗贼答：“家贫，无以为继。”

“为何不自食其力？”张旭又问。

“无田亩可耕。”盗贼又答。

张旭喊来官署公差，说：“你等把所抓盗者的家境、偷盗的原因合并统计，载入文书呈报于我。”

公差应诺。

之后，张旭坐上官署备的船巡察江上，了解了江防情况。

这是他第一次亲临长江，刚一登船，他就被大江的辽阔与气势折服了。从小生在吴郡，早闻长江浩浩荡荡奔腾千里，但一直无缘相见，只在人家的诗文中领略过。泛舟江上，那橹声与船底的水声，都会让他泛起直抵心底的涟漪。江岸滩涂，芦荻飞鸟，虽诗情画意，但张旭心不在此，他在察看江防有何薄弱之处。他决意回到县衙，向县令大人建议在江边设瞭望亭，派人观望，发现盗情，吹角为号以阻击，以保一方安宁。

之后，张旭向上级建议：对因贫为盗者，罚狱之后助其自食其力。对外来盗贼，施以打击，灭其威胁。

自此以后，江边安定。

桃花溪

江南的春天桃红柳绿、粉墙黛瓦，映着绿翠鹅黄。张旭决意要出去走走了。出城北半里，有山涧溪水奔泻而出，在山脚形成了一个小湖，岸边桃花灿若云霞，铺向山涧深处，与高松相互映衬。湖水通市河，有渔人横舟，有山洞半露于水，有小桥通山道。张旭过了桥，踏上山道，于林间徐行。在这暖暖春日，空气里全是青草的香。流水跳跃着，溪旁的桃花掉在清澈的水里，跌宕着漂下山去。潺潺的水声撞击着他的心房，他灵光一闪，一首《桃花溪》缓缓而出：

隐隐飞桥隔野烟，石矶西畔问渔船。
桃花尽日随流水，洞在清溪何处边。

他坐在大石上，望着桃花溪出神。他想念京城为官的姻亲贺知章了，还有身在扬州的张若虚、润州的包融。开元初年，在姑苏的相聚好不欢快！湖中泛舟，酒过三巡，临池泼墨，酣畅淋漓。可后来，朋友们各自为仕，天各一方，再难相聚，只能互通书信。人们把他们四人称作“吴中四士”，张旭不以为然，习字与诗歌文章，都是家庭熏陶自小研之，科考之路，人生必经使然。哪个读书人不会吟几首诗、写一手字呢？自己真正的兴趣还是在书法和喝酒上。

想着想着，张旭馋酒了，他摸出酒壶，自斟了一杯，一饮而尽。一杯连着一杯，春风拂面，微醺陶然，醉眼蒙眬，不觉又诗意袭来：

山光物态弄春晖，莫为轻阴便拟归。

纵使晴明无雨色，入云深处亦沾衣。

吟罢，张旭大笑一声，下山去了。

春酒冬酿

张旭嗜酒，京城人尽皆知。老友贺知章虽也好酒，但还是修书嘱咐他不能因酒误事。常熟产大米，所酿之酒十分清洌甘甜。李白喝酒图的是热闹，他往扬州逗留金陵时，有一大帮“酒友”，还有美人相伴，正是所谓“吴姬压酒唤客尝”。而张旭更喜欢独酌。县衙不远处的市河边，有一家小酒馆，酒旗斜矗，店家酿的酒有一股特别诱人的清香。张旭就喜欢喝这酒，妻室尚未迁往常熟时，他一个人在河边离酒家不远的巷子里租了屋住。公干结束回家，他必先拐进酒馆浮三大白。

这天，他又来到酒家。店主见张旭进来，马上迎上前去："张县尉来啦！快里边请。"张旭找了个靠窗的座位坐下，未等开口，店家便端上一壶糯米酒、一碟花生米。不一会，店家又端来一盆新韭、一盆江南水乡野芹、一碗慈菇烧肉。张旭哈哈大笑，换了个大碗满上一碗，仰头一饮而尽。店家看他高兴，便递上笔墨纸，求他写个店招。张旭兴致正好，接过，落笔三个大字“醉不倒”！从此，店家生意红火，吸引了各路酒客前来畅饮。

他住的这条巷子宽不过数尺，弯弯曲曲十分幽深。每次喝完酒回家，他总是歪斜着步子扶墙而行，边走还边唱起了子夜歌：

春林花多媚，春鸟意多哀。

春风复多情，吹我罗裳开。

巷中街坊见状都笑他，真是个醉尉！

然而，醉只是他的表象，他的眼前，尽是那年北上见到的公孙大娘的舞姿与剑影。回到家里，他笔力千钧，游龙飞舞，急慢参合，流泻入神。写毕，张旭狂嚎三声，掷笔倒下就睡，鼾声如雷。

早晨的太阳照进了屋，张旭也睡醒了。他起来拿起自己昨夜写的字，似乎很满意，挑了两幅寄给贺知章，并附上书信：

“季真师长大鉴，昨夜酒多落笔，书古诗四时贴一通，寄赠予你，望教正。正江南春浓，莺飞草长，花开陌上。想必京城也渭水春泛、长安月新，弟甚为思念……”

写毕，便交于驿使送去。

贺知章回信：

“伯高贤弟，书信收悉，大喜！弟之笔墨，风云变幻，白云苍狗，纵驰曲张，狂野有度。老夫十分喜爱，收之囊箧。吾与李白、崔宗之等常挂念于你，望每有诗文，常相寄达，吾等共赏，亦如见弟矣！附上老夫书小诗一首，以博一笑。”

张旭展开一看，见贺知章书《咏柳》：

碧玉妆成一树高，万条垂下绿丝绦。

不知细叶谁裁出，二月春风似剪刀。

喻物状景，清新脱俗，大家之笔，轻巧灵动。张旭不觉拍手叫好，取出家藏的一甏雄黄酒，启了封泥，揭了盖，舀一大碗咕咚咕咚一口气喝了个底朝天！几碗下肚，张旭浑身燥热，不觉又狂书了起来。兴之所至，他挽发于髫，沾墨而狂。浓墨淡痕，瘦枯流云。兴意盎然，癫狂有加。

洗砚池

屋后有方池塘，不大，有舟子，还有垂杨柳，和一株桃树。推开后门就是石级，一级级往下，五六级便入了水。隔三岔五，张旭会开门洗砚，墨遇水，洇开去，往四下窜散，池水就变了颜色。久之，路人便称池为洗砚池了。一旦路人看不见水里的墨色，就想着县尉到底是病了，还是醉着。其实有时，张旭着实是懒着，家中的砚又不是仅仅一方。直到张旭把家眷接来住了，清冷的家里才有了生机，家才成为真正的家了。贤妻的打理，让张旭的生活有了条理。许多时候，洗砚池头又多了一位妇人的身影。

这一日，柳树上的蝉叫得热闹，外面传来一阵鞭炮声。张旭开门一看，池对岸一家酒坊开张大吉，门口一溜排开了酒碗，来客可尽情畅饮，不取分文。店家见张旭来，直呼张县尉张县尉大安，并递上酒碗。张旭笑眯着眼问店家，这酒坊是否应我而来？店家笑而不答，少顷道，张公以后喝酒，我家悉尽供给。众人明白店家用意，都说此公头脑灵活。从此，洗砚池畔多了市声。

张旭藏有一方秦砚，相传为李斯所用，后被项羽获得，传到江东。几经流转被虞世南所藏，终传外甥陆柬之，再由柬之传儿子陆彦远，由陆彦远传外甥张旭。这方砚台用泰山石所雕，外表粗犷，内池打磨细致，发墨迅捷。张旭视为珍宝，当年随舅舅学书时，舅舅对他说，书成便赠送于他，后张旭不负所望，得到了此砚。张旭每每洗此砚，必焚香打水，恐有闪失。

李颀来访

八月，天气热得有些躁。忽一日，张旭收到诗人李颀的来信，展开一看，信自扬州寄来，说：

> “久仰伯高威名，吾正作吴越游，今至扬州，过些时日将赴你处拜会，尽赏江南美景。”

张旭知道这李颀才高八斗，诗歌擅长七言歌行与边塞诗，风格豪放，慷慨悲凉。此时的他刚进士及第，踌躇满志。想自己为仕在此，略显孤单，有同道前来相会，十分快慰。他铺纸磨墨，录了自己江边巡防时写的一首诗《春游值雨》：

> 欲寻轩槛列清尊，江上烟云向晚昏。
> 须倩东风吹散雨，明朝却待入华园。

他决定待李颀来时赠予他，既是互勉，也是寄托。

转眼秋天，李颀在扬州玩够了，于是便过淮阴，越长江，来到了常熟。途中，他接到了被任命为河南新乡尉的消息。正好，他寻思着要向张旭讨教些治理方法。

午后的太阳照在县署，粉墙泛着刺眼的光。张旭懒散地搬着一张椅子，坐在庭院里打瞌睡。忽听禀报，有友人寻访。不待清醒，来人已到跟前，双手作揖自我介绍："张县尉，张大人，小可赵郡李颀，前来拜会。"

张旭精神一振，边说幸会幸会，边上前抱住了李颀说："盼君久矣！快屋里坐，屋里坐！"

还未到任的新乡尉，见到了张县尉的案牒公文，任前即行巡察江南县署，甚觉欣慰。

夜，李颀于张旭家中饮酒，张夫人于市上买来大螃蟹，煮了招待。李颀不懂吃，张旭对他说：

"此物乃江南特产，生于湖泊河流、池塘农田，曰螃蟹，为秋天江南一绝。吃此物得先揭肚脐，再揭盖，拿掉胃，去掉杂物，剔其肉。膏脂丰腴、蟹黄流油，味道鲜美！来来来，随我一试。"说罢，拿起一只递给李颀，自己也取一只吃了起来。

李颀尝过，顿觉滋味悠长，口舌留香，直呼真乃美食。两人喝过雄黄酒，又喝甜米酒，三碗一过，李颀已觉腾云，而张旭兴致尚浓，转身去书斋取出前月写给他的字，欲交与他，但见李颀已伏在桌上睡着了……

螃蟹好吃，但连吃了几天，李颀的嘴巴都吃碎了，他想换换口味。张旭说："河里的鱼虾、湖中的王八都给你吃过，带你去吃长江里的鱼吧！顺便带你观赏一番南沙的江潮，巡察一下江防。"

李颀一听十分来劲。张旭又道："前日给了你字，你得还我一首诗哦！"

"好啊！来日一定奉上。"

南沙城靠长江有个好地方，此处江面宽阔，每当八月十八日潮讯来时，浊浪排空，奔腾澎湃，气势宏大。这天正是潮来之日，他们早早出了海虞城，往南沙城而去。

长江在南沙江段有一个湾口像个喇叭，通内陆运河，观潮的最好位置在喇叭的口上。这里百姓历来有观潮的习俗，这天，张旭与李颀到了南沙城，但见城池森严，蜿蜒数里。他们登上城墙，举目四望，有七峰如青螺一般突兀于田亩，李颀甚觉奇怪。他平生所见山峰，都雄奇壮阔，峭拔云深，并非这般小家碧玉。张旭便说："贤弟，莫要轻看这峰丘，池深则鱼，峰小亦仙。这七峰犹如太上老君差使下凡的七仙女，落在人间。南沙之地，临长江，系上古冲积平原。土地肥沃，盛产稻米果蔬，故百姓安宁。而七座峰散落立于此，若大地上的守护神，安镇一方，护佑县域风调雨顺。"

李颀一听，甚觉自己不免肤浅了。张旭说："从前的常熟县治在此城内，武德七年才迁往乌目山下。观潮尚早，暂且先去殿山一探！"说罢，两人信步去往不远处的七峰之一——殿山。

这殿山与江对岸狼山遥望，相传刘备娶了孙权之妹渡江北上，其母日夜思念女儿，便在殿山上建了一座聚福塔，见塔如见女。两人走到山下，有个寺院，曰东岳圣帝殿。张旭道不妨一拜，两人便进了殿。

门外，几个道人正坐在一棵落叶金黄的银杏树下剥着银杏果，边上的石栏上，晒了满满几大竹匾。道长见过两人，每人给了一捧，道："烤着吃，润心肺，每次十粒，不可多食，有毒。"两人谢过，李颀觉得这殿名有些奇特，便问道长，道长答："殿山因殿得名，盖此山于城之东首，临江遥望万山之宗东岳泰山，为圣帝子孙也。每当旭日东升，霞光万道，映照山色，其殿圣光共辉，福泽黎民。故引得远近百姓前来膜拜，常年香火兴旺。今两位前来，必得大帝护佑，前程似锦，洪福齐天。"说罢，道长让两人拜过圣帝像后手挥拂尘道："上山去吧，登高望远，胸怀大江，壮志凌云！"

两人辞了道长上得山去，登上聚福塔，一览渺渺大江。

张旭一看快到午饭时分了，便下山往望江亭走去。这望江亭还是张旭那次巡防后督建的江防瞭望亭之一，自沿江一线加强防务后，治安情况有了改善，外盗内贼顿减。百姓安居乐业，民风民俗淳朴。

一路上，庙会热闹异常，舞狮的在空旷的场地上舞得起劲，舞龙的从远处江堤一路舞来。潮头还有一个时辰到，庙会却从早晨就早早地开始了。四处赶来玩杂耍的、唱曲的、算命的、剪纸的、练武的，还有不少卖膏糖、土布、鸡蛋、鱼虾的小商小贩。张旭说："这是南沙城的一个节日，他们认为水就是财，财就是水，潮涌浪高，就是财源滚滚，故观者不绝。"

在一处粥摊，张旭请李颀吃了一碗糖芋艿，李颀吃罢还要吃，张旭道："席间备了许多菜，留下肚子待会吃。"他只得咂摸着嘴巴，恋恋而走。

在望江亭二楼，署里早就帮他们定了靠江观潮的位子。侍者摆上了酒菜，为每人倒上了一大碗南沙乡酒——封缸酒，菜一道道上来了，江里的芦根炒着虾米，雪白鲜红。野生的茭白炒毛豆子，嫩白碧绿。清香的荷叶里裹着热腾腾的长江鮰鱼，还有嫩藕炒肉片、清炖鸡、韭菜之类。李颀兴趣盎然，吃得十分畅快，说："伯高兄，前日所欠之诗今日还你，童子快取笔墨来！"

待童子递过笔墨，李颀临窗遥望江天，想起连日来的常熟之行，少顷落笔一首《赠张旭》：

张公性嗜酒，豁达无所营。

皓首穷草隶，时称太湖精。

露顶据胡床，长叫三五声。

兴来洒素壁，挥笔如流星。

下舍风萧条，寒草满户庭。

问家何所有，生事如浮萍。

左手持蟹螯，右手执丹经。

瞪目视霄汉，不知醉与醒。

诸宾且方坐，旭日临东城。

荷叶裹江鱼，白瓯贮香粳。

微禄心不屑，放神于八纮。

时人不识者，即是安期生。

张旭读罢，哈哈大笑，道："弟之笔墨，如江中游鱼，写某人，其貌尽现，惭愧惭愧！

待李颀干了一碗酒，那潮头也从远处来了，亭下人声鼎沸，众人看那江上，初似线，忽似涌，尔后犹似万马狂奔直往江堤呼啸而来，灌进喇叭港口，撞到岸上，轰然抛向空中，复又落入江面，回流而去。如此反复，众人的呼声随潮而起，场面真是恢宏壮观。

李颀平生初见这潮，早已惊得狂叫。张旭见状，对旁人说，瞧瞧，真像个孩儿！大家兴致盎然，忘了归途。

李颀在常熟过了多日，游过诸景，访过仲雍、周章等吴国先祖，别了张旭往姑苏而去。

开元二十四年，张旭一晃在常熟尉任上已经十多载了。元宵节这天，风和日丽，他与家人团聚在一起，妻子陆氏正搓着江南的糯米粉做着元宵圆子，考过功名在外做官的儿子们春节回来与家人团聚，今晚过后，将各自去赴职。绕膝的孙辈缠着他，晚上要去看花灯。尽享天伦的他泡了一杯乌目山乌青茶，坐在院子里捧着一卷初唐四杰的诗文翻读。暖洋洋的太阳照着，王杨卢骆的诗句，也有不胜旖旎的风光，但有人却喋喋不休哂笑他们。张旭却觉得他们的诗文值得研读，他犹喜王勃的《滕王阁序》，那文句，那气象，真让人荡气回肠！还有他的《春思赋》，其文品高洁，人格独存，令人钦佩。可惜命运不济，王勃二十多岁就去世了。还有那个墓在长江对岸黄泥口的骆宾王，七岁即写出了“鹅、鹅、鹅，曲项向天歌。白毛浮绿水，红掌拨清波”这首《咏鹅》，意思简单明了，成为历代孩儿朗诵的名篇。而后他的血性人生，诗歌文章，则更加让人敬佩……张旭就这么想着，这么读着，膝下的狗儿蹭着舔他的脚，方让他回过神来。

门外有人在喊张县尉，他应声去开了门，见是县署的官差来报，县太爷命他即刻去县衙听令。张旭一听，迅速着好官服，戴上官帽，往县署而去。跨进大门，只听一声：“张旭得令！”他扑通一声跪下，只听得钦差大人宣读玄宗皇帝的任命诏书，命他为“太子左率府长史”，即日启程入京赴任。

张旭接诏叩谢过后，立马回家作赴京准备。路上，他心花怒放，眼前常熟街头的一切都是美好的。他边走边心想，自己此番从九品到七品连升多级，去做皇太子“警卫部队”的“秘书长”，其中必定与任皇太子老师的贺知章举荐有关！贺知章深得玄宗皇帝信任，被任皇太子侍读兼礼部侍郎、集贤院学士。他加快脚步回到家里，晚上与家人猛喝了一顿酒，然后带孩儿们开心地去看那城隍庙的灯市……

第二章

东宫

张旭往洛阳赴任一路行走，抵达时已经是阳春三月了。皇帝唐玄宗自开元二十二年（734）正月至二十四年（736）十月，在东都洛阳驻跸，朝廷各部自然也搬往洛阳办公。对张旭来说，这太子左率府长史之职，自是驾轻就熟。他知道，玄宗皇帝更喜欢的是他的书法。大唐自开国以来，从太宗李世民到高宗李治，直至玄宗，都喜爱书法，写得一手好字。皇帝把书法定为国粹，上有所好，下必甚焉。皇帝推崇书法、知人善用，任用了不少书画才俊，像虞世南、欧阳询、褚遂良、吴道子、颜真卿、怀素等等，自己不过只是其中之一罢了。

办公的东宫紧挨着宫城，宫内上下都十分尊敬张旭，人们争相求取他的字，他也从不吝惜自己的笔墨。癫与狂，那是公干以外的率性。居庙堂之高，则必劳其神。张旭不敢轻慢长史之责，恪尽职守，认真做好分内的事。不久，张旭调任左率府金吾长史，即太子“警卫部队参谋长”的“秘书长”，官衔从七品升为六品。他连忙修了封书信寄回家，与夫人分享皇恩。

一日，贺知章来找张旭，道：“伯高，剑家裴旻有个侄子裴儆欲拜你学书，可好？”

“是与公孙大娘合舞的裴先生的侄儿吗？”

“正是，其父乃洛阳巨贾。”

“巨贾与我无干，教子斯文，承袭门庭，染些书香烟云甚好。”于是，贺知章便约了张旭与裴旻叔侄一起在他家相见。

张旭与裴旻虽是初见，但早就互相倾慕。这裴旻剑术奇妙，享誉天下。而他虽是武人，却仰慕张旭书法，希望能在他的笔走龙游中寻得舞剑的灵感。从此，两人常相来往，于裴儆家中相见。某日，两人谈得甚浓，门童报上有吴道子来访。这吴道子是张旭早年的学生，曾专程到姑苏向他求教书法的笔意，已经许多年不见了，不想今天会在裴旻处重逢。他现今已经是京城一等一的画家了。

吴道子见到张旭甚是惊奇，十分虔诚地拜了个大安：“恩师在上，愿得弟子一拜！”

“快起快起，一别经年，相见甚欢！”张旭赶忙扶起他。

此次吴道子从长安来洛阳，全因裴旻所邀。

东都的牡丹花开了，玄宗皇帝宴百官于上阳宫东洲。贺知章来与张旭同往。他们从东宫出来，过了应天门，踏进宣辉门，便进了上阳宫院。皇家“万方朝谒，无不睹之”的巍巍气势，着实让人仰止。洛水之畔，谷水河边，牡丹开得满眼。粉白娇嫩，魏紫端庄，绢黑如漆，姹紫嫣红，争艳斗奇。

贺知章对张旭道：“你抵京已经月余，今初入上阳宫。这里平日里不是随便进的，自高宗修建以来，一直是历朝皇帝居住办公的地方。偌大的宫院广植牡丹，至则天帝更是喜爱有加，直至仙逝于此。本次帝宴，你可遇见王维等人，这老倌，喜静，佛性，常在终南山辋川参禅，见不得吾等酒肉穿肠，你见着他须忍让些。”

张旭哈哈一笑：“我喜欢他的诗，字字珠玑，平心静气，甚解忧烦，但不可多读。我更喜欢李白豪气激荡，流云澎湃。”

“可惜此刻李白尚在仗剑云游，你见不得。王维妻弟崔兴宗早仰你大名，几次跟我说想拜见你，改日老夫引你们一见。”

“是裴迪作诗与他的那个崔九吗？”

“正是，这人也好酒，虽与王维常相处，但本性一点不受其影响，你们聊得来，聊得来！”贺知章兴奋地道。两人边走边聊，不觉到了东洲大门口。众人见贺知章与张旭，纷纷作揖。园内大片的牡丹繁花似锦，宫殿水榭、围廊假山，宏大壮观。皇亲大臣及宫女赏花看景，好不热闹。一会儿，玄宗与杨贵妃入园，众人肃立，三呼万岁。皇帝诏众臣入座于花道簇拥的席间，张旭这桌，有裴旻、吴道子等。而贺知章与王维等坐在一起。乐工的乐声响起，宫女跳起了霓裳羽衣舞。衣袂飘飘，长袖善舞，婀娜多姿，与花相映。轮到裴旻舞剑，但见他转移腾跃，往还回复，冷光四射，铮铮有声。一忽儿似疾风劲草，一忽儿如溪水潺潺……众人看得凝心静气，逸兴遄飞，畅想寄怀，豪气干云。玄宗皇帝兴致盎然，命张旭上前挥洒笔墨。台上张旭望着台下裴旻的剑影，提笔狂洒了起来。玄宗帝边招呼众爱卿举杯畅饮，边让贺知章取过笔墨，落笔写下一首诗来：

“三阳丽景早芳辰，四序佳园物候新。梅花百树障去路，垂柳千条暗回津。鸟飞直为惊风叶，鱼没都由怯岸人。惟愿圣主南山寿，何愁不赏万年春。”

众臣高呼圣主神明，皇上万岁……

王维见张旭神情自若、行笔游龙，所展书法墨色灵动，甚为称奇。他对边上的张九龄说：“早就听闻这张伯高的声名，今日一见，果不其然！可佩，可佩。”

张九龄道："伯高之书，天下称奇，不然皇上怎么喜欢他呢！”

“见过他的诗，平实清丽，不见张狂，这似与他癫狂无涉哦！”王维道。

“伯高之人不喝酒不癫，如果真是个疯子，皇上怎能调他到太子身边呢。”

“也是。我虽喜静，但有时见着热闹的人，血也流动得快起来的。”

“摩诘兄此言极是！人不能一潭死水。”张九龄大王维二十三岁，人生感悟自然更深。其时王维三十五岁正当盛年，春风得意。

待丝竹管弦、宫廷乐舞热闹过后，皇帝赐众人观赏牡丹。贺知章领张旭到张九龄、王维前，见过两位文坛大师。

“宰相威扬四海，旭熟读您的五言诗句，多望赐教。”张旭向张九龄作揖。又向王维道："早仰拾遗大名，幸得一见，不胜荣幸。”

“伯高不必谦逊，书法当朝无人匹敌，你的诗歌‘山光物态弄春晖，莫为轻阴便拟归。纵使晴明无雨色，入云深处亦沾衣。’写得何其出世呀！直追摩诘，直追摩诘。”张九龄一边拉着张旭，一边拉着王维说。

“岂敢岂敢，那是我在常熟尉上写的小诗而已。”

“伯高兄过谦了，常熟城池虽小，那可是吴国始祖之地，文脉悠长哦。伯高为政多年，得地泽人灵，自是书诗并发，让人倾慕。”王维说。

“望各位多相交流，多多走动。咱们快去赏花吧。”贺知章招呼着。

于是大家融入花海赏花去了。大唐的歌舞升平，就像这花开时节。

遇李白

十月，张旭随皇帝移驾长安。

这是他第二次到长安。那年，他到京城参加考试，那正是青春年少、意气风发的年纪啊！如今幸得皇恩再到长安，唯有兢兢业业、恪尽职守，才不负皇上及恩师贺知章的提携。

一日，贺知章来找张旭，神神秘秘地道：“伯高，想见李白李青莲乎？”

“早仰其名，惜无缘相见。”

“走，随我一去。”贺知章拉起张旭，出门坐上马车就来到了城西北的紫极宫。

原来，这李白去年到了长安后，就在宫内修道，前几天遇见前来参道的贺知章，他欣喜万分，即刻拜见，呈上了自己的诗本。贺知章翻看到他的诗，当读到《蜀道难》和《乌栖曲》时，被其恢宏的气象、瑰丽的词句和潇洒出尘的风采折服。连声说：“公非人世之人，可不是太白星精耶？真乃谪仙人也！”

他们一路到了紫极宫，一进门，贺知章便高声喊着李白，李白应声而出。贺知章道：“李白，你看我带谁来了？”

“这……”李白盯着张旭猜不出是谁。

“此乃张长史张旭是也！”

“呀呀呀，久仰久仰！坊间小孩都知道兄啊！”李白忙不迭地作揖道。

张旭回礼：“太白诗文灿烂，名闻天下，幸得一见，果然仙风道骨、气宇不凡啊！”

“别别别，白诗文虽好，明君难识啊！”

“不可气馁，皇上广纳贤才，待某遇见皇上，定与直谏，不能错失了李白的壮志豪情！”贺知章说。

在李白书斋，张旭见有笔墨，不禁捉笔在手，铺纸写下“锦城虽云乐，不如早还家”。这几个字是张旭用魏碑写的，规正稳健。李白见字便说：“伯高之字，一反洒脱狂癫，写得中规中矩，还专挑这两句写，用意我知呀！哈哈，择日去也！”

贺知章忙道：“老夫以为，当今皇上求贤若渴，相信以李青莲之才，必有施展的时候。”

后来，李白等了一年，仍未受到任用，决意要辞别长安远行。这是他第三次来长安，一直无缘功名。由于家庭的缘故，李白不能应常举和制举入仕途，所以早早入了名山大川。这三年，李白曾几次通过向玄宗皇帝献赋谋仕，但都如石沉大海一般。直到遇见贺知章、李白才觉知音未绝。

一日，李白带着个人来找张旭，介绍说：“伯高兄，这是崔御史崔宗之，三年前在南阳与白偶遇，一见如故也！刚从金陵来，特与一见。”

“快坐快坐，某早闻君名，故宰相之后也！”张旭忙让座，命仆人备茶。

李白道："伯高兄不必繁复，干脆去酒楼一醉岂不更好！"

张旭一听哈哈大笑，直道是是，便喊上贺知章坐上马车出了朱雀门，来到朱雀大街上的杏花楼。

这杏花楼是帝京最豪华的酒楼，门口高高的木杆上，挂着一只倒垂的大酒勺。一条系着的青布旗望凌空飘荡着，吸引着南来北往的行客。贺知章见状，低声对张旭讲："伯高老弟，此处太奢华了吧？"

"人家可是故宰相之子，岂可怠慢！"张旭边低声说着，边招呼着一行人下车。李白虽是头一回进此等豪门酒店，但并不会怯场，抬腿抢先迈上大门台阶，边走边嘟哝着说，我也是故宰相许圉师之孙女婿也！张旭一听大笑，知道他听到自己与贺知章的话了。

这杏花楼有二十亩之广，亭台楼阁，错落有致。曲池围栏、舞榭歌台，可谓美酒佳肴，美人相伴；凤箫声动、玉壶光转。四人在一水榭临窗落座，点好菜，婢女捧上西域的葡萄酒，为各位斟满了一杯。贺知章道："宗之闲居金陵，难得一见。今我等四人定当开怀畅饮。"

李白抓杯道："有此等琥珀颜色的美酒，尔等哪有什么忧愁啊！来来，干了！"说完先一仰头把一杯酒喝了下去。

"李白兄嘴上说得好听，心里却郁闷着呢，借酒消愁而已。记得开元二十年，与我南阳相逢乎？"崔宗之说。

"岂能忘了！与弟相遇，同游田亩，访诸葛庐、眠卧龙冈。那晚，你喝得大醉，直呼刘玄德识得孔明，孔明之幸。"

答毕，李白又说：

“嘿嘿，白不可比，不可比。不才岂能与纵论天下的师爷相比呢。”李白有些不好意思。

“你不还写了一首不凡的《南都行》吗！写尽南阳都市繁华、人物风流。可惜末了还是露了自己怀才不遇、壮志未酬啊。”贺知章说。

“哈哈哈，诗言志吗，总归要吟啸几声。来来来，干了干了。”李白把话题绕开。

崔宗之满了一杯酒，敬张旭道：“长史，幸会。某不才，虽好酒，但与兄比差矣！先干为敬。”

“不必客气，喝酒还得用大碗吧！把这杯子换了，我们放开了喝！”张旭说罢唤了酒保来，换上了越州的青瓷大碗。张旭一见那碗就高兴，在常熟，他喝酒用的就是这种产于越州上林湖边的青如梅子、润如碧玉的碗。酒保为他倒上一大碗，他捧起咕咚咕咚喝了个底朝天。

李白初见这碗颜色滋润，从张旭手中抓过来抚摸。贺知章说：“这青瓷产地就在我家乡越州山阴附近，得山光水性，享誉一方。家家都用此盛饭沽酒喝茶，李青莲以后若到那一游，乘舟郯溪，仰望天姥，必诗兴大发，持酒沉醉。”

“哈哈哈，越山秀水，定当赴会！”李白兴致盎然。

贺知章让酒保拿过一叠碗来，换上了绿蚁酒。张旭满满地一口气喝干后说：“还是这酒痛快！有家乡的味道。”

崔宗之也说：“我在金陵也常喝这酒，清纯有劲，太白兄以后来，弟一定让金陵女子压酒！”

众人哈哈大笑，都说也要去。

又待了一年，李白谋仕之事仍无音讯，不禁发出“大道如青天，我独不得出……行路难，归去来”的感叹，离开了长安。直到四年后，他才在贺知章、玉真公主的引荐下，被召入宫。

与颜真卿

闲来无事，住在通化坊内的颜真卿，一早起来想去拜见张旭。自从两年前进士及第后，他一直在监察御史任上勤勉，空余时间除了研习书法，别无所好。幼小开始，颜真卿即以褚遂良贴学书，写到现在虽然进步颇大，但有了阻塞。书者，笔锋所向，意趣妙生。然而，近来他却一直觉得腾挪不起了。

张旭也住在这个坊里头。不知是有意还是无意，这个坊里住过的人，以前还有欧阳询等书法家。现在除了颜真卿、张旭，还有冯承素他们。颜真卿从坊西北家里出了门，往东南方向张旭的住处走去，雁塔的钟声和西市繁华的市声，隐隐传来。路过坊中的都亭驿，他停住了脚步。这个大唐最大的驿站，除了接待官府南来北往的物资、行客，还收发信函。颜真卿见驿馆内走出一个人，细看正是张旭。他迎上前去喊了一声长史，张旭见是御史，便双手相握，道：“清臣兄怎么在闲逛？”

“正在去你府上，未想在此遇到。长史寄家书吗？”

“是呀！正是江南燕飞时节，挂念老妻儿孙了，修了封书信回去。”

两人边走边聊到了张旭的住所。颜真卿祖上就入朝做官，出生在这通化坊老宅，对长安 108 坊特别熟悉。

待张旭坐下，颜真卿做了个大揖道："师父在上，受弟子一拜！"

"此话怎讲？快起快起！你学褚公书久矣！早得真传了。"

"哪里哪里，毕竟未经点拨，盲目耕耘。今拜你为师，归宗门下。择日再于渭水之滨邀众人作证。"

颜真卿说罢从袖中抽出一卷近作，请张旭指点。

张旭看过道："尔长于世家，自小研习。笔墨有王、虞风骨，兼有褚贴风范。但锋芒外露、立骨稍软，气韵略浮，结构尚显驰沓。书法者，心为念，意为上，行如水，流若溪，乃自出山谷，无由阻痕，方能流转笔意，挥洒自如。当下，你应先正仕途，再沉下心来侍弄笔墨才是。"

"先生一席话，弟子当铭记于心！"

张旭拖过一张纸，提笔自管写了起来，不再说话。颜真卿见他半天都不说一句话，心中不觉纳闷，是收还是不收他为徒呢？

其实，张旭尚觉他气韵未定，须沉静下来了再说。颜真卿见他不搭理，只好悻悻而归。

但他并不死心，一连几次登门请求，然张旭并不应诺。

转眼到了秋日。张旭收到妻的来信，告知家中一切，望他勿念，他不禁想着那座江南小城的好来。便命仆人磨了墨，铺好纸，录了两首过去写的诗。其中一首："濯濯烟条拂地垂，城边楼畔结春思。请君细看风流意，未减灵和殿里时。"这是他在常熟尉任上的春思。春光中摇曳生姿的垂柳，与南朝齐武帝所建灵和殿里的千行禁柳有着一样的风采，它们都会给人带来美好与祥和。

忽然，门人来报颜真卿来访。他知道他为何而来，但今日心情甚好，可以一叙，便请到书斋。未等入座，颜真卿便呈上自己的一卷习作给张旭过目。张旭见过不觉一喜，半年未见，笔墨大变了！说：

“你这半年来下了不少功夫哦！”

“我岂敢怠慢了您的嘱咐啊！”颜真卿诚心诚意地说。

张旭见颜真卿是可教之材，便接受了他的请求，诚恳地对他说：“笔法玄微，难妄传授。非志士高人，讵可与言要妙也。书之求能，且攻真草，今以授子，可须思妙。”

颜真卿大喜，伏地拜道：“吾师在上，从今往后，悉听指点，定当勤勉学书，正义做人！”

张旭授他笔法十二意，分析古今书法之异同，对钟繇的“笔法十二意”详加阐说。颜真卿听得静心屏气，张旭又铺纸细述，以“平、直、均、密、锋、力、轻、决、补、损、巧、称”十二个字为主线，讲述学书中点画、结字、布置等基本。针对执笔、守法、布置和选择纸笔等要素，为他解答了“何以得齐古人”等问题。颜真卿若醍醐灌顶，茅塞顿开。

渭水

秋九月，宽阔的渭河水落了不少，两岸垂柳拂地，滩头上秋草招摇，岸边长的芦苇也惹人喜欢。

贺知章对张旭说："修封信给在安陆的李白吧，让他来秋聚。"

张旭说："是该喊他来聚聚了。"

"一别三年了，不久前，我又向皇上荐了他，皇上拟诏他进宫了。"

"李白真天才，诗歌文章让人仰止，我即刻修书让他来。"

"前天，李适之也与我提及李白，他觉得李白的酒量敌不过他的，要一比。"

"这个新拜的宰相，虽为太宗曾孙，但与人善交，待李白来了，可交。"

九月底，李白接信就从安陆来了长安。他觉得与张旭相交轻松，随性率真，气息相通，于是径直就去了张旭处。对这通化坊，在长安三年的李白熟悉得很，附近热闹的西市和东市，就是他常去的地方。他推开张旭的门，一眼看到张旭在院子里的石桌上写字，张旭见到李白，丢了笔一把抱住："青莲兄，一别经年，胖了，胖了！"

"家有贤妻，吃喝不愁，岂有不胖之理！"李白家底丰厚，不用为稻粱谋。

"新宰相适之欲与你一会，性情同道，甚可交！"张旭道。

"略有所闻，并能酒。"李白答。

"渭水有蒲苇蘋洲酒肆，择日邀诸君诗酒一乐，一论短长。"

"甚好，甚好。白虽游乐山水，然林下寂寞，对酒无伴。"

"今起你就住在我处吧，可相伴相醉，诗书共话。"

"不必，我还是去那紫极宫自在。"

“呵呵，野驴惯了，也好，省得烦我。”

两人喝了半夜酒，高兴处，李白庭中舞剑，吟啸旧作。张旭则笔走游龙，狂书一番。

正是桂香时候，贺知章招张旭、李适之、李白、崔宗之、李琎、苏晋、焦遂同饮，众人欣然。他们到渭水边煮茶论酒。

几匹马车载着他们出了城，往南直达渭水。渭水也叫渭河，王维曾作《渭城曲》在此送别友人。坊间还有人谱成曲，凄迷哀怨，人人吟唱。

他们一行人在临浦的酒肆坐下，渭河渺渺，蜿蜒曲折；河水荡荡，静流无声；蒲苇摇曳，野鸟飞翔；古道长亭，杨柳依依；别馆池台，风箫声动。

李白见状道：“这般风景，正好喝酒，丈夫远别，志存四方。”

汝阳王李琎道：“某在汝阳，专心致志，勤于王道，虽远离皇城，亦不觉孤寂。”

“渭水送别，情深意长，难免会有些离愁别绪。摩诘之诗，诗中有画，画中有诗，真绝唱也！然今我等在此兴会，别无愁绪，当尽兴而归。”贺知章不无感慨地说。

“那是。摩诘之诗，高山仰止。”张旭跟着说。

“不说了不说了，快来些个酒吃！”焦遂等不及，酒馋了。这焦遂虽为一介平民，但酒量大得吓人。因与贺知章、李适之等交善，出入宫廷畅通无阻。他们常一起饮酒，十分投机。店家捧出兰陵美酒让众人畅饮，李白见状，先倒了一碗，面对窗外渭河两岸的秋光一饮而尽，脱口而出：“兰陵美酒郁金香，玉碗盛来琥珀光。但使主人能醉客，不知何处是他乡。”

李适之见他豪情万丈，便说：“青莲，此处即是你乡！”

贺知章也道：“此番青莲来了，多待些时日，再作斟酌。”

“来来，喝酒喝酒！”焦遂却迫不及待连干了两大碗。

李适之道：“今天我付钱，各位尽管喝。”他喊来酒保点菜，苏晋要了一盘羊肉、一盘牛肉，又要了鱼脍、胡饼、猪肉荠菜、馒头等。

贺知章说：“苏侍郎行伍出身，须吃得强悍，帮老夫多点几个菜蔬。”

众人大干了几碗酒，但觉得这兰陵酒虽好，劲不够，便让酒保换了临潼的新丰酒。

贺知章端着酒碗说：“王维不怎么饮酒，但却写了首好诗，‘新丰美酒斗十千，咸阳游侠多少年。相逢义气为君饮，系马高楼垂柳边。’这气场颇见豪情哦。”

李白道：“这诗似写的是我啊！来来，我敬诸君一碗。”他一饮而尽。

“青莲一身才华，欣逢当朝盛世，必有施展之日。”贺知章道。

李适之也说：“贺秘监所言极是！今国泰民安，万国朝邦。玄宗皇帝崇文惜才，青莲终有用武之地！”

张旭饮罢，喊道：“店家拿笔墨来，我要为青莲写幅字！”

店家一听，迅即递上，并铺纸。

李琎笑着说：“都备着啊！”

“店中往来客多，常有酒酣提笔写字的。”

“那某来助兴！有鼓否？”李琎又问。

“正有一架羯鼓闲着。”

“快取来，快取来！”

“我来舞剑。”李白一听来了兴致。

于是，李琎击鼓，李白舞剑，张旭泼墨，引得众人围观，拍手称绝。这李琎为玄宗皇帝兄长李宪的儿子，自幼玄宗就喜欢他，亲自教他音律。羯鼓源自西域，打起来便捷又传神。李琎长得秀美灵巧，但见他双手打鼓，时而舒缓，时而急越，时而如细雨跳珠，时而若暴雨骤至。

李白闻之，拔剑而舞，腾挪闪忽，拖云拔雾，游龙戏凤，冷光四射，流星疾驰。而张旭则笔踩鼓点，落墨如舞，力透纸背，烟云四起。此番情景，看得店家与众人欢欣呼号，手舞足蹈。店家兴起，捧出雪藏名酒“老春酒”招饮，众人大喜，开怀畅饮，直饮得焦遂坐地抱罐，李白醉眼扶椅，李琎扭着腰跳着舞，张旭则早已躺在榻上呼呼大睡。崔宗之抱着苏晋胡言乱语，贺知章坐在那抚着须摇着头笑不语，李适之独自在一旁挥笔写字……

三剑客

在贺知章与玉真公主的力荐下，李白终于进宫了！玄宗皇帝不拘一格纳人才，授李白为翰林供奉。接到诏书，他兴冲冲直奔张旭家，问张旭这“供奉”是何等职位？

张旭说：“与我差不多，但比我强。不同的是你是为皇上写诗歌文章，歌颂神明；我是为丞相写文章，侍奉丞相。”

李白听罢，一时无语。

“青莲老弟，你常在皇帝身边，可一展才情和鸿鹄之志了！走，去与季真一聚。”张旭拉着李白径往贺知章家而去。

贺知章住在宣平坊，靠近东市，与张旭住得不是太远。两人聊聊走走，不久就到了贺家门前。贺知章见两人来，拉着李白道：“恭喜青莲呀！你这翰林供奉官职虽小，但是皇帝的近臣呀！我们可以经常在一起了哦，来来，喝酒喝酒。”

这贺知章，藏着家乡越州山阴的老醪，张旭如获至宝，见了若老友重逢，端碗就喝。李白初尝，觉得醇厚回甘，口舌生香，十分好饮，咕噜一碗就干了下去。

贺知章笑着说：“小心哦，别小看我这酒，后劲大，易醉。”

三人喝得酣起，贺知章端起那越州秘色青瓷碗对李白说：“青莲啊，你狂散惯了，初入宫中，得收敛收敛哦。玄宗皇帝喜欢你的诗歌文章，不一定喜欢你的随性狂放。得改改你的山野之气，与众臣交，得自谦。”

“恐怕本性难移呢！”李白喝了一口酒说。

张旭入宫经年，多有感慨：“你山林呼号，市井横卧，任情适性惯了，宫内有别，定得约束一下自己。家内家外终须有别！我当年在常熟做地方小吏，天远地僻，尚可放浪，后到京城，也变了不少。今我三人在此，可无拘无束，干了这酒。”

李白喝毕说：“两位兄台在上，弟小心就是。”

贺知章说：“李白你正当年华，定施展才华，为这大唐盛世多洒笔墨。老夫老喽，想那越州的山山水水了！钱江潮、四明山、镜湖水、若耶溪、曹娥江、天姥山……往后你若得闲暇，定去吴越一走，亦可来老夫坟头烧炷香哦。”

张旭忙把话头引开：“喝酒，我敬秘监与青莲一碗！”

三人聊聊喝喝，已至三更。

不觉一年过去，唐玄宗天宝二年（743）的春天来临了，宫内兴庆池东沉香亭前的牡丹花开了，玄宗与杨贵妃召李白、贺知章、张旭等一同月夜赏花。张旭见到李白，觉得他神情甚好，想必这一年来心情一定舒畅，心里为他高兴。张旭见丞相李适之、宫廷画家吴道子也在，便过去打了个招呼。李适之道：“皇上与贵妃娘娘赏花，心情好，便叫众人一起同赏。”

吴道子见到张旭，作了个揖：“恩师，许久不见，可好？”

“好，好！今晚你要好好画些月下的牡丹哦。”

“弟子明白皇帝的意思，定当不负皇恩。”

玄宗皇帝与贵妃娘娘早已坐在沉香亭中，天色渐暗，明月在天。众臣列坐亭前，乐工奏起了曲子，弥散在兴庆池空旷的园内。宫女跳起了舞，亭外的各色牡丹，在晚风中摇曳生姿。皇帝召李白至亭内，递以甘醪，李白喝得兴致盎然。春风轻拂，舞影迷离。皇帝与贵妃一会儿倚栏望月，一会儿俯身看花，琴瑟和鸣。

皇帝命李白作诗。此时的李白，酒已经喝得微醺，但见他走到案前，提笔一口气就写了三首《清平调》：

云想衣裳花想容，春风拂槛露华浓。

若非群玉山头见，会向瑶台月下逢。

一枝红艳露凝香，云雨巫山枉断肠。
借问汉宫谁得似，可怜飞燕倚新妆。

名花倾国两相欢，常得君王带笑看。
解得春风无限恨，沉香亭北倚阑干。

贺知章与玄宗在旁，见之拍手称奇，玄宗大喜，解下身上的佩玉赏于李白。贵妃娘娘高兴得举着鎏金酒杯敬了李白几杯酒。李白喝毕，倒在一边睡着了。

自从李白写了这三首《清平调》，更得玄宗皇帝喜爱。但贺知章深知李白禀性。一日，李白又喝多了酒，当着玄宗与贵妃让大总管高力士为他脱靴，诗意来袭时，又让贵妃娘娘的哥哥杨国忠帮他磨墨。事后，玄宗对贺知章说："此人狂而无度，你得训示调教。"

春和景明，贺知章叫上张旭、李白，坐了乘马车同往曲江。这曲江池在城东南外，马车过了大雁塔不远，就是江池边的乐游原了。他们下了马车，在原上漫步，踩着脚下的嫩草，看着飘荡的垂柳，望着踏青的游人，贺知章对李白说：

"青莲，你看眼前这曲江，从前是皇家禁苑，百姓绝对不能进入的。皇上爱怜天下，把它辟为众人都可来游乐的地方，才有今日万民同乐的祥和。"

"皇恩浩荡，波泽你我。"李白道。

"今日你我行于春风，沐于春色，若皇上之胸怀宽博也。我辈自是慎独慎微，万不可忘乎所以，言行不敛哦！”

李白似乎觉得贺知章话中有话，便道：“秘监大人请训示，愿得明镜！”

“哈哈哈，太白心知肚明啊！”

“呵呵，平生懒散惯了，见不得权贵趾高气昂，有意摆弄摆弄他们罢了。”

“不可。皇帝爱李白才高八斗，笔端生花，你当自谦自重，不能妄自菲薄哦。”

“这……哎！”李白一时无言，踢了一脚路上的一株蒲公英。那白色的花苞顿时四处飞散。

张旭听着他俩的话语，默不作声。一会儿，他望着原上的风景、池中的舟楫、岛上的亭台说：“李白就是那柳荫里跳来跳去鸣叫的飞鸟啊！”

三人在曲江池边的一个茶肆坐下，贺知章说：

“今日不喝酒，喝茶。”他给每人要了碗“越州仙茗”，说：

“这茶产自故乡若耶溪畔，可称老夫的思乡之茶哦。”

侍女给各人捧上一个外黑里白的釉碗，放上茶叶，注入壶水，但见水雾弥散，散叶舒展开来，随水流荡，宛若飞天仙女。

张旭闻着茶香道：“这茶得越州山清水秀之灵气，更兼具季真兄之襟怀，喝，喝！”说罢捧碗啜了一口：“绝，这滋味通神灵呀！”

“哈哈哈，青莲，待老夫归乡，来若耶溪边采茶饮茗！”

“一定得去，更得一醉！”李白说罢端碗喝了一大口茶。

槛外清风徐来，池水荡漾。野芳竞发，垂柳摇曳。隔壁的酒楼上，传来新科的进士欢闹的声音，引得李白、张旭酒馋。贺知章说，人须有约束，今日尔等别喝了，咱们以茶代酒，谈些诗歌文章。老夫先吟一首：

> 江皋闻曙钟，轻枻理还艭。
> 海潮夜约约，川露晨溶溶。
> 始见沙上鸟，犹埋云外峰。
> 故乡杳无际，明发怀朋从。

李白见恩师开吟，也来了兴意，少顷，他望着眼前的江景吟道：

> ……
> 地转锦江成渭水，天回玉垒作长安。
> 万国同风共一时，锦江何谢曲江池。
> 石镜更明天上月，后宫亲得照蛾眉。
> 濯锦清江万里流，云帆龙舸下扬州。
> ……

"太白真诗仙也！出口即成。张旭到了京城，勤于皇务，专于书法，极少写诗了，今日洗耳，仰望，仰望。"张旭由衷道。

"不可，不可，若不写诗，那写字送我俩。"贺知章道，李白应和。

唐玄宗天宝三年（744），贺知章八十六岁了。他在京城过了春节，觉得自己的身体一日不如一日。时常神情恍惚，自知来日无多，便向玄宗皇帝请辞归乡。玄宗虽不忍他离去，但也觉无奈，便诏令准许，并亲自作赐鉴湖一曲，以御制诗赠之。离开长安那天，皇太子率百官饯行。张旭也与众臣一起送行。渭河上的行舟即将远赴越州鉴湖，长亭古道，残阳如血。张旭面对白发苍苍的恩师老友，涕泪满面，长跪不起。李白、李适之、李琎等也来送行。

贺知章扶起张旭说："伯高，切莫悲伤，人生终有一别，这么多年来，我等知交莫逆，共为王道，及至诗酒年华，无论短长，足矣，足矣！万望弟与诸君，勤于政事，勿忘皇上恩典。"

又对李白说："青莲，宫内勤王，须收束本性，恪尽职守。越州山清水秀，记得老夫在若耶溪畔、曹娥江边等着你来，再续诗酒！"

李白跪地泣伏，无以言表。

同样的春天，这一次却让张旭与李白觉得一切黯然失色。而张旭更是百感交集、感怀伤心。

送李白

贺知章的离开，让李白失去了可以依靠的一位长者与知己，他愈发觉得孤独和悲伤。长安的春天似乎已经不属于他的了，宫中的大臣，甚至皇上，都与他渐渐疏离，他不觉心灰意冷。他渴望像天上的鸟儿一样自在，但一时又舍不去这来之不易的供奉翰林生活，他把所有的苦闷化作了笔底的心声。他铺开一张纸，提笔写了首《怨歌行》：

十五入汉宫，花颜笑春红。
君王选玉色，侍寝金屏中。
荐枕娇夕月，卷衣恋春风。
宁知赵飞燕，夺宠恨无穷。
沉忧能伤人，绿鬓成霜蓬。
一朝不得意，世事徒为空。
鹔鹴换美酒，舞衣罢雕龙。
寒苦不忍言，为君奏丝桐。
肠断弦亦绝，悲心夜忡忡。

这是他借西汉才女班婕妤在深宫中由得宠到失宠的命运，将自己隐喻其中，表达不得志的悲情。宫内的大臣抄送给了玄宗皇帝。唐玄宗面对诗稿沉默不语。

高力士见道："皇上，李白自恃才高，目空一切，须尽早处置，以免坏了常纲。"

玄宗听后默不作声，望着窗外的天空，默立良久。

不几日，李白接诏，皇帝终于决定赐金放还，让他回归山林。

临别长安，张旭前来送行。暮春时节，灞桥边柳絮纷飞，张旭的心情也像飘荡的杨柳一样有些乱。

李白对张旭说："伯高，自此一别，天高皇帝远，太白从此云游四方。可惜，没有了季真与你，我少了喝酒的朋友！"

“与尔相聚三年，如白驹过隙。没有了季真与你，我也孤寂无趣啊！”张旭想想不免有些凄凉。

“人生终须一别，但日后或许还会相见！”李白倒是觉得如释重负，一身轻松。

张旭揉着皇帝赐给李白的那匹白马说：“好马行千里，别忘寄书信来。每有好诗，当共享！”

“伯高兄，此次一别，不知何日相见，我很想去吴越一游，再与季真和你相聚！”

“也未可知哦，在常熟，还有我的家眷，在吴中还有我的祖居呢。”

张旭的确也有些想家了，想着当年自由自在的生活。

灞桥惜别，情深意长。许多话无须多言，两人拥别，互道珍重。李白骑上那大白马，向着东都洛阳方向疾驰而去，开启了他新的人生旅程。张旭望着他的背影，和马蹄卷起的尘埃，眼前晃动着往日一幕幕相聚的情景，站立了许久……

安史之乱

平原太守颜真卿回京述职后来见张旭，他一来就把门关上，说：“弟子今日向您禀报一事，我已呈告了皇上。”

“何事？”

“我觉得三镇节度使安禄山有异动，似有谋反迹象。”

“平原郡系安禄山所辖，你离得他近，有何觉察？”张旭听到一惊，马上放低声音问。

“近来他军备日紧，招兵买马，日夜操练，反迹日加明显。我在平原，亦暗中加固城墙，疏通城河，招募丁壮，储备粮草，以备不时之需。”

“皇上待此人不薄，贵妃又认他为义子，镇一方而割据，浩皇恩于家族，何也！”张旭甚是不解。

“某听闻他已觊觎皇位久矣！拥兵自重，割据一方，欲鏊难平。如此这般，终会祸害！但皇帝终不信。”

意料之中。天宝十四年（755）十一月，安禄山以讨伐杨国忠为名，自范阳起兵反唐，率领二十万大军一路荡平河北，杀向东都洛阳，震惊朝野。玄宗皇帝一面派大将封常清急赴洛阳统兵抵抗，一面任命第六子李琬为元帅、金吾大将军高仙芝为副帅，前往东征。金吾长史张旭因年届八旬，不能随军讨伐。部队集结离开长安时，他前去送行。战马嘶鸣，兵车隆隆，他对高仙芝说：“大帅，此去珍重，五万兵士虽是勤王之师，然东拼西凑，难敌强敌也！”

“伯高，此去一别，委实难料。大唐久废武备，难于招架叛逆。但王者之师，出征迎战，护国安邦，责无旁贷！”说罢，高仙芝骑上战马，飞驰而去。张旭望着他的背影，百感交集，为自己不能随军亲征而遗憾，也不禁牵挂起处在叛军风暴中心的弟子颜真卿的安危来。

在平原郡任太守的颜真卿率领所属紧闭城门，拒不与安禄山为伍谋反。此时，他正严阵以待，与处在边塞的唐军一起勤王抗叛。消息传到京城，张旭听了十分安慰，为有这样的弟子而欣慰。

时局愈来愈不利了。东出潼关的平叛之师中，最高统帅李琬暴病身亡，讨伐的重担压在了高仙芝身上。部队还未到洛阳，前方传来消息，先期率部在洛阳抗敌的将军封常清不敌安禄山，已退出了洛阳城。之后，往潼关方向撤退的封常清遇到了高仙芝，二人合兵一处。

封常清对高仙芝说："叛逆战力异常凶猛，非我等能敌。潼关乃天险也，据守拒敌，固若金汤。"

高仙芝也觉得，叛逆一路南下，势如破竹，无所阻挡。自己虽拥数万之众，但战时匆匆征集，缺乏训练，战力低下，实难抗击。只有避其锋芒，守险抗敌，拖延敌进，等待唐军主力自边疆迂回合击，方能击退敌人，以保长安的安全。想到这里，他便下令全军退进潼关，凭险据守。

安禄山占领了东都洛阳后，迟缓了进攻的步伐，享受着帝王般的生活。而进攻潼关的军队，多次久攻不下后，也退回了洛阳城，战争陷入了僵局。

高仙芝对封常清说："如此这样，我等固守待援先拖住叛贼，耗其锐气，待时而动，一鼓作气出击。"他们一边守关，一边练武，长安一时无碍。

唐玄宗平叛心切，见高、封两人避敌，十分不满。派出的监军回来禀报，诬陷两帅消极避战。玄宗一听，更是大为光火，下令斩了封常清、高仙芝。消息传来，张旭不觉背脊发凉。可怜征战边关、驱虏击胡战功赫赫的两位大将军，就这样陨落了。之后，大将哥舒翰到了潼关接任唐军统帅，而他也觉得，封、高两将据关抗敌的策略是可取的。

大唐熟悉的歌舞升平、友人唱和的场景都不再了！到处是战乱的消息。张旭颓坐在门前的台阶上，望着前几年与高适、李颀从咸阳一路西行去敦煌西域边关的情景，以及高适曾经写给自己的那首《醉后赠张九旭》的诗来：

世上谩相识，此翁殊不然。
兴来书自圣，醉后语尤颠。
白发老闲事，青云在目前。
床头一壶酒，能更几回眠？

想到此处，张旭不禁悲从中来。那种和平安宁的潇洒自在人生，从此以后恐怕再也不会拥有了，他特别想念江南的家人。自己虽然年届八旬，但身体依然健朗。他决意要离开长安京城，回到江南他任过地方小吏安静熟悉的常熟。环顾四周，家产除了笔墨字画，日常用物，别无长物。带不走的，他捐给了寺院……

第三章

回乡路上

安禄山夺取长安城势在必得，已经无所事事的张旭告老返乡。他带着两个仆人，带上随身物品，雇了辆四轮马车出了长安城。没有相送，没有道别，他形单影只，回望着那高高的城墙、瑰丽的宫阙，心中不舍又无奈。大唐的王公贵族都在为逃出京城作准备，那帮文友酒友们，都各奔东西，散在四方。只有高耸的慈恩寺雁塔，用它佛法的光芒，映照着自己一路而行，直至回到故乡。自长安到苏州府有官道可走，他们绕过安禄山占据的东都洛阳，向着汴州而去。到了汴州，就暂时脱离了叛军的威胁。汴州城依旧热闹繁华，汴河中舟楫往来，战争的阴影还没有到来。安禄山的目标是长安，是夺取帝京。张旭一行在一家靠近汴河的客栈住下，决定休整一夜再启程。但听店家在说明早有客船从汴河直往扬州府，便决定即刻从水路往回赶。他让店家去订了船票，辞了马伕。

坐船回家省力多了。客船拉足了篷帆，一路南下。他望着船窗外汴水两岸的风光，心情放松了不少。汴州是官道上的一处重镇，当年张旭考取功名、赴京上任，都曾策马经过这里。那时是何等地洒脱和荣耀啊！想到如今年迈，逢历国难，张旭不禁心中郁郁，也无心去看两岸的风景。

航船一路而行，离北方越来越远，离江南越来越近了，张旭的心情渐渐好了起来。他让仆人取出笔墨，铺开纸，落笔写了一首叫《流河驿》的诗来：

流河流不尽，风景望中赊。

冀北路千里，江南天一涯。

书沉云外鹤，春老雨中花。

欲拔穷途闷，凭酒问谁家。

行于汴河之上，听着汩汩的水声，看着船窗外无尽的河水，张旭的思乡心情愈发迫切。他问仆人："你们跟着我去了江南，还回长安吗？"

"我们就随你终老江南啦！"仆人说。

北方正在离乱，在平静的江南老去，何尝不是人生的福气呢。

脚下，汴水正静静向东流去。自隋以来，人工开挖的汴河是北方连结江南的黄金河道。它是古运河的重要组成部分，所承载的悲欢离合，正如今天的张旭一样，既五味杂陈，又清澈得能照见人影。

航船行处，合了泗水，进了淮水，到了扬州。张旭终于放下心来，决定住两日再过江回家。这是他慕名已久的地方，年轻的时候曾应扬州诗人张若虚之邀，与包融一同去过。那时，张若虚写的《春江花月夜》刚传遍大江南北，引得一片赞誉。他们同游江渚，共醉于扬州街头。咏诗写字，畅怀寄兴，何等地潇洒啊！可惜，今日客次，张若虚早已作古，包融也远在战乱之地。张旭不禁心中戚戚，甚感凄凉。他决定去蜀岗上的大明寺祭拜。两年前，住持鉴真大和尚率弟子第六次东渡日本国，终于抵达，布道东瀛。张旭拜谒此处，只为寻求心灵的宁静。

这是公元756年的烟花三月，北方的战乱还在继续，打得不可开交，但扬州城却依旧一片歌舞升平。张旭无心再作逗留，决定渡江南返，早日回到常熟与家人团聚。他们在瓜洲渡坐上了过江的船直抵京口。只见江上帆影、水天一色、江鸥飞翔，可现在这些都激发不起张旭的诗心了。但他忽然想起李白的一首诗来

“……朝避猛虎，夕避长蛇，磨牙吮血，杀人如麻。锦城虽云乐，不如早还家。……”太白当年写下的这几句诗，竟成了此时此刻的写照！

溧阳遇李白

一行人在京口上了岸，就踏上了江南的土地。张旭决定走陆路沿官道而返，仆人就去雇了辆马车而行。此时，他的心情舒畅多了。不觉到了溧阳县界，路过一个驿站，张旭说歇息一下，便下了车，走了进去刚坐下，猛然间，他看见一个人从外面飘然而至，喊着店家要水喝。他觉得那身影好熟悉，走近一看竟是李白！他大喊青莲老弟，怎么是你啊！迎上去一把抱住了他。李白先是一愣，见是久别的张长史，也欣喜若狂，哈哈大笑。他拉着张旭往外走，边走边说：“伯高兄，喝酒去！他乡遇故知，定当一醉！”两人便一起进了城中的一个酒楼。落座交谈，张旭才知道，原来李白为避安史之乱，由宣城第三次来到溧阳，将赴越州寻找恩师贺知章的行迹。

李白告诉张旭：“伯高兄，弟此次自宣城南下，本应永王之邀作其幕僚。兵强马壮的永王军队，自中原沿大江一路南下，浩浩荡荡，气势如虹。令白见了豪气顿生，特作《永王东巡歌》数首。然某见永王心非平叛，实则自壮欲称王天下。乃辞差浪迹，拟往剡溪，幸与你在此相遇。”

张旭听罢说：“中原烽烟，帝都离乱，王师既非北定，反而偏据江南，拥兵自重，必祸起萧墙，再起战祸！”

“罢罢罢！你我今日相逢，天意安排。权且喝他数壶再说。”李白边说边举觞，与张旭豪饮。

溧阳城酒楼的窗外，城郭嵯峨，溧水环布；杨花茫茫，四处乱飞。两人酒入愁肠，非但浇不灭胸中的块垒，反而对景伤情，异常落寞。店家知席中两人一个是“诗仙”、一个是“草圣”，便取笔墨请两人落笔。

李白对张旭道：“你我今日相见，不知何时再逢。白写首诗赠伯高兄吧！”便提笔沉吟，龙飞凤舞落笔写下《猛虎吟》：

朝作猛虎行，暮作猛虎吟。

肠断非关陇头水，泪下不为雍门琴。

旌旗缤纷两河道，战鼓惊山欲倾倒。

秦人半作燕地囚，胡马翻衔洛阳草。

一输一失关下兵，朝降夕叛幽蓟城。

巨鳌未斩海水动，鱼龙奔走安得宁。

颇似楚汉时，翻覆无定止。

朝过博浪沙，暮入淮阴市。

张良未遇韩信贫，刘项存亡在两臣。

暂到下邳受兵略，来投漂母作主人。

贤哲栖栖古如此，今时亦弃青云士。

有策不敢犯龙鳞，窜身南国避胡尘。

宝书长剑挂高阁，金鞍骏马散故人。

昨日方为宣城客，掣铃交通二千石。

有时六博快壮心，绕床三匝呼一掷。

楚人每道张旭奇，心藏风云世莫知。

三吴邦伯多顾盼，四海雄侠皆相推。

萧曹曾作沛中吏，攀龙附凤当有时。

溧阳酒楼三月春，杨花漠漠愁杀人。

胡人绿眼吹玉笛，吴歌白纻飞梁尘。

丈夫相见且为乐，槌牛挝鼓会众宾。

我从此去钓东海，得鱼笑寄情相亲。

张旭读罢，百感交集，鼻子一酸，落下两行泪来。安史离乱，家国遭殃；河山破碎，社稷危亡；生灵涂炭，百姓困苦。他为李白怀才不遇、报国无门而忧伤，也为他宽广的襟怀而感动。自己虽负盛名，但只是一介书生而已。在京任左率府长史也好、金吾长史也罢，虽近君臣皇子，也只是协助大将军做好文牒工作。若非没有贺知章及皇上的知遇之恩，自己也不会来到京城，成一代“草圣”！

李白见张旭掉泪不语，便吆喝着喝酒。张旭端起酒壶一饮而尽，索性再让店家抱上一甏酒来，与李白尽兴而饮。隔壁传来的玉笛声带着苍凉的幽怨，缠绵的吴歌与乐舞的节奏，在溧阳三月的春风中，随着飞舞的杨花弥散，成为凄美的风景。

“青莲，老夫年迈，真想与你同去剡溪啊！季真虽逝，风景犹在。你是否去寻他的踪影去的？”张旭放下酒杯问李白。

“是也。当年季真返乡，曾邀你我同探越州山水、鉴湖风光。如今先生已逝，白自当寻迹而往！”

“嗯嗯，‘少小离家老大回，乡音无改鬓毛衰。儿童相见不相识，笑问客从何处来？’多好的诗啊！让我仿若看见了季真一般。”张旭何曾不想像当年的贺知章一样，享受回乡的轻松与安宁呢！不同的是，贺知章是荣归故里，张旭是流离避乱。这一夜，李白与张旭住在酒楼上，聊了很多话题。有些话两人嘴上不说，可他们心里都清楚，这次溧阳的相聚或许就是永别。第二天，当李白辞行时，张旭还是对他说：

“青莲，远行回吴，别忘了来常熟看望老夫。届时，与你游虞山，访先贤，横舟湖上、醉卧桃花溪！”

“一定去，还要去吃那被李颀写得馋人的大螃蟹呢！伯高兄，就此别过，保重！”李白说毕，双手作揖，骑上他的青骢马，消失在漫天飞舞的杨花中……

第四章

江南

常熟的城郭就在眼前了，他们在十里亭稍作休息。举目四望，田畴漫漫，风和日暖。州塘河中，帆影舟楫，往来穿梭。一别二十多年，一切都是那么熟悉啊！张旭忽然有了近乡情更怯的心情。这时，亭外传来一阵唱歌声：

山歌好唱口难开，

杨梅桃好吃树难栽。

白米饭好吃田难种，
鲜鱼汤好喝网难抬。
……

这是农田里劳作的人们坐在田埂上休息时唱的歌，熟悉的歌声真是江南田园的梦境啊！张旭仿佛感受到了陶渊明般的恬淡和安宁。两个仆人第一回到江南，也被这扑面而来的气息沉醉。张旭告诉他们，当年孔子南来，想看看弟子言子传道如何。路经这个十里亭，见到一个小孩在河里摸螺蛳，便问他去城里怎么走？小孩子听罢，拿起盛放螺蛳的钵顶在头上唱道："钵为冠，水为衣，此去琴川一十里。"

孔子见状，心想这乡下的小孩子都能出口成章，如此礼仪之邦，说明弟子传布有道啊！于是，他便安心回去了。

张旭说："春秋时期，言子北上寻找孔子求学，终得真传，成孔门十哲之一。他后来治理武城，弦歌四起，百姓安乐。晚年回到常熟，传道授业于四边城居，成南方儒学始祖，文脉潋滟，波泽后世。我虽生在姑苏，但初仕在常熟，安家落户，子孙繁衍，正是感于此城上有先祖泰伯仲雍让国南来开疆辟土，教化先民；下有言子弘法孔门儒学，百姓安居，学风勤勉，宜室宜家也！"

"仆跟随先生有年，今次随来，一路而行，终见江南，天朗气清，现世安宁，更乐不思归！"仆人随道。

"呵呵，好好，在此娶妻生子，好生过太平日子。"张旭说罢，起身与仆人坐车迎着城门方向而去。

青山城郭

五月，已与家人团聚，静享天伦之乐的张旭，依然关心着京城的信息。一日，听闻唐军大将郭子仪、李光弼在河北攻打叛将史思明，几仗大胜，进展十分顺利。张旭不禁心情大好，畅饮春醸，并写了几幅字。县衙的差人正好上门来探访问候，便随手送了他们。差人告知，县太爷有吩咐，长史一切生活起居、出行若有不便，可尽悉通报。

张旭道："某清淡生活，无忧无虑。唯早盼国泰君安，黎民安居乐业。百年以后，葬于虞山，北望中原，即安矣！"

"先生身体强健，勿当此言！谢先生墨迹，当传家宝矣！"

"不必，不必，若能换些酒钱，才是物有所用。"其实，张旭向来不把他的字当成什么，随手写来随手送人。如今回来，街坊邻居都来探望，他亦作回手之礼。日子过得安稳平静。但心中还是担忧着北方的战乱。

一日，又传来消息，兵镇潼关的唐军大将哥舒翰经不住玄宗皇帝反复催促，出关东进迎敌，结果十几万精兵中了埋伏，全军覆没。哥舒翰也做了俘虏，投降了叛军。

失去了潼关天险，安禄山势如破竹，所向披靡。天宝十五年（756）六月十三日凌晨，唐玄宗带着大臣宫女被迫逃离长安，一路向西直奔蜀地。车队行至马嵬坡时，禁军部队饥饿劳顿，顿生怨言，队伍裹足不前，将士呼号要惩处导致国之将亡的害群之马杨国忠、杨贵妃。结果，一代宠妃杨玉环香消玉殒。

接着传来消息，好友高适跟随太子李亨在灵武称帝，尊玄宗为太上皇。对李亨，张旭甚为熟悉。警卫部队一直保卫着太子的安全，他也曾教过太子书法课业。江山代传虽为祖制，但在乱世中，得人心者得天下。张旭对玄宗怀有知遇之恩，自己虽回到了江南，却常常念着大唐的安危，还有皇帝的顺遂。

冬去春来。江南下了一场雪，一夜，屋顶都白了。张旭拉开了门，惊飞了院子里厚厚积雪上的几只麻雀。他呵了一下手关上门，到书斋，点了盆炭火，一会儿，屋里暖和了许多。他踱了几步，坐在桌前，心静得能听到落雪的声音。他提起一管笔，用草书抄录了一册《般若波罗蜜多心经》。抄毕，他想出去走走，便叫上仆人同行。

虞山近在咫尺，从醉尉街洗砚池往西北而行，一会儿就到了通往山道上的文学桥。这是孔子弟子七十二贤人之一言子的墓道。白雪覆盖了的影娥池，结了厚厚的冰。仆人不让他上桥，二人只是在池边的靠栏前站立了一会儿。他对仆人说：

“言子去世葬于虞山，青山为伴，百姓安居，儒风欣茂。待我百年以后，亦葬于山巅，可远望长安，近看城廓。”

“长史休言，你身体朗健，握笔如椽，百岁之态也！”仆人道。

“吾城自泰伯、仲雍南来，开疆拓土，勤桑农渔牧，教化先民。至言子后，崇文重教，文风蔚然。尔等随我南来，自当入乡随俗，勤勉读书哦。”

仆人应喏，随即催着张旭回家。一路上，他还叨念着中原的战事，念着平叛大将军李光弼与郭子仪的煌煌战果。他们踩着道上的积雪，留下的脚印一路转进深巷……

春节到了，家家有了过节的年氛。一天，县令常令问来访，一进门就拱手道：“长史新年吉祥！”

“县太爷新年大吉！”张旭回了礼，请县令在客厅落座。

“今特来告知长史大喜，安禄山死了，大年初一被儿子、近臣杀了。”

“报应！报应啊！此可当真？”

“小女之夫郭锷乃大将军郭子仪之孙，系奉天定难功臣、左金吾卫大将军祁国公郭曙次子，消息传来，不假！且各路平叛大军席卷故土，势不可挡。”

“大唐安宁指日可待，甚幸甚幸，老夫盼望已久矣！”张旭神情欣然，写了幅大草递与县令，让他交与亲家、当今金吾大将军郭曙，以表敬意。

正月十五闹元宵，张旭举家欢庆。城隍庙灯市十分热闹，张旭喝了点小酒，对，小酒。年纪大了，不能再像以往那样豪饮了。张旭让家人带着孩子们一起去赏灯。灯市映着春山城郭，人影憧憧，人声鼎沸。常熟小城的人间安宁图景，让张旭眼前晃动着昔日长安与洛阳的灯市。几年来，他内心的孤寂和郁结也渐渐地消退了。他相信，不久的将来，大唐终会一统。

又一年，在一个草长莺飞的季节，张旭在平静中驾鹤西去，带着他“草圣”的威名，以青山为伴。

过了若干年，诗圣杜甫见了张旭的草书，写了一首诗：

斯人已云亡，草圣秘难得。

乃兹烦见示，满目一凄恻。

悲风生微绡，万里起古色。
锵锵鸣玉动，落落群松直。
连山蟠其间，溟涨与笔力。
有练实先书，临池真尽墨。
俊拔为之主，暮年思转极。
未知张王后，谁并百代则。
呜呼东吴精，逸气感清识。
杨公拂箧笥，舒卷忘寝食。
念昔挥毫端，不独观酒德。

而李白远游越州归来后是否践约到过常熟一访张旭？并不见史册所记。

初稿毕于 2023 年 4 月 28 日夜
定稿于 2023 年 5 月 7 日夜

童孩子

——一个红安伢子的故事

淮海战役后落下的类风湿性关节炎和高血压病，四十多年后最终夺去了他的生命。我认识他，是在成为他女婿以后。而知道他的人生轨迹，则是在他去世后。

我一直觉得，我的岳父绝对是一个忠诚的共产党员。他的老家在湖北红安，参加革命后，在渡江战役中做过干部，是中国人民解放军最早的海军战士，还是上海解放以后百废俱兴时的建设者……他读书看报、关心时事，从来没有听到过他一句怨言。对四个子女的要求，也是非常严格，比如希望他们做人高尚、爱岗敬业；希望他们加强学习，思想先进。20 世纪 80 年代交谊舞兴盛，有次在我家兴致浓时，他与女儿跳了一段，舞姿标准，舞步洒脱，颇有功力。我想，这大概是 50 年代进了上海才学会的。

20 世纪 90 年代初，他突发脑出血去世，计划离休后回湖北红安老家的愿望，成了一生的遗憾。自从 1967 年春节最后一次回乡接了母亲出来后，他就再也没有回到过红安。他经常魂牵梦绕，想着同样生活在那块土地上的儿时伙伴，以及那个毕业于黄埔军校的阿哥……

他的乳名叫童孩子，大名叫万海元。

一

十四五岁之前，万海元还没有正式的名字，村里人都叫他童孩子。

童孩子其实姓李，他的村庄叫寨坡脚，地处湖北黄安县（1952 年更名为红安）县南的太平桥乡。从小，他就不知道爹长什么样。爹死得早，靠母亲一个人带着他，种几分薄地勉强过日子。

寨坡脚村四面都是山冈，不高，绵延出许多山坳平畴。一年四季的庄稼，就种在大片高低不平的田野、山坡上。童孩子渐渐长大了，母亲帮他找了一个活，那就是帮人放牛。他非常喜欢放牛，轻松不累，还可以躺在草地上睡觉。他家的附近有一个李家大祠堂，每年都有热闹的事情在这里举办。过去闹“红”的时候，黄安当地留下了许多故事。还有许多歌既好听又好唱，童孩子经常跟着村里的人哼唱。有一首歌是这样唱的：

八月桂花遍地开，
鲜红旗帜竖起来。
张灯又结彩，张灯又结彩，
光华灿烂闪出新世界

……

这些歌曲，都是大革命时期留传下来的，欢快活泼，让人激动。

黄安城自北伐军赶走了奉系军阀之后，就成了国民革命军的天下，大革命时期共产党、国民党都留下了种子。1927 年国共合作破裂，国民党在黄安杀害了许多共产党人。黄麻起义后，双方反复争夺，县城一直没有太平过。太平桥乡地处黄冈、新洲交界，离县城较远，就相对安宁许多。已经是 1935 年了，七八岁的童孩子并不了解太多的事情，有活干、有饭吃、有衣穿就已经很满足了。

但他的母亲并不满足，丧夫多年的她要嫁人。

二

童孩子的母亲姓刘，名翠莲。丈夫去世已经五六年，最近村里有人来介绍，邻县新洲杨平庙有个三十多岁的万姓庄户人，丧妻之后想要续弦。此时，翠莲正二十六七岁，青春依旧，行事干练。想想一人带着童孩子也难，嫁了人也有个依靠照应。而且，她本来就是新洲刘胜凹人，回到娘家地界也亲切。从寨坡脚到新洲的杨平庙并不太远，走路也就两个多小时。结婚那天，因两人是组合，并没有张扬办事。刘翠莲包了一包袱衣服，就和童孩子跟着万老倌来到他家。

万老倌有个儿子，年长童孩子十多岁，已随着村上的人去黄埔军校武汉分校读书，当了国民革命军。到了杨平庙，童孩子继续放牛。黄安与新洲虽然是山岰地，但河流水塘也多，两地中间有一条大河叫倒水河。这河发源于大别山南麓，一路过来在新洲境内汇入长江。放牛娃童孩子有时也会走十里地，去河边放半天牛。他望着大河那边他的家乡方向，心中难免有些郁郁。

一晃两年过去了。远在上海的淞沪会战失利后，大批的国军回撤，新洲成了国军的领地。而河对岸的黄安，则是新四军的防区。共产党在黄安群众基础比较好，早在大革命时期，黄安籍革命家董必武等一批共产党人回到家乡建立了革命政权，在这里播下了红色的种子。1931 年 11 月，红四方面军在七里坪成立后，老百姓对军纪严明的红军有很好的印象，军民的感情很深。第二次国共合作后，当年的红军、现在的新四军又回到了这个三省交界的根据地。黄安不及新洲土地肥沃，部队进入后，粮食供应就紧张了起来，负责军需的人便设法到处征粮，邻县的新洲就是目标之一。

这一天，新四军某连军需处的两个战士身穿便装，来到了新洲杨平庙村。正在田头劳作的万老倌听说收购粮食，便记住了他们的地址。第二天一大早，他叫醒了熟睡中的童孩子，两人一起把家里多余的，及乡邻搭寄的粮食一起打了两大包，装上独轮车推着往黄安而去。摆渡船过了倒水河，就是黄安界，新四军的队伍驻扎在八里湾，这里离童孩子的家乡太平桥镇不是很远。童孩子随着继父推着独轮车来到新四军驻地，当他看到那些穿着灰布军装的战士军容整齐、神采奕奕的模样，内心升起了一股敬仰之情，脑海里许久不曾出现的那些歌曲又回旋了起来。

童孩子喜欢黄安，这不仅仅因为黄安是他从小长大的家乡，还因为黄安一直充满着活力与激情。一拨拨的队伍开进，一拨拨的人参军。许多人参军的目的非常简单，那就是有饭吃、有衣穿，能活命。至于战争的死与生，考虑得并不多。他与爹把粮食卖给了新四军，新四军分文不少地给了钱。爹喊他回家，他却看着场地上出操训练的士兵出神。那些士兵列队整齐、步调一致。匍匐前进的战士，一个个生龙活虎。他们时而高高跃起，时而闪转腾挪翻越障碍，身手矫健。童孩子想，以后一定要去当新四军，穿着军装多神气！而且，大家在一起开心又快乐。

万老倌初次贩粮尝到了甜头，干脆做起了贩运生意。新洲气候宜人，农作物生长较好，盛产大米、南瓜、玉米、土豆、山芋等。他带着童孩子四处收购，然后运到黄安新四军驻地卖掉。几次下来，他成了新四军信得过的供应商，童孩子也与战士们混熟了。后来，他索性在镇上开了家杂货店，经营粮油食品，日子过得安稳充实。

三

继父万老倌的儿子回家成亲啦。那一天，当童孩子在村口看到骑着高头大马的黄埔生阿哥进村的气势，实在非常羡慕。阿哥毕业后已升任连长，部队驻防在武汉。这次回乡成亲，娶的是村上的一个姑娘。继父万老倌靠着跑单帮做生意，这两年积攒了一些钱翻建了房，成了村里远近小有名气的人物。办喜事这天好不热闹，亲戚朋友、四邻八乡都来贺喜，锣鼓乐工、人声鼎沸。

按照传统礼仪，阿哥脱下军装，换了长袍马褂。一对新人向他爹和继母童孩子妈跪拜、敬酒。童孩子从来没有看见母亲那么开心过！这一天，也是童孩子最快乐的日子。

但是，太平的日子并不长。日本兵攻陷南京城后，一路从江苏打到安徽，不久攻下了安庆城。新洲的隔壁是麻城，麻城与安徽只隔着一座大别山。大别山虽然是天然的屏障，但有多条山道与外界相通。安庆的沦陷，让留驻在武汉的国民政府大为震动，也引起了驻守新洲国军的恐慌，战争的气氛日渐浓郁。尽管国民政府部署了武汉会战，但老百姓越来越感到，不安宁的日子就要来临了。

万老倌虽然生意做得比较好，但身体因为过于劳累而越来越差了。1938 年入秋，战事逼近湖北。10 月，一路日军经安徽越过大别山，进入湖北境内；一路日军自长江北上直指武汉。不日，麻城、黄冈相继陷落，新洲成了日军下一个攻占的目标。眼见不敌日军锋芒，国军战略紧缩到武汉外围，驻守新洲的国军也移防走了。此时的万老倌，由于身体不好，也停了镇上店里的业务在家养病。童孩子不能跟爹做买卖了，只好又去帮人放牛。

日本兵很快就打了过来，他们占了新洲、黄陂，把武汉团团围住。放牛娃童孩子听到远处传来的隆隆炮声，不知怎么，一点都不害怕。他甚至还爬上山坡眺望远方，想看看到底发生了什么。

国民政府眼看守不住，下令疏散撤退。先行离开的大批伤兵和家眷，向着西面、北面的后方腹地涌去。

阿哥回来了，已经是国军副营长的他是来告别的，他刻意打扮成一个乡下的伢子。他的部队马上要后撤，上峰命令焦土抗战，要把武汉变成一个死城。病床上的万老倌听后，连声说造孽造孽。他叮嘱儿子，打仗要躲着子弹。其实到了战场，怎么躲得了呼啸而过的子弹呢！一切全凭运气，这是童孩子后来得出的体会。

不久，武汉沦陷了。新洲与武汉相隔不是很远，也不是什么要塞重镇，日军并没有来驻扎。他们在这里成立了维持会，那些有奶就是娘的汉奸保长凶得很，到他家里来要粮，万老倌讨要粮款，他们非但不给，反而恶狠狠地把他骂了一通。童孩子想起了黄安的新四军，想起了他与爹每次给新四军送去粮食后，新四军都会分文不少地给钱。那一夜，他没有睡好，耳朵里不时传来爹咳嗽的声音，眼前闪现着那些生龙活虎的新四军的身影……

四

童孩子第二个爹又死了，这一年他十四岁。哥哥自上次回家后，一去三年了，一点音讯都没有，他们的队伍不知道在哪里打鬼子。母亲失去了万老倌，也就没有了依靠，料理完他的后事后，决定回娘家刘胜凹生活。童孩子虽然随母亲来到新洲，但一直会梦见从小生长大的黄安寨坡脚村庄。那个李家大祠堂，柱子粗得几个伙伴一起才能合围。一年到头，热闹不断。随母亲去过的县城，城墙高得吓人。城里的店铺，让人看得眼花缭乱，进城了都不想回家。所以，他虽然身在新洲，可心里却一直想着黄安。十四岁的童孩子，虽然还是少年，外表却长得像青年一样，瘦瘦高高，英俊帅气。他不再帮人放牛了，而是帮助母亲下地种粮种菜。收获的粮食除了要上缴维持会的所谓公粮，还会拿到集市上去卖一部分，以换取日常的油盐日杂。

日子过得不紧不慢，一晃又过去了一年，十五岁的童孩子决意要去当新四军了！

这天清晨，他偷偷起了床溜出了家门，向着倒水河方向跑去，一会儿，就融入了雾霾深处。对于通往黄安的这条路，他太熟悉了。由于爹生了病，他已经很久没有去黄安做买卖了。但新四军战士生龙活虎的身影，却一直在他的眼前晃动。秋天的河水不像夏天那样泛滥，宽阔的河床上，远远地飘着薄雾。

摆渡的艄公与童孩子很熟，也知道他们父子经常到对岸做买卖。童孩子上了船，艄公竹篙一点，船就窜出了一大段。河面上飘起了艄公的歌声——

青的山
绿的田
蓝蓝的江河
鲜的食
美的衣
玲珑的楼阁
谁的功
谁的力
劳动的成果

那时期的湖北民歌，带着红军流传下来的风格，开启了人们对社会对人生的思索。看着渡船破开河水的条条波浪，童孩子的心情轻松而满怀憧憬。靠岸的船轻晃了一下，他起身一个箭步就跳到岸上，向着新四军驻扎的八里湾镇飞奔而去。

八里湾坐落在黄安与新洲的交界处，离倒水河也不远。丘陵地带上，有小金山、卓旺山两座山峰，成为拱卫镇区的屏障。新四军第二师李先念部队的一个连驻守在这里，是反日寇围剿的前沿阵地。他们平时练兵强军、军民互助、劳动生产，战时运动出击。驻守武汉地区的日军不时出来扫荡，可二师的战斗力非同寻常。红军中身经百战的战士占有很大比例，新入伍的士兵在老战士的带领下，训练得个个生龙活虎。熟门熟路，童孩子直接闯进了耿连长的住处，要求参军。连长笑眯眯地说好啊，童孩子长大啦呀，参军你得有个大名啊！童孩子让连长起个名字，连长思考了一下说你爹姓万，你当了新四军要战转四方，那名叫海元吧，四海为家，终为归元吗，我们最终要实现这个世界的太平！

从此以后，万海元成了童孩子的大名，他成了新四军的一个战士。

新兵出操对万海元来说是小菜一碟。从小劳动长大，有一身好身板的他虎跳腾挪，匍匐前行，不在话下。可射击训练倒是着实让他花了许多时间。为节省子弹，部队很少进行实弹射击。以至于万海元第一次参加反扫荡战斗就造成了失误，让一个日本官逃了。

驻守武汉的日军一个中队出来扫荡，他们装甲车开道，骑兵跟进，步兵分乘十辆大卡车从汉口出发，目标直指黄安邻县黄陂的国军部队驻地。根据战区长官部的部署要求，驻黄安的新四军派出一个营协同牵制日军，并在运动中歼敌，延缓日军行进步伐。万海元随所在部队参加了这次战斗。他们的部队从黄安进入黄陂国民党部队防区，在一处叫碾子岗的丘陵地带布防。三营赵营长下达战斗任务，要求各连参战人员集中火力伏击敌人，并适时听令撤出伏击地，在运动中牵制敌人，为国军开展阻击围歼创造条件。

部队傍晚进了黄陂，避开有少量日伪军驻守的城镇，在丘陵地区一路急行军，临近半夜时进入指定位置潜伏，耿连长让万海元挨着他伏在地上。这处山岗也就四五十米高，下面是一条土公路，山坡与路成四十五度角。对面是丘陵开阔地带，十分便于打伏击。耿连长放出哨兵后，让大家就地悄悄伏睡，等待早晨日军经过时，打他个措手不及。伏在山地上的万海元闻到了泥土的气息，这是他熟悉的味道。他想起了家里的母亲，但他不敢想象母亲发现他失踪后会怎样，毕竟他是母亲的独子啊！想着想着，他睡着了。

上午八点钟光景，前哨回来报告说鬼子马上到了，离这约莫不满十里地。连长要求大家马上进入战斗状态。不一会儿，随着“隆隆”的车声，鬼子的车队进入了伏击圈。耿连长一声喊打，手榴弹的爆炸声、全连子弹的呼啸声，一下把鬼子打懵了。万海元也瞄着山下的敌人射出枪膛里的子弹。一个挥着指挥刀的日本军官躲在汽车边上在指挥着鬼子反击，万海元移过枪口对准他连发两枪，可惜子弹都打偏了，鬼子军官躲到了车后。鬼子反击打过来的子弹，打得树枝纷纷落下、土石崩飞。那时，万海元脑子里只有射击射击，也不知道打死了多少个鬼子。鬼子依托先进的武器，发起了疯狂的反击。他们压制了新四军的火力，并架起了迫击炮。耿连长一看不妙，且已经完成了阻击延缓日军行进的任务，便命令战士掷出携带的手榴弹，利用有利地形撤出战场，返回黄安根据地。后来，这股鬼子部队在第三战区国军某师的阻击围歼中被消灭了大半，残敌逃了回了武汉。

万海元没上过学，不识字。他参加了连里的识字班，白天军事训练，晚上参加学习。三个月下来，他已大致能够看懂基本教程材料了。他想再过段时间，要给新洲的娘写封信，平时他都不敢去多想娘，一想到自己不辞而别让娘牵挂，内心就不安。

这一天，出完早操，与战士们一起在操场上听指导员上军事课的万海元，突然看到远处走来一个人。他一看，这不是自己的老娘刘翠莲吗？老娘走到跟前，没有认出混在战士中间的儿子。她问战士，首长在哪里？她是来寻找儿子的。指导员上前问："大娘，你儿子是谁？""童孩子。"马上，战士们把万海元揪到她面前。老娘端详着一身军装的儿子，眼泪哗哗流下，拉着他双臂说，你个死娃子啊！让我想死了啊！指导员又问万海元："她是你谁？"万海元却说："她不是我娘！"老娘一听，急得边哭边喊。指导员见状，马上把母子俩拉到连部。耿连长知道内情后，让万海元自己决定去留，他拗不过娘的哭闹，只好随她离开了部队回了家。

五

脱下了新四军军装，十五岁的万海元又成了一个农民。三个多月的部队生活时间虽短，但给他带来了丰硕的人生经历。参加的阻击战斗，让他成熟了许多。他帮娘种地，有使不完的劲。没有了爹，买卖也不做了。在部队时，夜晚会想家想娘，现在，夜晚他想着战士们，想着部队的生活。日子过得有点苦，鬼子封锁得紧，缺盐少食缺钱缺物资，但只要有一点田地就饿不死人。

新洲的地界与武汉靠得近，抗战后期，日本鬼子陷入了世界大战的深潭，四面受敌，侵华战争进入了相持阶段。这一时期，国共两党的部队在湖北地区的发展与活动都明显活跃了起来。万海元的内心还是想当兵，新洲是国军活动的地盘，部队与百姓的关系虽然没有新四军那般军民一体，但也算融洽。所以，新洲地区的男人大都当了国军。他的阿哥、继父万老倌的儿子回来了，来刘胜凹找到了刘翠莲与万海元，身后还跟着一个班的士兵。一别数载，断了音讯的他随军转战湖北河南，与日本鬼子打了不少仗。就连恩施的峡谷、山脉里，都留下了他们的足迹和战斗故事。此时的阿哥，已经是国军的营长，与上次结婚的时候见着相比更加英武了，他无疑就是万海元心目中的英雄。

一晃两年过去了，万海元十七岁了，长得一米七六，虽说有些偏瘦，但英俊帅气，眼睛大而有神，鼻梁高挺。一时间，村里村外来了许多说媒的人。

“哪个少年不钟情，哪个少女不怀春？”万海元经不住母亲的催促，只好跟着媒婆去邻村马塆相亲。说真的，他多少是带着好奇心去的。

从刘胜凹到马塆村，半个时辰就到了。这条路是新洲去黄安的必经之路，也是万海元经常走过的路。以前年少，他从没注意过马塆村的女孩子。来到这里，姑娘与她的父母早已等在村头的媒婆家了。万海元跨进门见到那女孩时，脸一下子发热，心怦怦跳得厉害，手足无措，头里一片混沌。媒婆她们说了些什么，一点都没听进去。那女孩也低着头不敢看他，脸颊绯红。家里的情况都是双方的媒婆在介绍。女孩的父母老是盯着他看，他越发觉得不自在，想快点逃离这里。

回家的路上，他如释重负，也算对母亲交了差。

1945 年 8 月 15 日，日本宣布无条件投降。曾经参加过新四军并对日作战过的万海元，听到这个消息，看到奔走相告的人们时，和全中国人一样，有种扬眉吐气的感觉。新洲的国军从投降的日本人手中接收了新洲城。听说，黄安城那边是新四军接收的，为了接收，国军与新四军还闹了摩擦。但万海元不管这些，他还是想去当兵，而且还是要当新四军！这几天他晚上老是睡不着，交织着想再次离家别母复杂的情感上。

春天的太阳暖洋洋地照着，万海元靠在门口的墙根上，晕晕乎乎地直想睡觉。他飘了起来，他飞过了新洲，到了黄安老宅、李家大院。他看到了儿时的小伙伴都在大院里嬉戏打闹，他跑进去喊着他们的名字，他们见着他停止了玩耍，诧异地看着他，认不出他是谁。他说我呀！我是童孩子呀！童孩子，童孩子，你怎么长高啦呀，长得我们都认不出来啦！他告诉了他们许多故事，特别是参加新四军打鬼子的故事。他们说我们这里有好多新四军呢，他跟着他们去找新四军，向着前面传来的此起彼伏的锣鼓声跑去……

“站起来！”一声猛喝把万海元从睡梦中惊醒，他睁眼一看，几个身穿国军军装的士兵站在他的面前。他揉了揉眼睛，问什么事啊？他们拉着他说：“兄弟跟我们当兵去！”当兵？“我要当新四军！”“什么新四军！当我们国军去。”万海元一看那阵势心想糟了，遇到拉壮丁了。本来，当国军或者新四军都是一样的，打的都是日本鬼子。但万海元觉得新四军可亲，而且最近两军闹得凶，传闻时常有摩擦，甚至在有些地方还打起来了。他有当新四军的经历，对新四军充满了好感，要当必须当新四军啊。但眼前的士兵不由分说，拉着他就走。他对他们说，让我和娘讲一声啊，但对方说我们会跟她讲的。他只得跟着他们走，路上他想到了那个在国军里当营长的阿哥，盘算着以后可以去投奔他，心里好受了许多。一会儿，他就到了设在村头的兵役登记处，登记、领取了一身国军军服，一顶带有青天白日帽徽的军帽。

阴差阳错，一心想当新四军的万海元竟然当了国民党兵。由于他有了新四军的经历，部队基本的上岗训练就免去了，但政治学习还是要参加的。新兵训导处除了强化训练，还加强了思想政治工作。这还是在黄埔军校初创时期从苏联那里学来的。训导处组织他们学习“三民主义”，灌输一个国家一个领袖等思想。万海元觉得新鲜，但又感到过于深奥，并不像在新四军学习“三大纪律八项注意”，参加形势宣讲、诉苦大会那样简单明了。集训结束，他被分配到了话步班当了一名通讯兵。

六

万海元的部队隶属于国军第十战区八十四军一部，日本宣布无条件投降后，部队忙于受降、接收，恢复各地国民政府机构。万海元的通讯班是随部队指挥部行动的，每到一地，马上就要建立通讯系统，电话组加设电话线，电讯组建立电台、收发电讯。新洲的工作开展得比较顺利，万海元先是参加电话组的工作，野外架线是小菜一碟，没多大技术含量，有力气就行。维修电话也比较简单，学了不久就会了。长官见他长得机灵，又粗通文字，就把他调到了电讯组做了一名报务员。

万海元上任不久，就随部队到了黄安。黄安与其他地方不同，抗战时期是共产党新四军五师的敌后根据地，也较早建立了不少地下组织。日本宣布投降后，五师向敌伪发出通牒，开展受降。对放下武器的伪军，愿意改编参军的参军，不愿意的，发给路费遣散。对顽抗到底的，予以消灭。此时，之前长期潜伏的地下组织一下子冒到了地上，保证了当地县委高效运转，迅速开展工作。而待国军接受驻黄陂日军的投降到达黄安时，驻守的新四军早已收拾了敌军残部，共产党的县委县政府的工作机构也早就开始工作了。因此那时黄安竟然同时出现了国民党的县政府和共产党的县政府，两个县政府各做各的，各行其是。万海元身处电讯室，只管收发各路电讯。他参加过电讯训练速成班，经过半年来的努力，对密码的运用已经十分娴熟。他从收发的内容上，感受到两党之间的争斗已经十分严重。黄安是他的出生地，也长期是共产党部队的根据地，许多儿时的伙伴都当了新四军。从内心讲，他是不希望双方开战的。有时他想，真打起来，万一遇上小伙伴怎么办啊？好在自己身处团部指挥中枢，不在战斗部队，只要负责团部的报务工作就行。

但往往事与愿违。那天休假，万海元决定回到老家寨坡脚去看看，那个从降生到八岁离开的山村，是经常在记忆中闪烁的地方。他搭了辆路过太平镇的车，从县城驻地出发南下，不时看到身穿熟悉的新四军军装的士兵与国军的士兵在车厢外闪过。他的心里既激动，又有说不出的感觉。一个时辰光景，车到了太平镇。他下了车往家走，很快就回到了村里。

太平镇是黄安最南端的一个镇，也是倒水河附近与新洲交界的地区。早在清初的时候，这里就是交通枢纽，物货交易兴旺，镇区老街店铺林立。其实，当年的童孩子随继父往返与新四军交易时，这里也是一个落脚的地方。此刻万海元再次到达，难免有些感怀。他找了一个从前吃过的小吃店坐下，点了一碗红薯粉条酸辣汤，又买了一个糯米糍粑，津津有味地吃了起来。突然，外面进来几个人盯着他看，万海元也觉得他们脸熟，正在思忖之际，对方一人脱口而出——童孩子！万海元终于想起来，他们是以前新四军的战友三娃子、老四、小泥鳅。童孩子他们虽然有了大名，但在部队的时候，大家私底下还是都喊着各自的小名。三人围过来坐下，从前的战友相见自然热络，他们得知他当了国军，都要他回到新四军的队伍。但童孩子万海元觉得，尽管自己内心对新四军充满感情，当国军却是迫于无奈，但既已如此，且又都是为国效力，待以后再说吧。万海元让店家拿出几个菜、置了一壶酒，四个人边吃边聊，倒也甚觉快意。吃罢，万海元与他们挥手作别，说大家最好不要在战场上见到。

寨坡脚的老屋都被族人居住了，也不认识。那些跑来跑去的小伢子看到来了一个陌生人，有些诧异，他们盯着他看着。万海元觉得自己回到了童孩子的时代，那些孩子就是他的小伙伴一般，他感到特别亲切。

他绕着村子走了一圈，又回到李家大祠堂待了一会儿。儿时的景象断断续续不时在眼前闪现，这是他梦中的圣地，也是孩童时期的乐园。但他只是像朝圣一样，回来作灵魂的碰撞与祭奠。他走了，他知道这一别或许就是永别，他要回到部队履行军人的职责。

1945 年注定是不太平的一年。桐柏一战之后，湖北地区的内战局面愈发明显。万海元的部队虽然没有参与历时两个多月的鄂豫边境地区的争夺战，但国共的裂痕已经很难弥合了。国军重新调整着部署，长官们也在紧张地备战，想要夺回那些失去的城池，而万海元则在忙碌地传达着上峰的一道道命令。

忽一日，团部接到命令，随师部北上追击跨过平汉铁路东进的那支共产党的队伍。他们从黄安城出发，越过大别山，跨进河南境内，绕过经扶直扑光山。可正当国军以七个师加一个军约十三万人，南北合击李先念部中原军区的六万兵力时，国共双方签署了“双十协定”，双方在设在北平新成立的军调处的监督下，暂停军事行动，部队原地驻防待命。驻扎于光山县城郊外的万海元所属师，本已做好了攻城准备，前沿阵地的战壕已经挖得一人多高。但停战令下达才过去一天，部队却又接到上峰命令，攻打光山县城。万海元的团长在抗战期间打过不少硬仗，参加过宜昌保卫战，曾经多次立下战功。他所率的一八七团是一支重装机械化部队，战斗力很强。接到攻城命令，团长下令炮火覆盖，之后士兵全线跃出战壕发起冲锋，坦克前导攻击前进。守城的中原军区是一个纵队，原本的目标是执行军区首长指示拖住敌军，为部队全线跳出包围圈奔赴华东解放区作准备。他们的战斗力也非同一般，虽然武器装备不及一八七团，但大都是信念坚定、战场经验丰富。但是，由于缺乏重武器支援，这支部队还是难以抵挡，只好边打边退，向军区指挥机关所在地礼山方向靠拢。

万海元随团部机关向前推进，他虽然不在一线参战，但他在团部指挥中心依然能十分真切地感受到战斗的紧张气氛。部队夺下光山城后，随即向罗山、经扶等区域前进，意在合围中原军区首脑机关所在地湖北礼山。一时间，整个中原地区一下聚集了国军三十万兵力。团长喜欢把指挥所前移到战场前沿，掩体外的枪炮声和喊杀声，伴着电讯的声音，是他习惯的战争气氛。

不多日，消息传来，李先念所辖部队竟分路跳出了国军的铁桶包围圈，有的进了大别山不见了踪影，有的冲过了层层围堵，过了陇海铁路，一路向陕西而去。部队官兵都觉得很纳闷，三十万国军怎么就打不灭对面仅有的六万人？但万海元并不觉得奇怪。从红军一路走过来的新四军，是军民一体的，老百姓会帮着他们，这个他有切身体会。他的新四军经历，一直让他念念不忘。

七

进入 1946 年后，时局越来越不利，万海元的团随师部一路进入河南境内后，就没有再回到湖北。一次，他们在大悟山围攻解放军的一个独立旅，试图切断其与外界的联系。由于军调处的反复调停，国军的进攻又暂停了下来，只得驻防在原地。当时，如果一方要调防，必须得预先通报，以免发生意外。这个阶段，话务员的工作相对少了火药味，有了点闲时间的万海元，加强了自己文化上的学习。他去镇上的书摊买了几本国民读本，这种图文并茂的书籍，吸引着他的阅读兴趣，一时间，让他忘记了战争的硝烟。中原的暂时安定，并不代表着国内的和平。听说在山海关外，东北的战斗打得很惨烈，守城的林彪部队面对围攻，最终还是撤出了四平、长春等已经占领的地区，往长白山等边境的深山老林退去。万海元不明白，本是同根生，为啥闹成这样呢！他想起了娘，离开她一年多了，不知她好不？他想向官长请假回家看看。

然而，时局就像天气那样说变就变。1947 年后，国民党蒋介石大举挑起内战，还占领了延安等地。黄河以北的刘伯承、邓小平部，实施战略突破，率十多万人在刚刚获得鲁西南战斗的胜利之后，过了黄河直扑皖、豫，到了大别山不见了踪影。万海元所在部接到师部命令随战区调防，战争形势一下子又紧张了起来。他取消了回家的念头，一心扑在了处理电讯上。战斗又打响了，解放军犹如天神下凡，在大别山各处冒出来，打到哪胜到哪，国军简直不堪一击，通讯连忙碌得也是硝烟四起。耿团长说真是见鬼了，以前只知道对方擅长游击战、运动战，现在竟然跳到国统区打起了攻坚战！解放军攻城略地，各个击破，国军尚未等到反应驰援，就被解决了。在抗战中立下赫赫战功的耿团长甚至说：“打日本人易，打共军难，共军走到哪里都有老百姓帮着，而国军得不到这样的待遇，打仗与百姓是两回事。”万海元听到这些，心里清楚，但说不出道理。

万海元所在部不时移防，好像是在躲着解放军。消息传来，湖北老家黄安、新洲、黄冈一线，被从大悟山里下来的解放军独立旅，配合大别山里转移出来的队伍攻了下来。浠水两岸的城市都解放了，国军的部队收缩到了武汉城里。襄阳等重地吃紧，解放军已经形成了包围圈。团部接到上峰指示回援湖北，耿团长带领部队，随师部及兄弟部队回防，试图对解放军实施反包围。这时，万海元的团部整编到了黄百韬麾下，扩编为美械旅，全旅换装。后勤处拉来了全套美式武器装备，山炮营更换成榴弹炮营，服装款式更加威武精神。万海元也配备了一支卡宾枪，这可比以前的汉阳造甚至三八大盖好使多了！打靶那天，一扣扳机，“哒哒哒……”一串子弹就飞向靶子，真是痛快。但武器对万海元来说只是防身的，在战场上，他只要确保电讯往来不出差错、及时报送旅长就是。如果真拎着枪冲上阵地，那全旅也就完了！但战争的阴云一直笼罩在部队上下，山东那边，国军整编七十四师三万人，在徐州剿总顾祝同长官指挥下寻找解放军决战，结果遭到陈毅、粟裕部队的合围，全军覆灭，名将张灵甫阵亡。消息传来，全旅震惊。不久，解放军又向济南合围，旅部随师部急调赴山东增援。从河南往山东，机械化部队一路在国统区急速前进，万海元他们通讯处设备与人员分乘了两大卡车。部队到达商丘后，马上又投入了新的战斗。

商丘处在河南、山东、江苏三省交界处，历来为兵家必争之地。解放战争期间，这里是国军重点占据防御的城市之一。万海元的部队到达后，除了协防守城，还随时准备支援山东危急的局面。

电讯室的收发音又热闹起来，已经升任通迅连副科长的万海元，紧盯着每一篇电文的信息。华东野战军从江苏转战山东后，又包围了济南。王耀武的守城部队情势一天比一天危急。而在此时，消息传来，东北的国军与林彪的部队打得难解难分，战局大为不利。全旅上下都弥漫着不祥的阴云。如果济南失守，那整个山东地区都有可能不保。驻防徐州地区的第七兵团司令长官黄百韬得到上峰命令，要求兵团各部准备与兄弟兵团一起集结前往救援。万海元接到师部电令后，马上直送耿旅长。

耿旅长一看电令，知道事态严重，立马召开了作战会议。济南有十二万国军守城，解放军此次围城决战，聚集了华野的精锐，大有非夺下城池不可的态势。旅部须随师部做好驰援作战的各项准备，待兵团主力从徐州地区北上时，从商丘出发并进，向山东地区拉网式扫荡。万海元想："自己被拉壮丁加入国军以来，就犹如绑在了战车上了，从前的八路军、新四军好像'越打越多'，现在称作了人民解放军，但国军内部仍叫他们共军。不管什么称呼，老百姓就是愿意当人家的兵，所以他们部队的人越来越多。有几次他想开小差离开旅部，但又想身处内战之中，去哪儿呢？过去的新四军部队早已不知到了哪了。"他想回老家去，但是，真要离开旅部也并不容易。往往，他想着想着就睡着了。

八

万海元的部队集结还没完成，济南城就破了，守城的十二万国军，两万人投诚了华野解放军，其余大部被击毙，长官王耀武都成了俘虏。上头为挽救危局，部队大整编。国军成立了第七兵团，隶属徐州剿总指挥，黄百韬升任司令长官，有十二万兵力。耿旅长的部队也编入了七兵团升格为师，调防到离徐州五十公里远的碾庄驻防，直接拱卫兵团司令部。当然，万海元也成了离兵团司令部非常近的通讯处科长。

1948 年 10 月，徐州及周边地区仍然控制在国军手里，剿总司令刘峙所辖三个兵团及邱清泉、李弥等几个机动兵团合起来有八十万人马。蒋介石意识到，这个地区的战略位置十分重要，丢掉这些地方就等于敞开了长江以北的大门，首都南京及江南地区就保不住了。而黄百韬兵团防守的碾庄，是徐州的东大门，它北通海州、直达胶东半岛；南控江淮、虎视江淮平原大片的解放区。因此战略位置非常重要。万海元所属的耿师长部，在抗日期间是威名远扬的。凭着耿师长的血性，他的兵都个个似虎狼，打得鬼子闻风丧胆。但内战烽起后，部队从湖北到河南再转战江苏，虽与共产党的部队打过几场仗，但都是协同作战，并没担任主战任务。不知是耿师长是有意回避，还是战机不好。

万海元预见到，这次情形不比以往了，一场大决战可能一触即发。上面让耿师长拱卫兵团司令部的门户，是看重他在抗日时的战绩，责任重大。战争爆发的前夜，战场显得格外宁静，部队以逸待劳，作着大战前的各项准备。万海元既平静又紧张，平静的是他在地下掩所里只要处理好各类电讯就是；紧张的是两军决战，自己万一牺牲了，想想家里老娘孤单一人，想想自己参加新四军的那些日子……后来，他干脆不去想了，听天由命吧！

对于这次战役，共产党和解放军这边叫淮海战役，而国民党方将其称作徐蚌会战。双方都把此战当作了一决胜负的大决战。共产党这边，华东、中原、山东等地的解放军，在刘、邓、陈、粟等人组成的前敌委员会领导下，率领六十万子弟兵，向国民党部队驻守的以徐州、海州（连云港）、蚌埠、商丘等中心城市为核心的地区作战略包围，并适时发动战役，彻底消灭国民党有生力量。国民党方面，以徐州剿总司令刘峙，副司令杜聿明，兵团司令黄百韬、邱清泉、李弥等为核心，辖八十万兵马与之作战略决战。

置身于这样恢宏、广阔的战争决战场景中，万海元由然心生一种悲壮的气概。这种悲壮，是一个军人向死而生的悲壮。他知道，自己如果战死了很不值。换作以前，与日本人作战，多打死几个鬼子，牺牲了也是够本的。面对现在，他总是抱着侥幸的心理，他想，通讯处完蛋了，全师也就全完了。眼下，部队严阵以待，修筑工事，防范着山东、江苏方向的解放军。

徐州地区系江淮平原，军事决战无险可依。时值秋冬季节，来自北方的寒流荡涤着大地。万海元与士兵们一起挖战壕、修掩体。碾庄是一个地势低洼，只有 200 来户人家的村庄，处于战区司令部所在地徐州的东面。自从黄百韬兵团集结此地后，原来无名的小村庄，变成了一个大本营。此时的碾庄，除了兵团司令部，警卫营、通信营、工兵营、战防炮营、重炮营、野炮营、汽车大队、医疗队，还有各军留守人员，人马拥挤。因此，保住了碾庄，也就是保住了兵团十二万人马的中枢神经、守住了徐州的东大门。

战争总是在突然间打响的。11 月 7 日凌晨，还在熟睡中的万海元被突如其来的密集炮火惊醒，地下工事被震得直掉泥土。十分钟炮火覆盖后，枪声大作。解放军的冲锋开始了，杀喊的声音远远传来，此起彼伏。地面工事也被加农榴弹炮强大的爆炸力摧毁了。碾庄地区本来无险可守，战壕工事与战略物资、弹药等都堆集在一起，弹药库被引爆后引发的连环爆炸，瞬间吞噬了大量的国军士兵。外壕是一条河，河岸的防御工事摧毁后，大批解放军涉河而渡。万海元所在师的战斗力很强，在耿师长组织指挥下，防守战打得十分惨烈，双方的士兵都战死不少。军部来电要求收缩阵地，保卫碾庄核心地区黄百韬司令部。耿师长马上命令，全师所剩兵力向兵团司令部靠拢。万海元通讯处则在师部警卫营保护下随耿师长一起后撤。

这场平原上的白热化战争，打得万海元他们手忙脚乱。电话线不时被炸断，放出去架线接线的电话兵，有的出去了没有回来，收发报室里的电讯信号与报务员的声音响成一片。通讯处原来有一个班的人，现在去掉负伤的、死亡的，只剩几个人了，万海元又干起了报务工作。

黄百韬的司令部设在庄上一个大户人家的大院里，耿师长率领余部守卫在庄前的一道水沟后面，沟前约 200 米是开阔地，所有的土地都用来构建了防御工事。保卫司令部的官兵尚有万余人，拥挤在一起。大家似乎都意识到了战争的无望，和末日的到来。耿师长召集残部召开最后决战前动员会议，万海元作为通讯处的负责人也参加。耿师长说："各位，战斗到了最后关头了，我们为党国尽忠的时刻到了！我们的部队组建于抗战时期，从打日本开始很少吃败仗，内战以后，我们一路从湖北打到河南、安徽及至江苏，人是越打越少。看来，碾庄就是我们的葬身之地，军人以执行命令为天职，保卫兵团司令部，人在阵地在。但现在，我们缺粮食、缺寒衣、缺弹药，共军的包围圈越来越小了，他们人多得像蚂蚁，冲锋起来像发了疯，挡不住，挡不住啊！可挡不住也要挡！趁着他们还没有合围，大家给家里人留个字吧。"万海元不想写什么，他想留了也没用，老娘远在千里，自己死了也不会来收尸的。他想想自己有点怨，自从被当了国军，干的是通讯兵，整天窝在坑道里与电线电话电台打交道，同处战场，新四军八路军都没见着一个呢，不要说打枪了，发给他的枪一直挂在墙上，像是装饰。

回到通讯处，他对手下剩余的几个兵说，兄弟们，你们想留字的留点字吧，以后设法交给你们家人。说罢，他们面面相觑，无动于衷。

战斗打响了，解放军的强大炮火震得地动山摇。师部连结军部的几条电话线又有中断了，万海元派出两人出去接线，结果都没有回来。他只好操起一部电台与军部联络。外面，枪炮声爆炸声大作，耿师长亲自到前沿阵地指挥战斗。解放军被阻挡在小河对岸，一时无法突破阵地。耿师长瞭望着前方黑压压的解放军士兵，一面喃喃自语，这仗怎么打啊！面对强大的对手，他觉得最后的时刻来临了。乘着战斗间隙，他召集旅、团长作了最后一次部署。末了，他对他们说，你们一路跟着我而来，现在到了生死时刻，各位好自为之吧！说罢头也不回走回了师部作战室。

爆炸声又响起，解放军似乎调集了所有的火炮，对国军阵地进行了全覆盖轰击，地面阵地上的士兵被炸得粉身碎骨。有一发炮弹直接命中了师部掩蔽所，参谋、官长死伤了大半。耿师长命大，被身旁的两个参谋扑在身子底下，只擦伤了点皮。而万海元的两个通讯兵也被炸死了，通讯设备也被炸坏，仅保住了一部电台。耿师长让万海元接通军部，他向军长保证，人在师在，战至最后，誓与阵地共存亡！说罢，操起一把卡宾枪，向坑道口冲去。

冲出坑道，耿师长看到的，是战争的残酷无情。阵地上士兵的尸体堆积遍野，天寒地冻的大地上，白的雪已经被士兵的鲜血染红，与黑色的泥土掺杂在一起。远处，随着冲锋号声起，排山倒海的呐喊声和蜂拥的黑压压一片的身影涌过来了，抵抗的枪声似乎已经停止，剩下的士兵纷纷举手投降。他连举卡宾枪的意志都没有了，返回了坑道，对眼前的万海元及参谋长说了一声完了，就点了根烟。整个世界似乎静止了下来，他们三个人反而平静了，等待着命运的交割。万海元走动了一下，活动活动酸痛的双腿。由于入冬以来经常窝在坑道内，受寒气侵袭，他的腿关节疼痛得厉害。在潮湿的地下工事，引发了影响他一生，甚至有伤性命的类风湿性关节炎。

他走到坑道口，刚探头想张望，不料冲进来一队身穿黄布衣、头戴红星帽的战士，他们举枪对着万海元他们大喊“缴枪不杀！”万海元一愣，傻在那里。他本来就没带枪，耿师长和参谋长平静地把佩枪交给了上前的战士。他们三个人被解放军押着走出坑道，来到一个稍为空旷的集合处，进行了战俘登记。一个军官模样的人说，人民解放军优待俘虏，你们愿意留下的马上换衣服当解放军，不愿意的发你们路费回家。

万海元心想，当年当新四军时被老娘喊回家后，又被拉壮丁当了国军，心里一直不爽呢。他听了马上说，我要当解放军！我是通讯兵出身，懂得设备。解放军的那个军官一听，说太好了，问，你是哪里人？万海元说是湖北黄安人。那军官一惊，说，老乡呀。马上让万海元换衣服去！就这样，二十岁的万海元终于回到了人民军队的怀抱，当上了中国人民解放军，被分配到第三野战军二十七军七十九师二三五团三营七连，干起了熟悉的老本行报务员。而耿师长他们则提出回家当个农民种地，参加完学习班后，耿师长回到了湖北武汉老家，直到六十年代中期，万海元最后一次回乡两人相聚，之后不知所终。

直到被俘，万海元他们才知道，第七兵团已经全军覆灭，司令黄百韬也战死了。耿师长不觉悲从中来，他所拱卫的兵团司令部都被一窝端了，十二万人坚守碾庄圩打了十二天，天气寒冷，缺衣少食又缺弹药，也得不到老百姓的帮助，这仗打得好窝囊，不失败才怪。

解放军都要参加学习班，指导员知道万海元是非战斗人员，手上没有沾过人民的鲜血，而且还当过新四军，只让他学习了两天就下了连队。他一边参加部队的短期休整，一边熟悉解放军的管理体系，参加军事训练。很快，他熟悉了人民军队新型的管理制度，他如鱼得水，仿佛又回到了新四军时期的部队生活。

九

一天早晨，指导员找到他，说万海元同志，华野成立海军了，要抽调一批技术骨干去，我们考虑到你有无线电通讯的技术经验，决定把你调去当第一代人民海军！万海元听后十分高兴，一个敬礼，说感谢首长。

华野海军司令部设在泰州白马庙，这是一个有 1800 多年历史的古寺，幽深的寺庙内古树参天。万海元到一处清代的小楼里报到后，被分配到海军通讯处工作，时在 1949 年 4 月下旬。说是海军司令部，其实人就十几个人，但下面有四千多官兵，主要由人民解放军部队和国民党起义海军组成。林遵起义的三十多艘军舰，停靠在港湾里，不多久就开出去训练了。司令部其实也是渡江战役指挥部，三野代司令粟裕他们也在这栋楼里办公，万海元有幸每天见到他们。海军司令张爱萍的办公室兼卧室就在粟裕隔壁。初创时期的海军司令部主要负责制订发展规划、处理协调关系，以及扩充自身实力。万海元工作的通讯处设在小楼边上的几间平房里，他面对熟悉的通讯设备，听着滴滴答答的报务机的声音，感到了生命涅槃重生的欢欣。刚组建的通讯处有六个人，就他一个是解放兵，但战友们并没有把他当外人。在人民解放军的队伍里，有不少都是原国军军官和士兵，但在经过教育感化后，他们都成了人民子弟兵的一员。万海元无疑是幸运的，他在海军司令部首长身边工作，经常能见到在同一院子里办公的华野首长。能见得到这些人物，是他以前想都不敢想的。

同样是通讯处，海军与陆军没多大区别。岸上指挥部除了与有限的舰艇保持时刻联系，还要对征集来改造后的那些较大的民船，进行通信测试。另外，指挥部还在培训通信兵，尽快让他们掌握通讯技术。所有的一切，都是为了打过长江去，解放全中国！

从地域概念上说，泰州离长江还是有不少距离的。但从战略上来说，足够的纵深便于隐蔽部队。内河及交通的便利，让指挥中枢把海军的概念定位在为眼下战争服务上，也就是把部队送过长江去。因此，征用民船就成了首要的任务。一时间，通讯处忙碌的电讯就是不断传递征船政策，统计征用信息、数量，以及配置操练等。

长江天险江阴段并不宽阔，但水流湍急，如若过江，必须掌握江水的流速、天气条件和渡船行船的技巧。这些，经常出没江中的老船工都知道，但部队大规模地渡江，除了需要许多渡船，还要有会掌舵的人。一时间，渡江指挥部就成了训练基地的指挥中心，江湖河汊，都成了练兵场，云集着大大小小的木船。万海元忙得不可开交，他的任务是与同伴一起，一组一组配置电台报务，培训报务人员。一旦渡江战役打响，人民解放军将冒着敌人的炮火和枪林弹雨千船齐发，百舸争流，部队就得靠通讯报话系统保持联络。在这次调度配置工作中，万海元充分发挥了他掌握的电讯技术，与通讯处的一帮同志们一起，保证了渡江战役通讯联络的畅通。

江阴是长江边的一座小城，渡江战役胜利后，万海元也随海军司令部渡过长江，在江阴城中一座资本家遗留的洋楼安营扎寨。到了江阴，华东海军也更名为中国人民解放军海军，司令部真正成为指挥全国海军的大本营。一个刚刚解放的城市，社会治安还十分严峻。国民党敌特活动十分猖獗。那天，万海元正在机要处处理事务，忽听外面两声枪响，接着就是一阵人语声和杂乱的脚步声。他也跟着跑出去，发现门口站岗的两个哨兵已经倒在了血泊中。这是国民党特务用狙击步枪远距离枪击，试图通过袭扰涣散人心。司令部马上让地方公安展开搜索，并设置岗亭加强防范。针对解放区的敌特活动，我军早有防范，之后利用缴获的侦听车进行巡逻侦查，破获了多起江阴城里敌特的地下电台。而侦听设备的管理、护养维修，也是万海元所属部门的工作之一。

江阴要塞起义部队调防了，海军接管了要塞。万海元也随之调防进了黄山炮台。临江而据的黄山，西衔鹅鼻山、君山。东接萧山、长山、巫山，循江逶迤达十公里。它是长江下游入海口的唯一自然屏障，形成“枕山负水”“水环峦拱”的天堑之势。清同治、光绪年间，为防外舰入侵，特在此增筑炮台，使之成为中外闻名的江阴要塞。渡江战役期间，江阴段如果没有要塞部队的起义，国民党军凭借着这十里长江天险，一定会给人民解放军造成巨大损失。万海元在要塞的工作，是按照人民军队的管理体系，重新调配各项通讯系统，既要防范下游敌方舰船的进犯，又要确保长江航运的安全畅通，以及江南江北解放区之间的联系。

1950年元旦，万海元在宿舍的煤油灯下极其郑重地写下了入党申请书。他回顾了过去，自己从一个放牛娃到参加新四军，到被抓壮丁当国军的过程，特别是从他的自身经历出发，将淮海战役中人民解放军的气概和战斗精神，以及国军的不堪打击、士气低落作了比较，并谈了对此的体会。参加人民解放军和到了海军部队后，他更深切地感受到了人民军队的风范。他申请加入中国共产党，如能成为一名光荣的共产党员将是一生的骄傲。他希望党组织考察他、吸收他，如果能够入党，他将把一生交给党，做一个合格、优秀的党员。他把入党申请书交给了政委，政委郑重其事地与他谈话，对他说，你的家乡黄安是中国革命的老区和摇篮，根子正。你虽然被拉壮丁当过短时间国民党兵，但双手没有沾上我们的血。新中国成立后，你算是回归了革命队伍，很努力为解放全中国贡献了自己的力量，希望你接受组织的考验。

万海元永远不能忘记那一天面对党旗的庄严宣誓，他感到自己的人生充满了一片阳光，他觉得那是他的新生。他工作更加勤奋了，他从海军通讯处的一个通讯兵，升任班长。他们班十二个人，担负着江阴沿长江江防通讯设备的维护和管理这个光荣而艰巨的任务，这让万海元下定决心，一定要体现自己的人生价值。他觉得自己的知识越来越不够使用了，成立不久的江阴新华书店，便成了他休息天常去的地方。怀着十分新奇，第一次踏进这家门面不大的书店时，万海元的感受就像一条小船驶进了港湾。当年参加新四军识字班后，几年来靠着自习摸索识了一些字。当国军时，闲暇时光也读过一些初级国民读本。知识对于他来说，越来越不够用了。店堂里陈列的那些书，他只翻了一下就放回到了书架上。看不懂、读不懂啊！突然，一本初级语文课本吸引了他，他翻开目录，打开内页，翻读了片刻，觉得大致能够阅读。那些有故事有情节的简单叙述，增加了他的阅读兴趣。他买了一套回去，晚上从第一册开始学习起来。不懂的地方记录下来，第二天找宣传处的文书请教，一册学习完后再读第二册时，轻松了许多。那是1950年出版发行的文化基础课本，图文并茂，通俗易懂。通过学习这套书，万海元的识字能力和文化阅读理解水平大大提高了。

十

渡江战役后，江南各县市的国军闻风而逃。人民解放军乘胜追击，肃清周围城市的残敌和流匪，向上海合围。1949年4月27日，古城常熟、苏州等相继解放。5月27日，上海解放。江阴的人民海军司令部随之迁往上海。万海元则留在江阴，继续负责黄山炮台及江防的通讯技术。一转眼，1952年的春节过后，组织上提拔他当了副排长，并告诉他，上海解放后，百废待兴，作为一座世界级的国际都市，缺少许多德才兼备的干部和人才。你虽是解放干部，但出身贫苦，要求进步，而且业务精通，组织上决定把你送到离江阴不远的古城常熟，参加部队速成中学的学习培训，结业后派到解放了的城市去工作。

万海元听后差点跳了起来！从湖北老区放牛娃长大的他，做梦都没有想到自己会进学校读书，以前只是参加了扫盲班、识字班，加上自己平时粗略的自学，稍微懂了点文化而已。由于兴奋，他晚上睡不着觉，来到长江边，坐在岩石上望着黑魆魆的江面，过往无数的镜头纷至沓来。他觉得自己人生新的分水岭即将到来。可以说，淮海战场是改变他人生的第一道分水岭，让他获得了新生，那这一次将会带给自己什么呢？

过了两天，他和另外两名江阴部队的战士，搭上了部队安排的军车往常熟城而去。

当万海元他们踏进常熟城时，常熟已经解放了一年多。那环山而筑、沿着护城河高耸逶迤的明代城墙，着实让他惊叹！这让他想起了家乡黄安城的城墙，它们同样威武壮观。只是，常熟的依山而筑，更加宽广，并多了一些江南的婉约与清秀。

部队成立速成中学，无论从师资还是教育场所，在江南这座城市都十分便利。历来崇文重教的常熟，有五千多年的历史文化底蕴，从崧泽、良渚文化，到泰伯、仲雍让国南来孕育发展吴文化，及至“孔门十哲”言子的传道，唐代之后更是学风蔚然。到了民国时期，常熟文化也随着时代发展，西风东渐，文开古今，文化普及的形式多种多样，新式学校的开办，几乎与上海等近代民族工业发达地区同步。到了常熟解放时，已有多所分门别类的教育机构。因此，速成中学的师资有部队领导、当地教员、解放的旧职人员等。他们的班级设在虞山南麓的城隍庙里，课程设有政治、文化、城市经济管理等。万海元觉得非常新奇，他学到了从未学到的知识。白天，他非常认真地记着笔记，对不懂的地方，做着记号。夜晚，他在宿舍里就着煤油灯复习白天的课程，记着心得笔记，加深掌握学到的知识。他立志，要做一个新中国建设的有用人才。

休息天的城隍庙既是人们烧香敬神的地方，又是商品买卖的集市。热闹的市声吸引着万海元，使他融入其中，感受着和平和安宁。周边的民居粉墙黑瓦，连片无边。一条条弯弯曲曲的小巷，都有着好听新奇的名字——青果巷、白虎弄、含晖阁、子游巷……它们都通向城市的深处，与河道相连。他经常走进这些老街小巷中，体会着它们的气息，感受着这个城市深厚的文化历史底蕴。他向百姓询问着这里的过往今来，古城人们的平和与善良，都会让他对这个城市陡增热爱。

一转眼，临近 1952 年末了，大半年的速成班学习期满。万海元作为工农兵干部，被转业派到上海房地产局工作。前来选调干部的华东局领导向他宣布这个消息时，他一时惊呆了，竟有些不敢相信是真的，觉得是否听错了！是的，他有些耳背，那是在淮海战役中被炮火震聋了的。当首长又大声说明了一遍后，他才确信这是真切的。自己的人生将要与上海结缘了，他不知道怎么告别了首长，走出谈话的会议室的。眼前映过的都是湖北家乡的影子，还有母亲的身影……

上海解放接收后，房地产管理工作用的大都是旧职人员。1952 年 9 月，市地政局与公共房屋管理处合并，改组成立了上海市房地产管理局。之后，上级要求工农干部进入城市的管理机构，团结旧职人员，在实践中提高管理水平。报到那天，局领导问万海元是做行政工作还是搞技术？他不假思索地说，做技术工作！ 技术工作是他的老行当，驾轻就熟。上海虽然已经解放三年了，但全城通讯系统的建设还相对迟缓。百废待兴中的上海要恢复的事情很多，而各项管理人才的缺乏，是摆在眼前的主要问题。就房地产局而言，要管理偌大一个上海城的房产并非易事，新中国成立后的房屋所有权结构起了很大变化，包括了平民百姓的，没收资本家、地主买办的，旧政府所有的，临解放时举家出逃后成为“空巢”的，等等。局领导要求万海元本着“为生产、为劳动人民服务”的房屋管理方针，尽快建立健全局系统的通讯管理体系，以做到及时上情下达，加强全城模块管理、提高贯彻执行效率。万海元随即边设计布局，边选调人员，组织系统班子开始培训。不久，设备到齐、电话总机房建立，下属各区域也分别建立了通讯系统。这些工作，花费了半年多的时间。万海元为加强整个房地产管理局的管理做出了贡献，受到了上级的表彰。

万海元有假期啦！局领导批准他探亲休假十天。即刻，他就着手准备回湖北老家，探望一别六年的母亲和那里魂牵梦绕的山山水水。由于音讯不通，不知在新洲的母亲可好？虽然解放两年多了，好想回家去看看。但一直忙于工作，实在抽不出身来。上海到武汉，十六浦码头有客轮溯江而上。房地产局的办公楼就在新中国成立前的法租界，去外滩轮船码头比较近。他买好后天的船票，兴奋得两夜都没睡好。

江轮拉了几声汽笛离开了码头，驶过黄浦江直达长江。从上海到武汉，逆流而上，需要三日三夜到达。一路上，万海元一直处在兴奋、好奇的心情中。因为革命，他从一个放牛娃成了上海的管理者。他想，母亲要是知道她会有多高兴啊！他观看着沿途两岸的风景，体会着人生二十多年来从未有过的放松与休闲。当船进入江阴段时，他望着苏南苏北的大地，百感交集。想起苏北平原上的重生涅槃，苏南水乡中的成长跃升，直至进入上海工作，他的眼睛有点湿润了。江阴江边的那座小山也叫黄山，是他的部队接收了国民党起义官兵后战斗、工作过三年的地方。从江上认真眺望江南还是第一次，渡江战役时根本顾不上看风景，只想打过长江去，解放全中国。这黄山很小，却是扼守江南的一道屏障，也是他俯视江水思念家乡的制高地。江轮一路过了镇江、南京段后，原本开阔的长江下游平原江岸，有了丘陵山势。单调的江面变得丰富了起来，回家的路上少了许多寂寞。

江轮到九江，喇叭里传来女播音员甜美的声音，听她介绍，万海元知道了九江这个城市古代叫浔阳，因此，长江流经这里的一段叫作浔阳江。唐代大诗人白居易的《琵琶行》写的就是这里："浔阳江头夜送客，枫叶荻花秋瑟瑟……"万海元忽然觉得自己学到的知识真是太少了，回到上海一定要多读点书。广播里又在介绍庐山的风景，这是万海元第一次留心一个城市的景色。战争年代东奔西走，根本顾不上那些山山水水。即使在农村做放牛娃童孩子，也只想的是吃饱肚子不挨饿这个活命的第一要务。渡江战役时，万海元只知道我军的战线是东起江阴、西至九江，精神都在怎样完成上级下达的任务上，哪知道什么白居易、庐山呀！他想，以后讨了老婆，除了带她回湖北老家看看，一定还要去庐山玩耍。

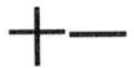

十一

临近傍晚，船到了武汉码头。早在被抓壮丁前，万海元就跟着母亲到省城武汉的李姓堂兄家玩过，看过长江和汉水，也到码头看过江轮。那时，怎么也不曾想到会坐上江轮一路而行。走到岸上，万海元径往汉口亲戚家走去。他先要在武汉落脚一夜，第二天再去新洲找母亲。他要去寻找八岁到十七岁的踪迹和身影，以及难忘的人生记忆。

黄安去年改名叫红安了，这是因为作为老革命根据地，黄安县走上革命道路，并成为人民解放军指挥员的人太多啦！万海元一直把自己当作红安人，因为红安不单是他出生并度过孩童时期的地方，更是他在十五岁时当过新四军的地方。要不是母亲放不下他，他的人生轨迹也将改写了。

从武汉到新洲有公共汽车，不消两个小时就到了。下了车，他沿着一条熟悉的土路走过一方水塘，来到三间灰瓦房前。他对着掩着的门喊着："娘！娘！"随着门"吱呀"一声打开，他看到他的娘头发花白，面容苍老了许多。他大声喊了一声"娘……"就扑通一声跪了下去。刘翠莲见到长得英俊帅气的儿子回来了，喊了一声儿啊！接着紧紧抱住儿子，眼泪哗哗地流了下来。分别六年，音讯全无。儿子的突然出现，让刘翠莲不知所措。她恍如梦中，喃喃自语地说，那年保长只是说你被征去当兵了，有饷有粮，你走了怎么又不说一声啊！这一走就是六年了，害得我每天提心吊胆睡不着觉。万海元不觉也流下泪来，对娘说："娘啊，我是被抓着走的啊，他们说会告知你的啊。"

"好了好了，快屋里去，屋里去。"刘翠莲开心地抹着眼泪，拉着儿子进了屋。乡邻听见童孩子回来了，都围着看他。万海元掏出上海的水果糖分发给大家，众人不知是什么，只是紧紧攥在手里。

次日，他先去杨平庙看了自己跟着继父打工过的杂货店，就是在这里，他最初接触了新四军的采粮队员，从而产生了投奔新四军的想法。然而，他看到的结果十分失望，原来的房子已经在内战中炸为废墟，现在依旧是断墙残壁地夹杂在零乱的街道上。

继父万老倌病逝后，母亲在万家就断了根系，不久就回了娘家刘胜凹。至于万老倌的财产，母亲留给了他的儿子，也就是万海元少年时看见的那个骑着高头大马回家的国军营长阿哥。他决定要去看一看已经弃军在家的这个哥哥。

从镇上走到继父的家不怎么远，那是他少年时期每天走的路。一路上他在想，自从上次阿哥随国军部队撤离武汉，转战抗日战场后，就断了联系，至今已有七年不见了。阿哥怎么会离开部队的呢？他当初毕竟是国军营长啊！带着许多疑问，万海元来到了继父万老倌当年盖的房子门口。屋里有两个小孩正在玩耍，一个二三岁，一个六七岁。听到门响，他俩停止了吵闹，好奇地盯着万海元。

万海元知道这是阿哥的两个儿子，也就是他的侄子，就问你们爹妈呢？大一点的说种地去了。等他们回来的功夫，万海元搬了条凳子在外面场上坐下，脑海里全是自己少年时的身影。他简直不敢想象自己竟然活着回来了，而且还进了上海工作。他也感恩万老倌养育了他，带他认识了共产党的队伍。正在七想八想的时候，阿哥回来了，他一下子就认出了万海元，两人开心地拥抱在一起。他告诉万海元，渡江战役时他们部队驻守武汉江防，经不住解放军渡江部队的横渡攻击，防线失守前，他们在长官的带领下闻风而逃了。后来，部队在浙江沿海布防，准备撤至台湾。登记时，他因老家有妻子及两个幼年的儿子，而决定回乡务农。就这样，阿哥离开了他的部队回到了老家新洲，与日夜盼他回来的妻子日出而作、日入而息，日子过得太平宁静。但他未曾想到，几年以后他就大难临头，妻子撇下了两个未成年的孩子投河而死，孩子成了流浪儿，历尽了磨难……这是后话。

这一夜，兄弟俩睡在一起，聊了好多好多的话题，自此别后，再一次相见，已经是二十多年以后的事了……

十二

万海元决意去出生地红安老家寨坡脚去看看。

一早，他走出家门，乘船渡过了倒水河。他永远忘不了十五岁那年投奔新四军过河而去的情景。而今天，他是荣归故里，周围的一切显得那么平静，快乐的心情只有自己知道。在上海，他听民政部门的同志讲，老家红安参加解放军的人，出了好多师军级以上的首长。他当时就想，如果当初一直在新四军的队伍里战斗，或许也会成长为一个指挥员。然而，他觉得人的命运真的不能够全由自己来决定。他庆幸自己淮海战役后得到了党的培养，一路成长并进入了上海。过了倒水河，他先到了不怎么远的八里湾，这是他当年寻找新四军参军的地方，也是留下他一生情结的地方。短短几个月的新四军生活、战斗烙印，是他生命中最风光的骄傲和亮丽的风景。所以，他看到这里的山山水水都是十分亲切的。部队驻扎过的地方已建起了民房，它们矗立在山坡间，享受着和平与宁静。闲散的老人们打量着他，他只是对他们笑笑，他不想惊扰他们，他还要去太平乡寨坡脚村寻找儿时的梦。他走了一个多小时，踏进了镇上的那条街，那年与伙伴相聚的小酒馆还在，站在门口，他张望着空荡荡的店堂，他一直牵挂的那几个参加了新四军的儿时伙伴三娃子、老四、小泥鳅，自从在此别后就再没有了联系。抗战的烽火、解放战争的硝烟，有没有把他们吞没？命运让各人走上自己的道路，他多想与他们再次相遇！万海元庆幸自己在淮海战场上走向了光明，这是生命的涅槃。由此，他像游子重回母亲的怀抱，沿着敞亮的道路走向人生的辉煌。

熟悉的乡音传入他耳际，他觉得一阵激动。他沿着乡道走进寨坡脚村庄，重拾起了儿时的记忆。人就是这样，不管走多远，故乡永远是牵挂一生的情结。绿色的山包，起伏的村道，土墙与砖瓦房相间的房屋，都有他难忘的影子。人们打量着村里来的这个精神抖擞又东张西望的年轻人，他逢见老人，就喊着爹爹好、婆婆好，与他们打招呼。他们的笑颜，就像漾在他心底的浪花。走过那个李家大祠堂，他见里面有几个婆婆在做针线，还有几个小孩在玩耍。他走进去掏出兜里的水果糖，喊道伢子来，来吃糖！小孩们先是一愣，然后拥过来取那花花绿绿糖纸包的糖。婆婆们见着这一切，停了手里的针线，问他你是谁家的男的？

他回答她们，说我就是这里的男的呀！以前我家就在这附近，我姆妈叫刘翠莲。呀，翠莲家的伢子呀？这不是童孩子吗！长俊朗了啊！你们去新洲这么多年了，都断音讯了。

“是呢是呢婆婆，离开这里十五年了呢！”万海元不无感慨地回答。

从八岁随母亲改嫁到了新洲万家，他在红安的李姓就变成万姓了。但姓对他来说并不重要，童孩子的称呼才是最真切的，这是血液里流淌的源，接的是这寨坡脚的地气。他也掏了些水果糖给婆婆们吃，甜着呢，甜着呢！婆婆们吃着水果糖赞不绝口，万海元觉得整个祠堂都亮了。

在离祠堂不远的山坳坳里，他看见了他家的老屋。这是那年随国军部队离开黄安城前回来见过后，第二次与老屋相见。七年不见，屋更显破败了。里面走出了一个老者，他迎上去喊他伯伯，我是童孩子。那人一愣，童孩子？你就是翠莲带走的童孩子？呀长俊伢子啦！快进屋，快进屋。

在交谈中，万海元知道老人是他的亲伯父，那年随母亲改嫁后，房子就成了他们李家共同的财产。万海元无意去争这房子，他只是来重拾儿时的梦而已。他告诉老人他已在上海立足，一切都很好，这次回来只是看看老家。老人告诉他，子女出去种田打工去了。他们聊了一会儿家常，他留了地址电话给老人，就起身告辞了，自此以后，他再也没有机会回来过……

十三

万海元处对象了！姑娘是常熟城里的纺织女工，这是在常熟学习时，一起打乒乓球的朋友做的媒，见面相约在国庆假期，10 月 2 日晚上的虞山公园内。他提前一天从上海坐班车到常熟，一路上心里有些小激动。他喜欢上海，但也喜欢常熟。常熟是他见到的第一座江南古城，它宁静安详，高高的城墙、粉墙黑瓦的小巷、城内城外流淌着一条条小河，河两岸相连着的民居……都充满着江南的灵秀与美好。如果工作在上海、安家在常熟，那是多么幸福的事情啊！他就这么想着，车窗外闪过的沪宜公路两边的风景也变得十分亲切。一百公里的路程，汽车在南翔、嘉定、太仓等车站一路停靠着，上下客人，到常熟车站已接近傍晚。他走过古色古香的南门坛上，在一处点心摊，吃了一碗喜欢的绉纱小馄饨和两个鲜肉汤团，便进了翼京城门，在朋友家住下。

第二天早上，他先去了不远处曾经读书过的城隍庙。国庆节的城隍庙人特别多，摊贩和逛摊的人相互拥挤着。万海元穿行在人群中，心里想着在这里读速成中学的情景。一晃两年过去了，在上海的这两年，他变得老成了，一心都扑在工作上。回到湖北老家后，特别是与阿哥的一番交流长谈，让他更变得成熟并小心翼翼。他需要一个朴实能干、温暖自己、与自己共担命运的妻子。两人一起操持家业、养儿育女，将他们培养成人，甚至光宗耀祖。就这样想着，万海元来到了以前的校舍。几棵高大雪松树掩映下的那两幢两层楼民国建筑，宁静地矗立在虞山脚下，与前院的嘈杂形成了鲜明的对照。原来的教室已经变成了县机关办公室，他张望了一下，盯着二楼的那间曾经坐过将近一年的教室看了一会儿，学习时的许多情景都呈现在眼前。他恋恋不舍地离开这里，沿着虞山的登山步道，登上辛峰亭，望着山下的整个常熟城，以及两个闪着阳光的湖泊，他觉得他的灵魂有了安放的地方。

晚上，做媒的朋友带他按时来到了虞山公园。这公园地处城北，依山而建，自 1936 年建成起就是一个没有围墙的公园。

一位姑娘已经站在路边的树林里。介绍人同时是姑娘的扫盲老师，他介绍说姑娘姓钱，今年十九岁，家庭贫农，十一岁时就在本县一家织布厂当童工，现在是该厂唯一的一个中共党员，也是厂团支部书记。工厂是从新中国成立前过来的，老板从资本家变成了工商业者，县里派驻的工宣队十分看好要求进步的小钱，工余安排的社会活动很多，所以才晚上见面。小钱听着他的介绍，有点不好意思地低着头，而万海元心里对她十分满意，他觉得小钱政治上可靠，人也看上去活泼精干，必定是持家的好手。他们边聊边沿着公园的山道走了一会儿才分别，临走，万海元给了她上海局里的电话，就这样，他们两地恋爱了两年，到 1955 年的劳动节，才举行了简朴的婚礼，之后育有三个女儿和一个儿子。到了 1967 年冬天，万海元回湖北新洲与母亲过完春节，把家里值钱的东西都送给了乡邻，接母亲到了常熟，养老送终。因他有在国军的经历，人生经历了十年颠簸，终于等到云开日出，又忙于工作，一直无暇再回湖北老家看看，原想离休了再回去拾取遗落在故乡的梦，未料战争年代落下的旧疾病根，和特殊年代的摧残，在他离休一年后突然夺走了他的生命。临别人世时，他贴身的口袋里还一直装着回乡的盘缠——七百元人民币。

作为他的二女婿，直到他去世，才听丈母娘钱育保在他的灵前，讲出了他生前从未在我们面前提及的，那段当国民党兵的经历。

十四

2019 年 10 月，也就是万海元离世二十八年后，他的妻子、已经八十五岁高龄的钱育保，想去丈夫的湖北老家看看，这是她一直未了的心愿，也是为万海元了却遗愿。她把想法一提出来，子女马上支持，三个女儿决定陪同前往。他们的儿子因十多年前已经独去寻根过，在父亲亲友的帮助下，找到了万海元在红安的族谱及几处故地，回来后还把大伯也就是他父亲那个历经磨难的哥哥的孙子接到了常熟，安排在他公司里工作，这次就不再同去。我本想一起去，妻说小女婿要陪同去，你就不要去了。我犹豫了一下没坚持，就错过了这次机会。

高铁时代的交通非常便捷，从苏州坐高铁先到麻城，他们找到了万海元生前的朋友老龚。麻城是“黄麻起义”的策源地之一，也是万海元解放前后多次来过的地方。钱育保带着女儿们特意住了一夜，第二天，已经九十高龄，但身体硬朗的老龚，非常热情地借了车带他们前往红安寻找万海元的故宅。

汽车在颠簸不平的乡道上行驶，黄麻地区丘陵地带的一个个山包不时在车窗外映过。一个多小时后，车进了红安地界，钱育保与她女儿的心情激动了起来，窗外的每一片绿色，都让人赏心悦目。车过太平镇，又行驶了一段乡路，进了寨坡脚村。有十多户人家依着几个小山丘，下车后，老龚领着他们来到一个山凹处，指着一处老旧房子边上的空地说，这里就是你们海元从小生活居住过的地方，房子塌了后变成了荒地。在这处沉睡在时光深处的荒地上有几个坟包，这是李家的祖坟。钱育保望着这个地方，心里泛起了涟漪。这是她认识老万后第一次来，万海元在此度过了童年的时光，自八岁随改嫁的母亲离开后，就成了他生命中情系的原点。他无数次地告诉她，攒的七百块钱一直放在贴身口袋里，随时准备与她一起回老家看看。可是，距上一次回湖北把母亲接出来后，直到万海元离世的这二十五年间，他再也没有机会回到故乡。她从包里取出了几支香，点上后插在坟前祭拜，以告慰祖先……

刘胜凹在红安隔壁的新洲区，他们辞别了老龚，租了辆汽车前往，车程也就个把小时。车过倒水河大桥时，钱育保望着宽阔的河床两岸，想起了上一次的过往。她对大女儿说，1960 年 4 月，带着三岁的你第一次来时，是坐在摆渡船上过河的，一晃快六十年了。大家都说时间真快！

万海元对大女儿有特别的情感，他从小吃苦，独立孤寂，军旅生涯性命难保，一直在战争中担惊受怕。直到渡江后进入常熟、踏进大上海，成为一个建设新上海的一员，才安定了心。结婚后，分居两地的寂寞时常侵袭着他。当女儿长到三岁时，他便把她带到了上海，与他生活在一起。每天幼儿园接送，买许多好吃的东西给她，晚上多了陪伴。看着她一天天长大，他感到人生的幸福与丰满。女儿十岁时“文革”开始了，读书读到初中毕业就草草走上了工作岗位，其他三个子女也只是读到初、高中就工作了。没有机会供子女上大学是他的无奈与人生的遗憾。所幸，子女都是勤劳踏实的人，不求富贵，但求安稳，勤俭持家，生活平和。

不一会儿，他们来到了刘胜凹村，走在黄泥村路上，他们一路问询，终于，问到一家不起眼房屋里的一个人，她竟然是当年卖房给万海元母亲刘翠莲的房东的孙女！她领着他们来到一块水塘丘陵地，指着几间墙塌壁倒的房子说，这就是你家的屋子。但见三间已没有了屋顶的残房，被厚厚的荒草野蔓覆盖着，这就是万海元母亲刘翠莲当年花三百大洋买的房子呀！自从 1967 年春节万海元把母亲接到常熟后，这房子就沉寂在时光里了。一晃已经五十多年，直到今天，这座房子终于迎来了它的主人。女儿她们看着这里的远山近水，议论着可以造一个别墅，好来度假。但钱育保心里却别有一番滋味。她没有想到，她的丈夫童孩子老万更没有想到，与母亲离开这里后，再也没有机会回来看看了。四周空荡荡的，只有高低起伏的丘陵。秋风吹过，残屋上的荒草抖动着……钱育保决定返回红安，她想去看看那里李先念、董必武的故居和当地的烈士陵园。她觉得在万海元的灵魂深处，最初当新四军的几个月，就像先辈播下的种子，一路在生根发芽。她要去拜谒他们，并深深地鞠躬。她把想法告诉了子女们，他们非常赞同，立马返程，往红安城而去。

在红安，他们先去了李先念、董必武的故居，又去了黄麻起义与鄂豫皖苏区革命烈士陵园。他们默默地参观着，在高耸的纪念碑下，钱育保带着女儿女婿深深地鞠了三个躬，为童孩子万海元，为刚刚获得中华人民共和国成立七十周年纪念章的自己，为她的善良、平和、安居的子女们……

初稿毕于 2022 年 11 月 2 日

定稿于 2022 年 11 月 11 日

四大才子游江南

一

大明弘治、正德年间，江南苏州府山川秀丽、城阁高耸，百姓安居、万民乐业，学界士人，文风蔚然。就在这里，涌现出了赫赫有名的江南四大才子——唐伯虎、祝枝山、文徵明、徐祯卿。

唐寅，字伯虎，号六如居士。家住苏州桃花坞，诗、书、画样样精通，名扬天下。因科场险恶，无意为吏，游荡江湖，诗酒人生。

祝允明，字枝山，19 岁考中秀才，第五次参加乡试才中举人，七次去京城参加会试而不第。最后朝廷开恩，让他以举人的身份做了广东的一个县太爷。后来因祝枝山工作认真，被调到南京（应天府），当了副年长（通判），分管粮草、水利和地方防务。此人眼睛高度近视，常拿一个放大镜照物。他还为人风趣，作品以书法第一、画第二、诗第三。

文璧，字徵明，号衡山居士。明代杰出的书画家、文学家，堪称诗、文、书、画四绝全才。曾七次参加乡试而不中，后来有人惜才提携推荐进京，经吏部考核，授了翰林待诏。但是，他因不愿为权贵折腰，当官不久就辞职回到了苏州老家。

徐祯卿，字昌谷、昌国，苏州府常熟县梅李人，从小天资聪慧，诗书有成。15 岁时随父迁居苏州后，徐祯卿得到了唐伯虎的赏识，被他带进了吴中文化圈。明孝宗弘治十八年（1505）中进士，因长相丑陋不被提拔，仅当了个无足轻重、配合负责刑案的六品官职——大理左寺副。人家是官越做越大，他却越做越小。徐祯卿 33 岁病逝，但是，他的诗歌却名满天下，号称“文雄”，因有名句“文章江左家家玉，烟月扬州树树花”，故而被《明史》列为吴中诗人之冠。

二

弘治十八年（1505）春天，赴京参加第五次会试的祝枝山又名落孙山了，回到苏州，心中郁郁不欢。此刻，早已放弃了功名的唐伯虎，刚刚在桃花坞新筑了房子搬入新居，心情不错的他写了首《桃花庵歌》。他知道老友枝山兄新科失意，便邀他与文徵明、徐祯卿小聚。大家好不热闹，祝枝山也心情转好。席间，刚中进士的徐祯卿建议，趁着大好春光，四人结伴同游家乡江南福地常熟，众人一听直呼，“好”！这常熟自商末泰伯、仲雍奔吴以后，天开画境，百业兴旺。特别是经唐、宋、元三代经略，山清水秀，市井繁盛，名士高旷，文风蔚然。大家尤慕前朝大痴道人山水墨痕，虽未一见，但去寻其踪、感其影，或可思路大开，得益匪浅！大家相约即日成行。

苏州城到常熟城，有一条叫元和塘的州塘河与运河相通，此河开凿于大唐元和年间，行船须一天。清早，四才子带着书童、女伶，雇了一条船，一路风光帆影而行。摇橹的船夫和撑篙的船工呼应着号子，才子们则在船舱里围桌而坐，喝茶吃酒论诗听琴。薄暮时分，船到常熟城下西门湾晚泊。站在船头的文徵明仰望着巍巍城堞、虞山山色，随口吟道：

虞山宛转带层城，正抱幽人旧草亭。
朵朵芙蓉浮粉蝶，团团桧影落疏棂。
百年形胜夸天设，一代文章属地灵。
长日振衣穷眼望，杖头云气接沧溟。

众人听罢，直呼好诗！四人一起上岸，从不远处的西城门入城，在虞山脚下寻得一个酒家尽兴。店小二见有客进来，引到楼上雅间，四人落座。

三

地处石梅小山台的这个酒家叫“逍遥游”，靠山而建，两层四间，门前有一个庭院、几棵老树、一块菜地，树下有石台石凳。四人在石凳上落座，呼店家拿酒菜来。不一会，店家端出了山前豆腐干、虞山松树蕈、白切三黄鸡、熏鱼等。徐祯卿要了五斤桂花米酒，四人喝得正尽兴，店家领得一人过来，来人说：“四位客官，我家少爷闻知你们到此，特遣小人前来相邀。”

伯虎问：“你家少爷是谁？”

那人说：“少爷姓杨名仪，喜诗文，乐收藏旧籍，慕诸君之名久矣，愿得一见！”

四人听罢，觉得也好，不妨前去看看，也可留得一宿。

从小山台出来，沿一条小巷穿过县署，四人直达迎恩桥附近的杨家大院门口。夜色微曦中，杨府东南水田脉脉，城郭高耸。主人杨仪已在大门口迎迓，一副青春年少模样。众人一番寒暄后进得门去，跨过轿厅、走过天井，在中堂落座。

杨仪说：“久闻各位先生大名，一直无缘相见，今天能得一见，三生有幸！”

徐祯卿道：“先生少年英俊，豪气冲天，想必也是同道中人，大家就不必客气了！”

杨仪让仆人上了茶，对四人说，先品尝一下虞山的野茶，这是家父每年命我必备之品，由山野村姑于早春天气纤手采摘。祝枝山第一个端起青花茶盏，闻了一下呷了一口，不禁脱口而出，“好香啊！”其他三人都端盏啜茗，连连称赞。杨仪自我介绍说：“在下年方十八，世居常熟，诗书世家。家父在外为官，嘱余静心读书，以考功名。去年乡试，得了举人。现正寒窗苦读，但春和景明，神骛八极，思接八荒，心意飘摇。今忽闻众先生抵虞山，大喜之至！已嘱厨房备菜续酒。”众人闻听，兴意盎然。

这杨宅以“万卷楼”名满虞山，因父子俩藏书丰硕、多宋元旧本之故。杨仪以“七桧山房”名命其斋，盖院中有苍龙古朴之七棵数百年桧树。虞山自唐以后，特别是宋室南渡以来，百业兴旺，市井发达，至明代，百姓富足，城郭巍然。站在“万卷楼”推窗北望，南宋方塔挑开夜色高耸一隅，隐隐有威。众人应主人邀赏书读画，伯虎随手翻看主人卷轴，见有宋人墨迹、元人摹本。未料见有自己一幅纸本设色《春雨鸣禽图》赫然在藏，题款上的“山空寂静人声绝，栖鸟数声春雨馀”不禁让他想起那日与文徵明、徐祯卿诸友游罢上方山后灵感大发，回家而作。杨仪道，非但先生画作我家有藏，祝师长、文师长的大作，家中也存有一二！众人说那都是换酒钱的东西，不稀奇不稀奇，给了谁都忘记了。大家嘻哈热闹了一番，大醉一场，在杨宅客房住下了。

夜晚下过一场春雨，第二天放晴吃罢早饭，杨仪叫上童仆女佣，与四才子坐上停靠在宅西边琴川河上的一条画舫，一路向尚湖而去。这琴川河虽不甚宽广，但河两岸房屋连墙接栋，水榭楼台，达贵士民相邻而居。一路看景，十分闲适。琴川河开挖于唐宪宗元和年间，南接苏州府官塘，北通长江。画舫驶出城关，沿护城外河西南行。高高的城墙沿河蜿蜒伸向远处的虞山，相比城内，城外疏朗开阔，农田村舍，池塘河浜，江南风物一望无边。约莫半个时辰光景，船过山前河，众人望着这屏障似临河横卧的虞山来了兴致。出舱而望，只见烟岚低垂，缠绵山色，聚散依依，牵人情怀。伯虎不觉来了兴致，说要画虞山。杨仪说且慢，待到了湖中再画不迟。他指着山前的河说：“前朝大痴道人常在河上行舟，每每在船艄备足好酒，或独酌，或二三友，吟诗作对，度曲泼墨，乘兴而去，尽兴而归。众人尽议大痴笔墨，祝枝山说："曾见过大痴《天池石壁图》，构图高远，层峦叠嶂，凌云气势，尽展姑苏山色之丰饶。"

杨仪说："此山前河尽头是大痴故宅基，旧迹已然难寻，唯墓在小山阳麓，可凭吊。"

文徵明道："墓就不去了，我等就在此凭吊吧！"说罢，满了杯酒倒入河中。

众人谈及大痴画风，伯虎说我最喜欢他的墨痕，上溯五代董源、巨然，下接乃师赵松雪，脱胎幻化，自成一格。而他的《写山水诀》，道尽绘事，波泽后世我等！徐祯卿连说，伯虎吾师也深得奥妙，吴中独绝。祝枝山接着说，老夫最爱伯虎仕女，袅袅兮秋风，姗姗来兮娉婷。手执小扇，娇柔无力。

"你个老色鬼，我画作多类，你别的不爱偏喜美人！"伯虎笑曰。

"既到虞山，吾师定要铺纸泼墨画上一幅！"徐祯卿道。

谈笑间，船至湖桥。杨仪道，桥下为大痴泊舟沽酒处，相传他喝过的酒瓶掷在桥下的河滩上，堆了一大堆。众人说在此小歇片刻，神会大痴。这湖桥状似圆月，时至满月，月亮穿过桥洞，映入河中，一个在天上，一个在河里，堪称奇观。"湖桥串月"乃"虞山十八景"之一。当年大痴黄公望喜欢在此夜泊，一是离家近，二是意境高洁，符合他入道以后的精神取向。

伯虎见到桥边凉亭旁有一棵老树，枝干奇曲，不时有飞鸟栖息，边上青山眼前水阔，不禁脱口而出："世事移舟挂短篷，或移西岸或移东。几回缺月还圆月，数阵南风又北风。"众人登岸，在凉亭听曲，女伶弹的是姜白石《过垂虹》曲，轻微淡远，倒也应景此处。祝枝山折了根树枝，蘸水在青石上龙飞凤舞一番。他边写边道："朵朵花开淡墨痕，只留清气满乾坤。"徐祯卿见状，直道祝兄把王冕诗句化于笔端，清气留在湖山间了！说得祝枝山更是笔走游龙，意境大开。杨仪还是初见祝允明的书法，看得有些发呆，徐祯卿对他说："杨老弟，祝兄之字在姑苏街头可换酒钱，回去你备好笔墨，让他留下墨宝。"杨仪当即遣小仆回家，让家人备好酒席，召备城内有名的私家戏班，晚上要好好热闹一番。众人行至宝岩，拜南朝故寺延福禅院，此寺又名宝岩禅寺，虽历经战乱、荒废简陋，但香火仍盛。徐祯卿道："听母亲讲，这寺庙莳秧时节香火最旺，农人祈福丰收很灵验的。"杨仪接话："我家六七百亩田地每到插秧前，母亲都会来这里烧香拜佛的。"

"常熟历来风调雨顺，稻麦连岁丰收，古人云'岁岁丰收常熟田'呢！"祝枝山跟道。杨仪又说："倒也是，这里殷实人家较多，百姓安稳，饿死人的事少。"众人游了宝岩的风景，复又登船，向湖中去。

四

尚湖因姜子牙奉文王命寻泰伯、仲雍迹，见仲雍四代孙周章经略、人丁繁盛、六畜兴旺，遂优悠林间、散舟垂钓而得名。四才子船进湖中，顿觉神清气爽。远村近水，野旷天低；烟波浩渺，蟹簖鱼簖；行舟出没，渔歌盈耳，众人兴致盎然。小舟上，撒网渔人正唱着山歌：

郎唱山歌顺风飘，
下风头阿姐在拔稗草。
唱仔一遍二遍唱得奴心里勃勃跳，
稗草勿拔拔青苗……

伯虎连声说好歌好歌，向渔人竖起了大拇指。渔人又唱：

湖边莲莲自田田，
常熟山青到小船前。
郎说道：
姐要晚妆湖水好像镜子样。
我一头撒网一头看你俏容颜。

众人拍手称好，人间情爱，万年不枯。画舫靠近渔者小舟，见舱内几条湖鱼在跳跶，杨仪随即付了些碎银买了交给随舫的厨人做菜。不觉已是正午时分，画舫在南湖面一处岸湾停泊。杨仪召大家用饭，开了一甏酒喝。众人把盏看景，心情畅快。舷窗外，虞山横卧，湖水青青；流云低垂，烟岚飘忽；田畴村居，岸柳垂杨；湖上舟楫，风鼓帆樯。伯虎来了感觉，让童仆递过纸墨，要画下眼前的美景。他画了山，再画云，又画水。水画好了，天上的云却散了，山色也变了，复又重画。如此反复，不甚达意。画一幅，掷一幅，终未完成一幅虞山气象图。突然，一阵锣鼓响起，湖面上几条龙舟自远处飞来。船头的敲鼓壮汉勇武有力，划船的众人随着鼓点奋力划桨。“咚咚锵，咚咚锵”的鼓声与“嘿呀嘿呀”的划桨号子滚荡在湖面上，与高高昂着龙头竞渡的龙舟形成了热闹的场景。杨仪道：“不知从何时起，每年四月初二，湖上都要举行龙舟比赛，这是附近的村人在组织强壮的汉子操练。那一天，湖边农人、城中百姓都会纷纷前来观看这场湖上盛事，达官贵人，仕人小姐，农人渔夫，商贾名流都聚在一起，仿若是一幅虞山尚湖间的百态风情画卷。”

众人看了一会儿龙舟操练，便让画舫起了锚，往湖西绕去。这湖西村野与无锡接境，伯虎敬仰之华太师府就在二十里外的荡口镇上。这一带农田肥沃，百姓富足，大户人家也多。船在湖西一庄园停靠，杨仪道：“此处是丁家庄，临湖而建，主人有良田千亩，为富一方，不妨上去看看。”众人应诺，逐弃舟登岸。

门房内下人向内告知有客来，丁老爷迎到大门口。杨仪道：“丁老爷，我家老爷以前常提起您，今特与姑苏四大才子前来拜会。”

“呀呀呀，那肯定是唐祝文徐了！各位光临敝处，蓬荜生辉，蓬荜生辉啊！请进请进。”丁老爷忙不迭地说。

四才子与杨仪随着进了门过了轿厅、天井，在迎宾堂落座。仆人上好茶，众人闲聊了一番，老爷说去后花园赏赏花。众人穿过五进的连堂，进了丁家后花园。这园子很大，借虞山为景，配以曲廊池台。正仲春之日，花木繁盛，桃李、月季、牡丹、芍药花团锦簇。忽闻一阵笑语声从牡丹圃子里传来，但见五六个女子正在赏花嬉闹，年大的二八年华，小一些的刚刚及笄，花容月貌，楚楚动人。祝枝山眯细着眼睛看得异样，文徵明、徐祯卿也不觉多看了几眼。而唐伯虎忘乎所以，看得两眼发直，脚步都停了。丁老爷见状立刻说：“这是我两个女儿与家眷在此玩耍，见笑见笑。”伯虎道：“常熟得山湖灵气，姑娘也长得灵秀娇美啊！”丁老爷回道：“我家大姑娘、二姑娘尚且待字闺中，不知四才子有无……”未及丁老爷说完，文徵明接过话，连说要不得要不得，我二十三岁就娶了昆山三姐为妻，夫妻和睦恩爱，不必了不必了。徐祯卿也说我生得丑陋，身体欠安，无心续妻。祝枝山却心有所想，说我虽有妻妾，但见到此等美人实在心有所动……而伯虎只看不说，嬉皮笑脸，两眼放光。姑娘们见来客盯着她们指指点点，知道在议论她们，便躲进了边上的桃花林里。丁老爷要留众人吃了晚饭走，枝山、伯虎连忙应喏。其余人觉得也行，湖畔雅聚，也属人生美事，杨仪便让人回去推了晚席。

四才子见天色尚早，于是与主人说要先去附近乡村走走。这里因靠近湖西，水陆交通便利，水田丰茂，不但粮产丰盛，地主大户较多，而且湖产丰富，打鱼为生的渔民随遇而安，与世无争，日子倒也过得安逸。众人在丁家管家的带领下往乡中集市走去，路上见到有不少冶炼小炉烧得正旺。管家介绍说，自东晋以来，官塘通着太湖连着长江，河中舟楫往来，商船云集。官塘边冶炼金银铜铁锡具，烧砖制瓦业兴盛发达，故此地以冶塘之名命之，至今仍然炉火不息。众人觉得好奇，便去一个窑炉观赏。窑炉正炉火旺盛，几位打铁的大汉赤膊的上身被窑火烤得乌黑发亮。他们从炉中取出通红的铁块，甩开膀子抡锤锻打着各类农具，小到镰刀斧头，大到犁地的工具，锻打声响成一片。唐伯虎说要打把佩剑，学李太白仗剑游天下；祝枝山说要打个钉耙，院后菜地可松土地；文徵明要打鱼钩；徐祯卿要打个铁皮书箱；杨仪却说要打两把菜刀，回去杀鸡宰猪招待各位！大家说说笑笑路过几口烧砖的冲天窑，它们正冒着烟在烧制砖块，空气里弥漫着烧窑的柴草味。窑边，整齐码放着出窑的青砖，有的小如镇纸，有的大如棋盘。管家介绍，冶塘的砖窑烧制也很早，起码在唐以前就窑火不熄了。本朝以来，窑砖除供给本地富商建造高堂华屋，还给官府做城墙用砖，甚至供应到了苏州府等地。一位窑工介绍，冶塘系江南水乡，土地黏性强、杂质少，制坯容易成形。入窑烧制的小青砖、大方砖坚固且刚性足。伯虎对祝枝山说："祝兄，你预定一些，来桃花坞筑个别居与我为邻吧！也别去考甚功名了，我们吟诗画画，临池泼墨，喝茶饮酒，岂不人生潇洒快乐。"枝山道："也是、也是，与伯虎为邻还可一起寻花问柳，遍访美色，哈哈！"

其实，枝山、伯虎喜欢美人，全姑苏城都知道。伯虎多年前曾经扮作仆人在华太师府上闹出一段姻缘，至今都是美谈。徐祯卿调侃唐伯虎："风流才子唐伯虎，今番在我家乡是否再来一出才子佳人、墙头马上？"伯虎道："这个是要缘分的啊！"杨仪说："我们常熟的姑娘可是清水芙蓉，才情美色，软玉温香。"听罢，伯虎连声说："如此美眷，快快引见！"大家哈哈大笑，径往镇上而去。

自东晋至明，冶塘古镇经历了一千多年的发展。它真正兴盛，是在南宋以后。到四才子游览此地时，距离南宋又经过了三百多年。镇上街道有四五条，兼有里弄斜巷。米行、杂铺、农具店，竹木、铜铁、锡油铺……店铺一家连着一家。大家看过一番，觉得此处离城稍远，能成闹市必有缘故。杨仪道："域内文脉有渊，上古就有古人在此生息繁衍，有玉佩出土物件为证。附近有一金姬墩，可以去看看。金姬原姓李，名金儿，山东章丘人，李素之女，素得张明达医卜之传，遂极玄妙。元惠宗至正十四年，张士诚攻陷泗州，金儿年未及笄，被分配到士诚母亲曹氏帐中做侍女。张士诚由高邮至常熟，运筹决策，金儿卜筮之功居多。至正十六年三月初十，张士诚舟师由福山港进入九浙塘至墅桥，此时他忆金儿占验之功，使召入舟，见其姿容明丽、举止端庄，欲立为妃，取桃花簪其鬓，曰以此为聘。金儿知难以推辞，遂启故箧出香焚之，向天列拜长跪私祝，之后玉殒香消，时年十六岁。张士诚哀恸不已，厚葬她于湖桥西黄塘道旁，后封为护国洞玄妙仙妃。"祝枝山听罢，直道悲情壮哉！一定要去看看。众人都说甚好，管家说此处就在返回丁家道的附近，即刻就可前往。

不一会儿，众人来到一条大河旁的土堆前。这土堆约有五六丈高，古树草蔓，野花竞放，鸣鸟飞栖。杨仪年少气盛，只一窜就上了土堆。唐伯虎赶忙喊道，快快下来，不能惊了沉睡美人！众人绕堆一周，都不作声，在河边一块大青石上落座。徐祯卿说："自小听乡里人唱：'金姬墩，银姬墩，两墩相思看美人……'"管家手一指前面，"喏，前面不远处那个矮一点儿的就是银姬墩。"众人疑惑，见墩边有几户人家，便起身去探个究竟。唐伯虎第一个上前敲门，开门的是一个女子，长得眉清目秀、身材窈窕。她看到面前几个人，诧异地问："几位先生做什么呢？"

“我等几个玩得口渴，想讨些水喝。”说完，唐伯虎想起崔护的诗，不禁哈哈大笑。这一笑不打紧，却把姑娘吓了一跳，赶紧退了回去。祝枝山等人说，伯虎唐突无忌，把人家吓着了。管家说不碍事，他进屋向人家说个明白。一会，姑娘出来呼众人进门落座。

这是一户乡村人家，屋子简朴但也干净整洁。姑娘从里间拎着一个陶壶出来，红着脸，腼腆地说乡野之人未经世面，望见谅。她又拿出几只青花粗碗，倒上水说：“几位先生喝点水歇息一下。”杨仪说：“姑娘怎么称呼？为何一人在家？”“我姓杨名雪，爹爹姆妈去田里做活还没回来。”原来是杨家同族呀！杨仪觉得有了一些亲近感。见得姑娘放松了许多，众人便问起这银姬墩的渊由。姑娘道，自小听大人说这墩该有好几千年，以前种树时挖出过发亮的夜明珠，还有印着好看纹饰的红陶片。文徵明说：“哟哟，莫非是古代美人的一个坟，里面还藏着一缕香魂。”杨雪一听害怕得很，直唤莫乱讲莫乱讲。众人聊得起劲，只听外头一阵脚步声，人未进门声音先到：“美人……美人……”杨雪慌张地站了起来。闯进来的人二十出头，横肉堆脸，眼睛斜吊。一看众人在，先是一愣，见座中尽是书生模样，便无所顾忌地去拉扯姑娘，让她跟自己回家去。唐伯虎见状，上前询问你是谁？来人却破口大骂。这一下惹怒了唐伯虎，他一把推开那人拉着姑娘的手，对方一个趔趄，差点跌倒了。祝枝山上前眯着眼睛对他说：“小子识相点，滚，以后再来打断你的腿。”这恶少本想发作，见人多势众，只好爬起来溜出了门。众人见状，哈哈大笑，随即辞了姑娘随丁家总管回家去了。

杨仪是个有心人，金姬墩、银姬墩一游后若干年，他高中进士，作了篇小说《金姬传》，英雄美人，生离死别，甚是感人。

傍晚时分，众人回到丁府，登上了临湖阁。只见湖光动霭，虞山隐梦。在此览景饮酒，人生大美。丁老爷吩咐上菜，湖中鱼虾，田里青蔬，鸡鸭鱼肉，味美可口。饮的是乡中名酿归化米酒，清洌甘甜，众人豪饮三碗，不觉身轻思飘。四才子无以回报主人盛情，让人取纸笔，由女仆磨墨，准备合笔画些什么。唐伯虎先铺水，再点了山；文徵明圈了庄园，画了阁；徐祯卿描了串月的湖桥，又横了条舟子，飞了几只鸥鸟。祝枝山拎笔在手，寻思着写些什么，徐祯卿转身对杨仪说："早闻你才思敏捷，今晚着你作首诗，让枝山兄落笔！"杨仪也不推诿，望着窗外隐隐长堤湖桥方向，口占一绝：

捧酒篷窗月倍辉，夜深水竹风微微。
野禽背霜忽振羽，山果落泉时溅卮。
箬笠多情能恋我，钓丝遣兴不须归。
醉来稳作芦花梦，两两眠鸥未肯飞。

祝枝山听罢大呼过瘾，提笔在画左上角补上了杨仪的这首诗。丁老爷开心得不得了，叫上家伶在水榭处且歌且舞，热闹了一番。杨仪觉得不早了，回家还有一个时辰的水路要走，便与四才子作别了丁家庄，上船回城。

五

一早，杨仪叫醒了四人，说去拜谒齐梁古刹破山寺。众人坐上雇的轿，出了城向北山而去。路过桃花溪上的小石桥，杨仪道，此处往上有条山涧叫桃源涧，山沟水顺着一块可坐百人的平整大石而下，细浪跌宕有声，直达山下注入护城河里。两边山坡上，桃花灿若云霞，落花流水，风光独绝。唐张旭任常熟尉时，常携酒来此赏花听泉，还曾作《桃花溪》：

隐隐飞桥隔野烟，石矶西畔问渔船。
桃花尽日随流水，洞在清溪何处边。

文徵明说是否停轿一探？杨仪说今次罢了，先要诚意去寺庙拜菩萨！唐伯虎望着桥下水中流过的桃花瓣也觉得落寞，说罢了。杨仪又说，待会儿去张旭老宅参观。众人想想，连说甚好甚好！接着，他们便沿着山边道路，听着吱扭吱扭的轿声晃悠而去。

进寺的路口，山林茂密。左右两侧有两方池塘，杨仪呼众人下轿，说："诸兄且看这池子，左边似日，右边似月，为日月潭。日月为明！水都是从寺前破龙涧流下来的。每次随母亲进寺，我们都先在此下马净手，为洗去俗尘。"祝枝山听罢，赶紧去洗手。杨仪呼大家一起先在日潭洗了，再在月潭洗了，顺道走去寺中。一路上，村郭茅舍，老树秀竹，野花竞秀，十分养眼。

这破山寺坐落在山坳里，黑瓦杏墙，溪桥柳细，古木高旷。

杜牧曾作诗“南朝四百八十寺，多少楼台烟雨中”，此为其中之一。常熟还有另外三座寺院：山顶藏海寺、北侧三峰寺、北境河阳永庆寺，也在“四百八十寺”中。四才子闻言啧啧称奇，都说虞山福地，自古而然！

进了庙门，众人按着弥勒、韦陀、四大金刚、天王殿、大雄宝殿的顺序一路拜去。时值月半，拜佛的人很多，善男信女，络绎不绝。寺庙香火鼎盛，木鱼声声。出了大雄宝殿走往右边别院途中，祝枝山调侃唐伯虎，还记得当年秋香三笑乎？众人大笑，唐伯虎却笑而不语。或许岁月蹉跎，他已经到了沉静人生的年纪，不再癫狂了。众人踏进一条幽径，杨仪脱口而出“曲径通幽处，禅房花木深……”

“这不是常少府写的诗吗！这个我知道，天宝年间，常建任盱眙县尉时，曾游历姑苏，过江途经常熟，因慕前辈常熟尉张旭名，寻踪拜谒破山寺，写下了《题破山寺后禅院》一诗，诗名远扬，百世流芳啊！”徐祯卿说完，用手指了一下边上的禅房，问杨仪，闻传这里的老和尚藏有米襄阳手书常少府诗，能得一见否？祝枝山也接上，说愿得一见，此生无憾！杨仪道，少等，容我去借问。

少顷，杨仪领着鹤发童颜、容光焕发的住持，来到了几人面前。见得众人，住持双手合十：“阿弥陀佛，四大才子进得本寺，天开画境，佛光普照，请随我来。”众人随他进了禅房，他从竹箧里取出一个锦绸包着的东西，打开一看，这就是米芾书常建诗，祝枝山连说稀世珍宝、眼界大开！唐伯虎、文徵明也连连称奇。大和尚说各位看了，老衲有个请求。徐祯卿忙说：“且说无妨！”

“我闻四才子点墨成金、功力深厚，能否为本寺留下墨痕？”祝枝山抢着道：“我来代笔吧。”他边说边铺开禅房内台上的一卷宣纸，饱蘸着墨池里的墨，笔走龙蛇了一幅《题破山寺后禅院》。不愧为吴中第一书家！草书洒脱有力，张驰有度，住持十分欣喜。但见祝枝山又从裤腰带上解下一方和田白玉章来，哈了一口气钤了，交给了住持。拿在手里，住持自是感觉如获至宝。

从破山寺出来，轿夫抬着众人，去城中寻访张县尉张旭曾住过的地方。途经言子旧宅，众人停下了轿子。言子言偃是孔子晚年的学生。孔子有弟子三千，贤人七十二，言偃即为七十二贤人之一。他擅长文学，曾任鲁国武城宰，阐扬孔子学说，用礼乐教育士民，为孔子所称赞。晚年归里后仍传道江南，殁后葬于虞山。

县后街后面的言子巷，宽不过一丈，粉墙黑瓦，宁静安泰。众人在巷口下了轿，随杨仪往东走去。但见那座南宋建炎年建造的崇教兴福寺塔兀然矗立在前面，成了巷子里的一道风景。众人称奇之际，言宅便到了。临街有三间房子，中间的门厅进去是个院子，两边各有一个厢房，院内有一丛芭蕉，一株蜡梅，一棵桂花树。祝枝山喊了几声有人吗？门房里出来一位老妇，说老爷出去散步了。杨仪介绍，这位老爷是言学究，为言子32代孙，承袭家风，为人敦厚，饱学诗书，名闻乡里。忽然一阵笑声传来，人未见，语先达。“谁人在我家呀？”众人回头，但见一个精神矍铄的老人走进来，彼此作揖寒暄过后，众人随他过了庭院到了后院，来到了一个特别的井前。这井栏是用一块天然奇突的太湖石做成，大家觉得很奇怪，便围上前去观看。学究介绍说这是高祖遗物，而这井水至今仍清洌甘甜。说话间，他打上一桶水来，众人都喝了，徐祯卿说："喝了这井水能上接文思，享弦歌之乐。"文徵明道："近来文思枯竭，笔下生涩，今日得多喝几口。"众人打趣他，干脆捧着桶喝得了。

过了一会儿，言学究说："各位随我来听小女弹一曲罢。"便引着众人穿过左边池上的廊桥，来到西边的琴房。众人落座后，学究便喊他女儿过来。门外，他身后跟着一个十八九岁的姑娘抱着一张琴，一身牙红色的绸衫裤，脚下的青色绣花鞋若隐若现。进得门来，众人只见姑娘眉清目秀，三分羞涩，脸红若桃，娇美动人。学究说这是小女梅香，自小学琴，今用祖上传的一把唐琴为四才子调音，请勿哂笑。众人忙说岂敢岂敢。祝枝山道："在这言偃故居能听一席雅曲，实乃三生有幸！"梅香在琴桌前坐下后，打开琴盒，褪去琴衣，轻置琴于桌上。但见她打开双手，纤指轻拢跳出几个音来。她调了一下弦，便弹了起来。众人屏声静气，竖起耳朵听着那弦上拔出的声音，一开始如远而近，轻微淡远，荡若春风。进而宛如游龙，清扬畅怀，缠绵悱恻。众人听得入神，看得真切。而梅香小姐就像进入了一种自然的状态，只见得她朱唇轻启，边弹边唱着张若虚的七言长诗："春江潮水连海平，海上明月共潮生。滟滟随波千万里，何处春江无月明……"弹唱间，她略带忧伤，不一会儿就泪湿粉黛，琴声戛然而止。众人诧异之际，言学究道："近来小女心有悲戚，请诸位见谅。"说罢便嘱梅香回房歇息，姑娘起身道别。望着她远去的背影，唐伯虎问学究，令嫒可有郎君？学究道尚无。唐伯虎忙说："座中杨仪杨公子尚未婚配，你们同处一城，相隔不远，可为郎才女貌，天生一对！"

"这……这……伯虎吾师，此等不可唐突。"杨仪嘴上说着，心里倒是在想梅香姑娘出身大户，知书达礼，如若婚配自己，倒也门当户对，珠联璧合。只是婚姻大事还须父母做主，想到这里不觉有些落寞。学究道："伯虎兄如能成人之美，老夫不胜感激。"徐祯卿道："好事好事，伯虎你就牵个线做个媒吧！"

"君子成人之美，但毕竟婚姻大事，父母之命，媒妁之言。待我们回杨府细议，言兄静候佳音！"唐伯虎又说。众人便与言学究相约再议，登轿往东巷口张旭故宅而去。

六

张旭宅在那高耸入云的崇教兴福寺塔后面，宅前的街被唤作"醉尉街"，这是因为张旭每日喝酒，喝得醉醺醺的，回家时步履歪斜，一路而行，呼号吟诗，自得其乐。日复一日，人们就把醉尉唤成了路名。

四才子对张旭更为了解：祝枝山、文徵明喜欢的是他狂放的书法；徐祯卿喜欢的是他清新的诗歌；唐伯虎喜欢的是他的洒脱与癫狂。张宅的规模在唐代是比较大的，这是因为当年张旭在姑苏考上功名，任职常熟县尉时举家搬迁落籍常熟，需要购买一处较大的房产。三进房屋两个院子，厢房连廊，里边住着几户张姓人家，他们见到进来的人并不诧异，只看了一眼，就各自忙着自己的事情。杨仪说，这里地处市廛弄里，常有人来拜仰，习书之人更然，所以不足为奇，我们自己看看便是。第二进的院子较大，种满了菜。菜畦边有一眼古井和一个大青石台凳，想必都是唐时旧物。菜畦后面，有一幢六开间的二层楼房，楼下一个老人正在晒太阳。祝枝山上前叩问老爹，是否姓张？那人抬头对他说："本人为张旭后人，房内尚有张公传家宝墨。"众人一听，神情大振，围着他连连恳求。杨仪道："老爹爹，眼前这几位是姑苏四大才子，您就让我们一赏为快吧！"

"莫非唐祝文徐四才子？"

"正是！"杨仪答。

老者起身领着大家上楼去，在楼上一间书房的箱子里，取出了一个用布包着的东西。解开布包，里面是一个布袋，袋子里是一卷五色宣纸，将其展开，但见一幅大草笔锋灵动、气韵非凡、跌宕起伏，满纸如云烟缭绕，细看竟是张旭的《古诗四帖》！祝枝山激动得大叫一声，连声说神品神品啊！幸遇幸遇。

老者道，据祖上传言，这是张旭的神灵之作，书于他任金吾长史时。天宝十四年十一月初九，安禄山起兵反唐，仅用35天就攻占了大唐东都洛阳。住在长安的张旭在叛军来临之前，和府上众人一起离开了这个留下了他二十多年美好生活的帝京，从此再也没有回去过。临走时，身上仅带着一些钱财和他视为宝贝的《古诗四帖》和《肚痛贴》《李青莲序》等几件作品。肃宗至德元年春，张旭辗转到江苏溧阳，竟和李白在一家酒楼相遇。得知李白为避安史之乱，从安徽宣城赴剡溪途中经过溧阳。老友异地相见，暂把离乱之苦搁在一边，两人喝了个痛快。想当年，李白斗酒诗百篇，张旭三杯落笔如云烟。席间，李白感慨自己的际遇和对家国的忧愤，写下了诗歌《猛虎行》并赠予了张旭。张旭无以回报，取出了那幅写李太白的《李青莲序》送给了李白，也算物归了主人。之后，《古诗四帖》被他带回了常熟家里，流传至今。

众人观赏良久，枝山更是掏出放大镜来俯身细察，心领神会，像着了魔般。

老者对众人道："此卷平日秘不示人，只是四才子诗书画三绝享誉天下，我才使之略见光影。各位下楼去吧，后院有当年洗砚池尚存，可去看看。"

众人便出了后门，见到后院中有一个大池子，横了条舟子，边上几棵老树、一片竹林，隐着些房屋。文徵明说："这必是洗砚池了！"

"正是。当年张伯高每当狂书以后，便在此洗砚洗手洗发，池水尽墨。"杨仪说。

大家觉得有趣，纷纷站在水栈的台阶上洗手。唐伯虎将一捧水洒在脸上，一面大声说爽快爽快，一面念起了张旭的诗来："山光物态弄春晖，莫为轻阴便拟归。纵使晴明无雨色，入云深处亦沾衣。"徐祯卿说："此等诗歌非性情中人怎能写得！"杨仪说："前有吴中四士贺知章、张旭、张若虚、包融，今有四才子诸君，六七百年才能凌空而出呀！"众人大笑，走到竹林后面的一处地方，抬头一看门头上写着"醉尉酒家"。祝枝山呼着众人进门落座，大声喊着拿酒来。店家抱出一坛糯米白酒道："小店因先祖名而开，酒坊自酿米酒小有名气，诸君来此一醉方休。"

众人落座，徐祯卿说："午间饮酒，不宜太多，助兴而已。"文徵明也对祝枝山说不许过量，不能耽误了大家下午的兴趣。祝枝山说："我们就尝几口，尝几口。"

上了菜，酒也来了。大家满上一碗，但见酒质清洌，绿蚁轻浮。祝枝山第一个端起一饮而尽，直呼好酒好酒。众人饮罢也觉甘醪，唐伯虎说："好酒必是有好水酿得！"店家接话："客官乃懂酒之人呢！本店酒坊自酿之酒，取舜帝饮过盛赞之虞山名泉——舜过泉的山泉水，并以本县优质大米，用祖传秘方酿之，为虞山佳酿。"众人兴致盎然，只顾饮酒，忘了吃菜。唐伯虎来了兴致，直呼拿笔墨来！不一会儿，店家领着一个抱着一卷纸的姑娘进来了，众人眼前一亮，但见这女孩长得玲珑可爱。接着，店家铺桌设纸，等伯虎落笔成诗。

唐伯虎提起笔，望着窗外洗砚池边的几棵垂杨飘过的飞絮，忽然想起太白在金陵酒家题写的诗来，犹如情景重现。于是，他便干脆写了李白的《金陵酒肆留别》：

风吹柳花满店香，吴姬压酒唤客尝。
金陵子弟来相送，欲行不行各尽觞。
请君试问东流水，别意与之谁短长。

祝枝山看后，说太白诗好，伯虎字亦好，只是今儿吃酒缺了压酒的吴姬！店家马上叫来了几个姑娘。众人惊讶之余，店家说："我家酒坊后面就是客栈，名'醉尉客栈'，常有过往行客落脚歇息。这几位姑娘为客栈女侍，今特遣来陪你等。"伯虎见状，喜从中来，笑道："甚好甚好，此字本想留给杨仪小弟，就送给你了！"文徵明说："伯虎又动本性了，见色忘友啊！"众人一乐，姑娘倒酒劝喝，说快喝快喝，醉了就住在我家客栈得了。酒过三巡，唐伯虎兴奋起来，说要舞剑给各位看。祝枝山、文徵明、徐祯卿三个都知道他从小习武，剑术甚为高明，且常效唐宋士人仗剑出行。今次来虞，剑随人行，只是交由仆人携带。他令随从递过佩剑，走到门外场上，众人跟着出来一睹风采，吸引了过往行人驻足围观。姑娘们听说四大才子中的唐伯虎表演剑术，嘻嘻哈哈也出来围看。唐伯虎见看他舞剑的人多了，且有不少姑娘，不觉兴意盎然，持剑入定。突然，他一个仙鹤亮相，剑如游龙，一会儿如凌空霹雷，一会儿若流星飞箭，一会儿又像疾风扫叶，冷光四射，呼呼作响，观者叫好不绝。祝枝山边看边道："当年张旭张长史为求书艺，曾北上寻访公孙大娘，观其剑术，以求打开自己书法之洒脱狂放脉络。今伯虎在此舞剑，岂不关公面前使大刀乎！"众人大笑。此时，只听几个姑娘呼叫，回头一看，见有几个锦衣华服青头无赖在拉扯姑娘，或搂或抱，模样猥琐。杨仪上前劝阻，被一个口吃的人推了个趔趄。正要论理，挤进一个认得的无赖，说杨公子，你滚远些，与你无干！杨仪一看此人是东门外葛家庄庄主的儿子，自小娇生惯养不学无术，常聚众闹事。文徵明、徐祯卿护着那几个姑娘，亦被几个无赖推搡。伯虎见状停下舞剑，一个箭步冲到那个领头的无赖前，怒斥道："小厮休得无理！"那厮见唐伯虎有些文弱气，便说："与你何干，我们寻我们的乐事，你们少管闲事！"店家上前拉过唐伯虎，对他说这几人仗着家人在县衙做些官，经常霸凌乡里，强占民女，欺压百姓，无法无天。你们还是少管闲事，走为上。那几人见有人劝阻，却更来了劲，抱住姑娘不放。只见唐伯虎过去，对着那为首的腿上就扫去了一剑背，打得他放了姑娘，扑了过来。众人见状，纷纷躲避。唐伯虎却掷了剑，迎着那人伸过来的拳，说时迟那时快，一把抓住了他的手腕，乘势把他扛在肩上，一个转身猛摔了出去。他望着抱头躺在地上的那人说："回去告诉你爹，今天我唐寅在此，小心回苏州府告了你们依仗权势、欺压百姓的状！"对方一听唐伯虎大名，立马爬起来喊着其他几个人溜了。

风波平息，店家劝四才子回店续酒。落座后祝枝山对唐伯虎说："小混混到处都有，伯虎尚余血性，难得难得！"

唐伯虎说："允明兄过誉了，匡扶正义乃读书明理之道。君子美色，两情相悦才是。此等顽劣缺乏管教，横行乡里，既辱了祖庭门户，也坏了官署名声，实乃可恶。"在座都觉得他说得有理。杨仪直呼快喝酒，不要辜负了这美酒。徐祯卿说："当年张县尉公干以后常以酒为伴，但不以酒误事，县域治理有方，风正气清，天下太平，后被皇上调去京城，任卫戍京畿的要职，虽仍以酒为乐，被杜甫誉为'饮中八仙'之一，但诗书酒乐不忘正事，政绩突出，职位渐高。若无安禄山谋乱，致流落回到江南，必更将青史留名！"

提起张旭，众人酒兴更高了，话题也多，从颜真卿、吴道子拜张旭为师，到怀素学书张旭最后成"癫张狂素"美名，不觉快到寅时了。杨仪付了酒钱，与众人回府歇息。

七

城西有座城隍庙，城里人逢初一十五都有上香逛集的习俗。今天正逢月半，四才子提议去集市看看。杨仪雇了几顶轿子，与他们一早就去了。城隍庙依着山脚，里面的场子很是空旷，商摊店铺一家挨着一家。江南的集市物产丰饶，既有乡村菜蔬，又有农家土布、竹木、铜铁、油……人头攒动，人声鼎沸。杨仪领他们一路逛进去，不觉间到了地摊古董市场。这市场依着殿前的月牙池一溜儿摆开着，祝枝山、文徵明与杨仪都喜好收藏古董，唐伯虎和徐祯卿并不研究，但亦有好奇。地摊上的瓷器中，永乐青花、宣德炉那是寻常的东西。杨仪因为家传颇多唐宋名窑，故专注越窑秘色与官、定、钧、哥、汝等五窑好物。祝枝山注目的是宋元字画，特别是赵松雪以下一脉，尤爱元四家。文徵明喜金石，对宋元名士及同朝高人治印特别青睐。常熟自上古以来文脉悠长，农人在田间常挖到印纹古陶和古玉。隋唐以后，各朝陶瓷业发达，常熟士人、富家官员自然多了不少收藏、把玩、馈赠、交流活动，市场也就应运而生。地摊上，各类字画颇多，但也良莠不齐。祝枝山拿着一个放大镜，对心生疑虑的便仔细察看。站在他身后的唐伯虎不时地调侃他说：“允明兄，别看了，你要画我画了送给你好了！”

“去去去，我要看看能不能遇见黄公望的画呢！”祝枝山讲的倒是心里话。来常熟这几天，他一直在想，黄公望在常熟生活了那么多年，必定画了许多画，相信有不少散落在民间的，而且现今距黄公望离世不到一百五十年，才隔了两代人，有所流出也未可知。所以他专盯着摊上的那些画卷，想着捡漏。突然，他看到一幅层峦叠嶂、林壑尤美、千岩竞秀、烟云流润、气势雄浑的中轴，不禁顿觉不凡，定睛细看左上落款，见有“至正五年八月朔大痴道人作于虞山望海亭中”字样，并钤有两枚已经暗红的印章，他不禁大喜，忍住笑问：“老伯伯，此画多少钱？”老者道：“若非家中有难，也不想卖掉这画的。这是我年轻时候在虞山北面村里的一户人家偶遇到的，藏在家里已经六十年了。你要就随便给些铜钱吧。”唐伯虎听到也过来看，一下乐了起来：“祝兄、祝兄，我来付钱。”说罢就要把画卷了去，说可以挂在我的桃花庵新房子里。祝枝山边说：“去去去，你那挂我的字好了。”边从腰上挂的钱袋里摸出一把弘治通宝给了老者，老者伸手巍巍颤颤地接了过去，连声道谢。

文徵明在一处杂件摊上觅到一方边款与底款都刻得生辣有力的宋章，行书边款“一片冰心在玉壶”十分洒脱圆润，底款小篆“景由心生”四字意象大开。摊主说这章是在本邑梅李出土的，主人必是书道中人。文徵明拿在手里，又拾得了几方青田、寿山章坯，也是收获满满。

徐祯卿听得文徵明得了老家梅李的出土物，便对众人说：“我们何不即刻去梅李一访，也了却我十多年未回故乡的愿望。”

众人一听正有此意，便让杨仪雇了条画舫前往梅李塘。

梅李塘亦属太湖流域阳澄湖水系，吴越时就是海虞二十四浦之一，也是从常熟城经梅李通往长江的重要河流。画舫自护城内河经宾汤门就进了梅李塘，望着退去的城郭，徐祯卿颇有感慨。十五岁那年，经商小富的父亲带着全家，也是从这条河离开梅李，进入常熟后顺着州塘河去往苏州落脚。那时，一个乡村的少年抱着对姑苏城的向往而行，梅李塘就是通向宽广世界的清澈大河！如今回乡，徐祯卿不免觉得闪着粼粼波光的梅李河是那么亲切和开阔。船一路向东咿呀咿呀而行，不时有航船相交。两岸田畴无边，村舍茅棚，老树鸣禽，站在船头的唐伯虎不觉胸襟大开，口中念念有词起来。祝枝山问："伯虎你在捣鼓什么？"唐伯虎沉吟片刻念道："浅浅水，长悠悠，来无尽，去无休。曲曲折折向东流，山山岭岭难阻留。问伊奔腾何时歇，不到大海不回头。"正在舱内低头玩着章的文徵明听着，头都不抬就说："就像船底梅塘水，载着伯虎到西洲。"

"哈哈哈，岂止伯虎，梅塘有好水，愿作渔与樵！"祝枝山接着话头。

"算了吧，你还要去考功名呢！"唐伯虎对祝枝山说。

其实祝枝山对官场早已失望，自己满腹经纶，虽早年中举，但其后却屡试不第，不免心灰意冷。要不是父母早逝后有祖父、外公的督促、关爱，按自己的性格，落拓江湖也未可知。

画舫平稳地行驶在塘河上，水拍打着船底，发出汩汩的声音。河道渐行渐宽，四才子回到舱内，聊天时猜测着高中了进士但尚未授官职的徐祯卿日后会被委派到何处供职。按律，士人中了进士以后，吏部会依照成绩等级呈报皇帝，之后委任官职。但徐祯卿由于长得丑陋，给人印象不好，一直未被安排。依照规矩，他至少也应该是个知县。在此期间，等待也是有点心焦的。

众人谈得正浓，猛然间，画舫被对面开过来的一条快船撞了一下，剧烈地晃动起来。惊讶之余，祝枝山出舱察看。但见快船上跳上几个人来，衣着奇特，袖宽袍长。前额发脱至顶，两边披散，有的脑后还挽了个发髻。杨仪见状马上大惊失色："遇上倭寇了！"唐伯虎也下意识地摸上了携带的佩剑。众人正要出舱理论，船头上的倭寇就已推开舱门，用刀指着他们要钱财。唐伯虎正想上前出手，却被徐祯卿死死拉住胳膊。杨仪见不是对手，只得把带着的铜钱袋递给了他们。倭寇拿到了钱财，可还是挟着祝枝山跳回了自己的快船上，掉头驶去。剩下几个人见状，立马急了！你抢劫钱财也就罢了，但怎能劫了祝枝山啊！画舫立马加快追去，文徵明、杨仪站在船头，呼喊着前边的船拦住他们。可对面船只见到那横冲直撞的快船唯恐避之不及，哪敢去拦它。这边，唐伯虎也跑到船头，急得直喊枝山、枝山。杨仪跑到船梢，让艄公加快船速。只听前面嘭的一声，慌乱中的快船撞上了一条装着刚出窑的砖的船上。两船相交，顺水往岸边靠去，几个倭寇提刀出来欲动粗，可砖船上的几个汉子并不示弱，他们手握砖块，赤着上身，肌肉发亮。喊着怎么的？撞了我们还有理吗！那倭寇见状不想纠缠，绕船想避开，这时候唐伯虎他们的画舫也到了，周边又围了几条船过来。但见唐伯虎一个箭步跳到快船上，对砖船上的人喊："倭寇掳了我友，快来帮忙！"砖船上的人一听有倭寇，马上跳过四个人来，一人手中拿着砖块。船上一个倭寇挥刀冲向唐伯虎，只见他迎刀而上，刀剑相碰，铮铮作响。那盗贼不过只挥劈、刺、挥几招，而唐伯虎却有祖传剑术，变化多端，几招就把他的刀打入了河中。众人上去，先擒了他。舱内，另外两个倭寇擒着祝枝山不放。两边僵持不下之时，巡防的官船开过来了，倭寇见状马上放了祝枝山，唐伯虎拉着祝枝山跳回自家船上，砖船上的汉子也放了倭寇，跳回了砖船。可未料砖船船帮破损灌水，船底搁浅了。正在汉子们拉住倭寇的船不让其离开时，官船靠了上来，跳下几个提刀的营兵，擒下了那三个倭寇。

原来，近来倭寇越发嚣张，不但不时从海上入江，流窜抢劫，还时常扰袭城中。官府随之加强了入江水陆两路巡防。此番三盗为前探，本想劫了点财物与人回去交差的，未料撞了船出了意外，被官府捉了。

一场虚惊之后，画舫船上众人都对祝枝山讲："此番真是吓个半死了，若你真的被倭寇押解到城头要挟县衙，或被凌辱遇害了，该如何是好！"祝枝山惊魂未定，半晌说："我死不足惜，只是此等太憋屈了！"

说话间，船抵梅李。

八

梅塘到了梅李镇，就又与一条大河——盐铁塘交汇了。四才子的画舫到了两河相交处，往左一拐，就驶入了盐铁塘。这盐铁塘是大有来历的。汉朝初年，常熟是汉高祖刘邦侄子——吴王刘濞的封地，那时候刘濞掌管着江浙一带三郡五十三县。吴国地处东海之滨，非常富庶，史书上说"东有海盐之饶，章山之铜，三江、五湖之利"。刘濞后来称霸一方，跟吴国的经济发展是分不开的，特别是江浙一带的煮盐业，是吴国主要的经济来源。东海的煮盐是散盐，晶莹剔透，质量上乘，可以直接食用。据《史记·吴王濞列传》记载："濞则招致天下亡命者盗铸钱，煮海水为盐，以故无赋，国用富饶。”兴旺的煮盐业，吸引了四处流民纷至沓来。刘濞为了充分利用常熟、太仓、嘉定一带的水陆交通运送盐铁，在这个地域的冈身带上，开凿了一条与冈身平行的河流，运送盐铁等物资，这就是盐铁塘之名的由来。它西起贯穿常熟东乡全境，出太仓进嘉定后融入吴淞江。唐玄宗天宝元年（742），鉴真和尚决定东渡日本宣扬佛法，可尝试了五次均告失败。天宝十二年（753）鉴真终于在常熟黄泗浦启航，经盐铁塘出长江到东海而抵达日本，弘扬佛法，传律授戒，文化交融，波泽异邦。

盐铁塘中，市声相当热闹。大船小舟穿梭往来。两岸民居相连，巷陌交错。常熟自古就有“东乡十八镇，梅李第一镇”之谓，徐祯卿见此情景，不胜感慨。他对众人说，史载这梅李两字，是因五代十国时期，吴越王钱镠天宝元年派大将梅世忠、李开山领兵镇守此地，居民依军成市，后取两将之姓而名其地。说话间，画舫靠在了一座古桥边的水栈上。众人下了船拾级而上，眼前是一条叫“东街”的老街。徐祯卿很是兴奋地说，各位仁兄，各位仁兄，这街往东过去不远就是聚沙百福塔，附近是我家的老宅基。众人马上说，那先去看看。顺着东街的石板路往东，一路上卖鱼的、卖肉的、卖蔬菜瓜果的，竹行、铁铺……一家挨着一家。

“从小在这里玩耍，最难忘的是来街头买冰糖葫芦吃。”走在街上，徐祯卿满满的回忆。走近街尽头的空旷处，一座高塔耸立在众人眼前。祝枝山说：“我们先去登百福塔聚点福气，再去寻祯卿的家吧。”说罢，他独自走在了前头，方才被倭寇掳去的阴霾一扫而光，众人紧随着跨进了塔前的东塔寺。祝枝山双手合十穿过寺殿，嘴里念着阿弥陀佛，文徵明在大雄宝殿的积善箱内散了些银角子。来到那宋代建的聚沙百福塔前，但见此塔八面七级，正方开门；翼角起翘，走廊飞檐；独立一方，宝顶入云。大家依次走进塔内，踩着楼梯盘旋而上，在围廊里一层一层看景，登愈高看愈远。远处的长江隐隐约约横贯在天际线上，太阳光照着一亮一亮的。杨仪道，史载从前江水离得很近，大宋朝时，有个叫钱道的乡绅为镇江潮，出钱在此建了这七级宝塔。唐伯虎望着南北不远处的两个大寺庙说："登高放目，沃野千里。杏墙绵延，福地香盛啊！"唐伯虎自小随母亲进庙敬香祈福，故见到庙宇更觉亲切。他对众人道："我等从南边姑苏来，先去南边的那个庙敬敬一方神圣如何。"

"且慢且慢，我们下塔先去祯卿老弟故宅看看。"祝枝山说。众人便一起下了塔，随徐祯卿而去。

徐祯卿自 15 岁离开家乡至今，已经十一年了。当年离开梅李时，父亲把老宅托交乡邻照看，自己也一直未曾回来过，不知道那三间矮屋可好？沿着一条村路进去，路边瓜棚豆架，桃竹竞秀，鸡鸭欢歌。转过一个村角，便到了一个叫徐家宅基的地方。此处有二十几户人家都姓徐，徐祯卿只知道远祖曾随军驻防于此，后落籍这里，子孙繁衍，代代生息。一会儿，他们就到了老宅。老宅向南三间，房屋不高不矮，边上一个柴房，门窗紧闭；屋后一条小河、几丛修竹。场圃倒也干净，前面种着一畦春韭、两垄青菜，长着一棵榆树、一棵楝树。众人在窗前张望之际，隔壁一户人家的门吱呀一声，走出来一个老者，问找谁呀？徐祯卿上前一看，原来是给他讲三皇五帝、诗经诸子、汉赋乐府、唐宋诗词的私塾老师徐先生。在他的教育下，自己六岁便已识字，十岁就能作诗。明孝宗弘治三年（1490），徐祯卿的母亲去世，时年才十一岁的他就写下了《先母讳日》等许多诗词来怀念母亲。后来，徐祯卿十七岁参加科举考试，二十三岁中乡试，二十七岁春闱高中进士，一路过来，这些都是与孩提时期在梅李读私塾打下的基础是分不开的。老者一听徐祯卿带着朋友回来了，高兴地拉着他的手："昌谷啊，这么多年不见你都成进士了啊！你还领了三位才子过来，有幸得见，有幸得见！"徐祯卿难掩激动的心情，向老师连磕头了三个响头："全凭老师栽培！"老者赶忙拉起徐祯卿，喊着乡邻们过来辨认。俗话说金乡邻银亲眷，虽然一别十多年，大家分外亲切。老者开了徐祯卿家的门，屋子里清爽干净。"自从你家搬到姑苏城后，你父亲让我平日照看，隔几天我就进来擦台抹凳，打扫干净。你父亲每次行脚过常熟，亦来坐看片刻。今次各位前来，此屋有幸，热闹一番，人气兴旺啊！"

西厢房是徐祯卿的卧室及读书写作的地方，那年离开这里时，他带的最重要的东西是刚编好的《新倩集》与《叹叹集》两本书稿。自己的起步是从研究古今文坛开始的，作诗，那是幼时先生教得多了，得之心，寓之意，随意为之。直至到了姑苏，融入了姑苏文人圈，特别是抵苏第二年，拜了在家为母守孝的状元、吏部右侍郎吴宽为师学习文学以后，他的诗歌创作功力突飞猛进了。抚摸着他曾经伏案写作的那张榆木桌子，徐祯卿仿佛看到了自己少年的影子，他竟有些激动，不忍离去。杨仪建议，以后这里做个雅聚的地方吧，专门接待江南的文士。唐伯虎和众人马上应和，说很好很好啊，贮些酒，开轩面场圃，把酒话桑麻！乡场上，乡亲们围着他们不让走，要留下他们吃饭。徐先生说已让儿女买菜当垆，各位一定吃了再走。祝枝山觉得这一路过来，又受了倭寇的惊吓，肚子确实饿了，便说对对，吃了饭再去下一站吧！

徐老先生有一儿一女，儿子叫徐达邦，从小在梅李塘、盐铁塘边长大，练得一身好水性。他虽跟父亲读了些私塾，可还是喜欢自由自在，捉鱼摸虾。家里拗不过他，干脆打了条船，让他去过清风江上的生活。近来春汛，收获了不少长江里的鱼，院子里挂满了各色鱼干，众人见状，都去闻那风干的鱼香，小有江鲫、大有白吉，长有江鳗，馋得口水直流。

先生见状道："不要馋，不要馋，快进屋，里面更有好吃的等着你们！"

大家进了客堂，见正中已经摆上了一桌菜。落座后，厢房进来了一男一女，先生介绍说："这是吾儿达邦、吾女达静，这桌菜都是他们做的。"众人看得惊奇，但见碧绿粉嫩，金黄姹紫，清蒸煎炒，色香俱全，却不识那些菜名。徐先生先给每人倒满了一碗东乡佳酿，介绍了起来。自古梅李蒸菜满江南，有"老八样"花色。这白菜打底，鸡汤作伴，鸡丝、爆鱼、火腿、走油肉，蛋饺、咸肉、肉皮、油片嵌肉等变着花样分别蒸出的八个菜，就是各位面前的美味，来来来，必须趁热吃才能品尝出鲜味。众人举碗相碰，纷纷举箸，吃着那鲜美可口、肥而不腻的蒸菜。徐达静忙着为众人倒酒，先生说，小女初识文字，可居家十八年，连常熟城都未去过。她与兄长专研蒸菜秘籍，其艺已传遍东乡十八镇。说话间，徐达静端出一盆清蒸鱼来，说这是时令菜——长江刀鱼。众人听罢，又兴奋了起来。早闻此江南名菜，但因鱼源量少、捕捉困难，市廛酒楼难见其踪，一直无缘口福。今次见得，实属难得！只见盆中草头打底，上面躺着四条半尺长的柳叶刀鱼，鲜嫩诱人。先生招呼大家快快吃，祝枝山第一个夹了块雪白的鱼肉往嘴里推，结果一下被鱼刺梗了。先生说快吃草头，不要嚼，吞咽下去。祝枝山依着方法一吃，鱼刺竟没了！原来这江刀鱼的刺细如丝，一不小心吃下了会卡着，用这垫在盆底的草头吞下去带走就没事了。大家小心吃着，都觉人间美味。徐先生见大家吃得开心，又为各位斟满了酒，文徵明觉得有点晕乎乎的，便站起来走到灶间。只见灶台的一只锅上，架着的竹蒸笼冒着腾腾热气，另一只锅前，徐达邦正忙着烧着菜。见文徵明进来，他便说："先生你快过去，灶间里油烟味重，不要熏着你。"文徵明说没事，去往灶膛里添了些柴火，火苗映红了他略显文弱白净的脸庞。徐达邦从蒸架里取出了两道菜，一只清蒸长江咸鳗鱼、一只清蒸长江咸黄鱼。文徵明只觉得咸香扑鼻，马上跟着过去，吃个过瘾。徐达邦介绍说，这鱼腌好晒干后蒸着吃，既有咬劲，又杀口。大家你一筷我一筷，马上吃了个精光。徐先生见状，笑呵呵地说："还有一道压轴名菜马上登场！"众人寻思间，只见徐达邦从厨房出来，双手端着一个冒着热气的大盆，边走边说："好小菜来啦，好小菜来啦！"待放到桌上，一看，是几条半尺长、肥嘟嘟黑赤赤、张着圆嘟嘟小嘴的鱼！众人不识这是何物，七嘴八舌议论纷纷。徐老先生哈哈大笑道："各位，俗话说'拼死吃河豚'，这可是江南有名的菜——红烧河豚啊！"众人一听，都惊讶得张大了嘴巴！祝枝山说："我还是头一回见此等怪物！这吃了死了怎么办？"

"据说此鱼毒性厉害，特别是鱼肝，经常有人吃完'四脚朝天'了。"文徵明也害怕地说。

老先生听了他们的话，哈哈大笑道："这红烧河豚呀烧法有讲究哦！我家达邦为了学会烧这道菜，专门拜了师父。现在，他是东乡一带烧河豚的名厨。每当出港的渔船回港，大凡抓到河豚了，那家都要叫达邦去烧这道菜。来来来，大家趁热放心吃！"说罢，达邦与他先夹了一筷鱼肝吃到嘴里，说好吃好吃。众人见了，都举筷吃了起来。唐伯虎吃了个鱼肝，其他人夹吃了那白嫩的鱼肉，都说味道鲜美！徐达邦又说："各位先生别光吃鱼肉，快吃那鱼皮哦！我们是把鱼皮让给最尊贵的人吃的呢。"可众人见那鱼皮黑笃笃长满了小圆刺，委实不敢下箸。徐老先生用筷子把有刺的一面卷在里边，先夹了一个给祝枝山，说："不要嚼，把它囫囵吞下去，吃了养胃的。"祝枝山伸长了脖子吞咽了几下，其状怪异，十分搞笑。徐祯卿刚抿了一口酒，见状扑哧一声，喷在了旁边的祝枝山身上。祝枝山被他这一喷，咕噜一下倒是咽了下去。众人问他味道怎么样？他说讲不清，没觉得什么。大家依样卷了鱼皮吃了一个，文徵明喉咙细，咽了几次才咽下去。不一会儿，一大盆河豚吃了个精光。唐伯虎意犹未尽地对徐祯卿说："昌谷兄，我们回了苏州想吃河豚了，你得负责哦！"徐祯卿道："好啊，我们干脆为达邦在苏州寻个地方开个酒楼，众人皆说甚好。"徐达静忙说："不行不行！我哥要江里岸上忙碌的，不如你们开了我来做！江中货源哥哥提供。"唐伯虎一听，觉得此计可行，便真的有些按捺不住了。徐老先生看到众人酒足饭饱已经尽兴了，便建议今日就在镇上客栈歇息，明天早上再去诚心拜庙。大家觉得也是，便辞了徐老先生，由达邦领着往东街的客栈走去。

九

一早，众人在徐老先生陪同下上了画舫，顺着盐铁塘往南，向赤乌寺而去。不一会儿，船又进了梅塘，可往东行了一里左右，又拐进了盐铁塘。原来盐铁塘开挖时，巧借了原有的水道。

赤乌寺就在盐铁塘边，船靠岸后，众人沿着寺院杏黄围墙外的轿道，来到寺门前。

赤乌寺是常熟境内最早建造的寺庙，它始建于三国时期吴大帝孙权赤乌年间，比建于南梁萧武帝大同年间的破山兴福寺还早近三百年。寺院前环境清幽，一条数十米长的冈上树木繁茂、花开满坡。其中有棵合抱枯树十分醒目，树身上刻有“赤乌古迹”四字。冈前一条小河，东接盐铁塘，向西蜿蜒进了村庄。徐老先生介绍说，相传三国时期东吴孙权母亲前来进香，曾在这里停靠过船。众人进了古刹的大门，依次敬香拜佛。徐祯卿幼时常随母亲来过，直到母亡后，未曾专门再来进过香。此次回乡在这赤乌古寺拜佛还愿，既是对母亲的怀念，也是对自己虽高中进士，希望谋得一官半职的祈愿。所以，他很诚心地敬香祈福，以期得到菩萨的保佑。但他怎么知道，自己不能升官竟然是因为相貌丑陋！

大家烧过香，拜过佛，依次出了寺院。唐伯虎说：“这寺院真灵验，走出来觉得神清气爽！”祝枝山说：“是的，是的，纯净了你的花花肠子。”一旁的文徵明说：“色空色空呀！”

“出了寺院门，又是凡间人！”唐伯虎笑着说。

“入寺烧香拜佛本来就是一次灵魂的沉淀，它可以让人反思自己的所作所为，然后更好地做人。”徐老先生跟着说。

徐祯卿与杨仪都默不作声，但杨仪却在心里暗暗地想着：要为功名多加劲，争取早日考个好成绩！

大家回到船上，船家掉过船头往回摇。途中，众人但见左岸有一处绵延里许的寺庙，绿荫掩映，银杏高旷，修竹环护。徐老先生介绍说：“此乃胜法寺也，建于唐宪宗元和年间，为本县规模最大之庙宇，有禅房五百间之多。”众人纳闷，在这远离城郭的乡镇，竟有此等形制的寺庙，想必是风水宝地，一方神圣净土。

“梅李之境，土地高台，岁无水灾，松软肥沃。乡人勤劳，蔬果杂粮、鸡鸭鱼肉丰硕。自元朝开始种植棉花之后，村野广植，百姓丰衣足食。本朝以来，商埠渐兴，买卖兴旺。这旷达庙宇的菩萨，守护着大江以南一方人杰地灵啊！”徐老先生不无感慨地说。

“那我们快快上岸拜谒！”唐伯虎急着说 。

画舫在盐铁塘胜法寺边的水码头靠岸，众人上岸来到庙门口。但见门楣上方三个行书大字：“胜法寺”。仔细一看，落款竟是米芾米襄阳的名字。祝枝山看后连连惊叹，倒地就拜。众人也甚觉神奇，一起拜了起来。寺僧介绍，原来米芾谪居润州（镇江）期间，慕前朝常建所写《题破山寺后禅院》之名，寻迹常熟，在破山兴福寺书过常建诗后，又专程来拜谒胜法寺，这牌匾就是他当时题写的。众人沿中轴线逐一拜谒，祝枝山、杨仪在积缘箱内不时敬奉着香火。上千僧侣、五百多禅房的寺院，在姑苏都是少有的。四才子在寺内一路而敬，从大雄宝殿出来后，走进一条幽径。但见这里修竹参差，古树巍峨，一处庭院门半开着。他们正想探个究竟，只听背后有人在喊："四才子且请留步！"众人回头一看，是个衙役带着几个随从追了过来。到了跟前，那衙役说："各位才子，本人姓潘，系本县江防巡检司，奉县太爷之令，特来恭请各位前往江边巡察。"

"呀呀，我等此番来虞山，未敢惊动地方官府呀！"祝枝山说。

"县衙知道各位在梅李塘受到倭寇惊扰，特命本司护卫相待，并邀巡察江防。"潘衙司道。

"岂敢岂敢，我等一介草民，怎能烦劳县府大人！"唐伯虎随口道。

"四才子威名远扬，吾等慕名久矣，可叹一直无缘相见。今次有幸，各位快快随我而行！"潘衙司边说边引路，出得寺院，让众人上了停在盐铁塘里的官船，从梅李塘向长江口驶去。

十

当时，常熟的长江江防主要以防汛抗洪为主，兼有防盗功能。早在唐玄宗开元时期，任常熟尉的张旭为保一方安宁，他经常到此巡察，并留下了几首传世的诗作。当四才子他们随潘衙司漫步江堤上时，徐祯卿不禁吟起张旭的那首《春游值雨》诗来：

欲寻轩槛列清尊，江上烟云向晚昏。
须倩东风吹散雨，明朝却待入华园。

众人品着张旭的诗，议论着他的好。祝枝山说："当年张县尉巡防江边，踌躇满志，终跻身京师。今祯卿小弟也终将展鸿鹄之志，以酬报国之心！"

"无须在意，身处江湖之远，亦当清风明月，效东坡襟怀。"唐伯虎道。

文徵明也说："杨仪小兄年少才俊，前程似锦，定当全力以赴追求功名！"潘衙司见四才子谈兴正浓，便说："各位才子都是饱学之士，今番权且在江堤把酒临风，一览大江秀色！"

"岂敢岂敢，我等怎可取官府之食！如若饮食，应由我来付银。"杨仪说。

"哈哈哈，各位大可放心！今日之饮，乃县令吩咐为各位压惊，师出有名。本司为大才子招待，不胜荣幸。"于是，众人也不再推辞，随他至堤上一个驿馆落座。

这驿馆名"临江驿"，三字行书不知何人所书，但门边两联"情知海上三年别，不寄云间一纸书"却是张旭诗句。它专为沿江过客提供歇息之用，一个亭楼、三间平屋，有石级沿江堤而下直达江滩。江滩上长满了芦苇，郁郁青翠，连着茫茫江面。常熟人直接把江称作了海，虞山上维摩寺有座楼，因天高气清能望见长江及江对面的狼山，名“望海楼”。而张旭诗联记取的江边别绪、洒脱人生，倒也让人顿觉男儿应志在四方，少些儿女情长。亭楼上，潘衙司早已让人备好酒菜，他为每人倒上一碗当地特制“芦芽纯酿”让大家品尝，众人端碗啜了一口，祝枝山说：“呀呀这酒好爽冽！绿蚁新焙、清甜不腻。”众人应诺。

“这酒系此地村人采江边新芦初芽，合于大米酿制，为这江浦一带名酿。今特意与众才子临江压惊言欢，先干为敬！”衙司说完一饮而尽，众人也都随他喝了一大口。

此处喝酒，喝的是风景，乐的是情怀。滔滔长江，登高放目，心旷神怡；小酒助情，兴趣盎然。唐伯虎一时兴起，便让店家拿笔墨来。潘衙司马上让人去楼下取过笔墨纸砚，在靠窗的桌子上布置了起来。唐伯虎凝望窗外长江，便落笔画下一抹淡淡江色。但见纸上江水渺渺，远山隐隐；江鸥群翔，渔舟若苇；芦荻轻摇，高阁临空。众人齐声道好！画完，唐伯虎把笔递给文徵明，让他落上款。文徵明握笔凝思，一气挥就“江风入怀”四个行楷大字，又让祝枝山捉笔落后款。唐伯虎道：“祯卿兄来做首绝句吧！”徐祯卿遥望江天，少顷念道：

> 渺渺春江空落晖，旅人相顾欲沾衣。
> 楚王宫外千条柳，不遣飞花送客归。

祝枝山听罢说，画和诗虽好，还须我来相衬！边说着，边在画的留白处写下了徐祯卿的诗作，并略记相聚之事。四人钤了印，把画交于潘衙司。衙司道，此珍贵之物，定交于县官老爷置于县署高堂。伯虎道，略献小技，不足为奇。众人喝酒畅聊之后，下午返回了县城。

十一

四才子在杨仪府上歇息，傍晚，杨仪请了城内有名的昆班和说唱的到家里热闹。逢年过节，常熟的大户人家都要请本地或邻近县市的戏曲班到家里唱戏。随着宋室南迁，宋代的话本在江南一带也兴盛了起来，进入勾栏瓦肆、富家庭院，为人消遣助兴、提神益智。杨仪今日请到的昆班，是江南的名唱，所演的是高明所作《琵琶记》第五出《南浦嘱别》。这出戏讲蔡伯喈离家赴京城应试前，与父母、妻子相互嘱别，并将父母拜托邻居张太公照应。在与妻子五娘分手之际，五娘对伯喈千叮咛，万嘱咐，恋恋不舍。杨家的戏台建在庭院的水榭正中，边上还有湖石假山，峰峦叠嶂。不远处的南宋方塔衬着的天幕，星月相伴，灯影憧憧。宾主赏戏隔着一池清水，曲桥亭台、花木扶疏。但见锣鼓声起，伯喈从戏台一角假山洞中出场，亮了个相，唱了段词：

朝为田舍郎，暮登天子堂。
将相本无种，男儿当自强。
不是一番寒彻骨，怎得梅花扑鼻香。
十年寒窗无人问，一举成名天下知。

四才子与杨家主人一起坐在隔着池子的椅子上，看着台上那书生打扮的角儿边唱边演，拍手称好。又一阵锣鼓齐响处，伯喈父母、妻子、邻居上场，角儿们纷纷亮出唱腔，一招一式，做着自己的角色。徐祯卿略有所感，看得入神。杨仪更是看得更加入迷，想着自己报考功名的景象。

一出戏结束，便是几个花脸丑角登台献技。他们踩着鼓点前后空翻，腾挪交手，生龙活虎，身轻如燕。一番表演，引得四才子他们不停喝彩。祝枝山对唐伯虎说：“老弟，你是否也上台使个拳脚？”唐伯虎忙说：“罢了罢了，不要献丑了，别倒置了宾主。”说话间，台上丑角退下，两个仆从搬出一张桌子，走出一个书生模样的人来。但见他一拍手中的惊堂木说道：“各位看官，春风拂槛，夜色阑珊。话说大宋年间，四川眉州有个博学多才的文人苏老泉，他生有两个儿子，大儿子苏轼，小儿子苏辙，二人都有文经武纬之才，人称为‘二苏’。他还有一个幼女，名唤‘小妹’，更是伶俐聪慧，七八岁上就能赋诗、写词。不觉小妹已经一十六岁。老泉见她才华非凡，决心挑选天下才子与她匹配……”

众人一听，都说这不是在讲苏小妹三难新郎官吗！祝枝山说：“人生一世，唯情可贵。门当户对，还须天作之合。”

“却说那秦观，字少游，乃扬州府高邮人氏。他自幼饱读经史，及至长大成人，已是满腹经纶，诗词歌赋无所不通。他生平所敬服者，唯有‘二苏’。秦观因敬慕小妹才名，特地呈文求婚……”台上那人娓娓道来，神形兼备，众人屏气凝神静听。尤其是杨仪的家从，难得有此场景亲临，女眷更是窃窃私语。而杨仪听得更是入神，眼前的苏小妹变成了言家的那个姑娘梅香！待听到台上说到苏小妹出题“闭门推出窗前月”，秦少游最后答出

“投石冲破水底天”时，这杨仪杨公子的青春年少心，也不觉漾出了波纹来……

唐伯虎看出了杨仪的心思，说：“杨仪老弟，不如趁我等还没返姑苏，明日说媒把梅香娶了回家！”杨太夫人在旁听了，忙问怎么回事，梅香是谁。祝枝山见杨仪略显腼腆，说：“梅香乃言子巷言宅学究之女，前日我等前去时见得，长得清丽端庄，知书达理，还弹得一手好琴，不愧为大家之后。当时我等就觉得郎才女貌，十分相配。”

杨夫人听罢道：“四才子觉得般配，那定然相宜！想来孩儿也早过了婚配的年纪了，明儿烦请祝大人前去说个媒。”众人都说好。

“夫人委使祝某，不胜荣幸！我明日就去一牵良缘。”

“快快看戏，快快看戏！”杨仪嘴上说着，心里乐滋滋的。

言学究自然愿意把梅香嫁给杨仪，而梅香那日见过杨仪，少年才俊，早已心生思念。祝枝山复命杨夫人后，四才子就盼着下次喝喜酒了。

不觉间，四才子来虞山已经多日。福地虞山的无尽风光与人文故事，怎么能几天看尽呢！留着以后再来吧，第二天上午，他们乘着画舫，顺着官塘返回了姑苏城。他们相约，到杨仪大婚之日再临常熟城。唐伯虎甚至想买个院子终老常熟呢！

初稿毕于2022年8月7日